LE COW-GIRL DE L'ESPACE

ALLÔ HOUSTON, ON A UN PHÉNOMÈNE

SARA L HUDSON

Copyright © 2021 by Sara L. Hudson

Traduit par Iris Loison de Valetin translations

Tous droits réservés.

Aucune partie de ce livre ne peut être reproduite sous quelque forme ou par quelque moyen électronique ou mécanique que ce soit, y compris les systèmes de stockage et de récupération de l'information, sans l'autorisation écrite de l'auteur, à l'exception de brèves citations dans une critique de livre.

C'est pour toutes les cowgirls.
Yee-haw !

UN
RENTRÉE DANS L'ATMOSPHÈRE

Jul'

Je tournoie. Je tournoie tant.
Des lumières clignotent sous mes paupières et la température monte jusqu'à un niveau inconfortable. Mes poumons luttent pour respirer. Quand arrive la fin, elle est aussi brusque que violente. Je perds soudain la perception du temps et de l'espace, avant de recevoir une fessée, comme si j'étais un taureau sur le point de se battre dans l'arène.
Mon partenaire de danse pousse un grognement d'appréciation et lève la main afin de pouvoir palper brièvement mes fesses à nouveau, mais je m'écarte hors de sa portée. En rythme avec la musique, je continue à m'éloigner de son chemin et de la piste de danse, partant à la recherche d'un verre.
J'aime danser, et encore plus danser les yeux fermés. Les sensations ressemblent à celles éprouvées lorsque la capsule Soyouz pénètre l'atmosphère. Danser et passer à toute vitesse à travers l'atmosphère vers cette planète que nous appelons la

Terre sont deux choses magnifiques, chacune empreinte d'une violence soigneusement orchestrée.

Du moins, c'est le cas de ma façon de danser préférée.

Ou de ma manière de vivre, d'ailleurs.

—Jul' !

Rose, ma nouvelle amie, se précipite vers moi alors que je me dirige vers le bar.

— Merde, meuf, tu sais danser ! Je te jure, si on était à Vegas, je te draguerais bien.

J'accroche mon bras au sien et continue d'avancer jusqu'à l'endroit où je peux me procurer de l'alcool si nécessaire.

— Pourquoi seulement à Vegas ?

Elle hausse les épaules, son sourire malicieux habituel sur les lèvres.

— Je ne sais pas. Il semble que c'est là que résident mes tendances lesbiennes latentes.

Elle me regarde de haut en bas du coin de l'œil.

— Mais je pourrais toujours me laisser tenter. Peut-être que Big Texas fera resurgir certains fantasmes.

En riant, je tape le bar des doigts, attirant l'attention d'un des barmans. Je suis partie quelques mois, et même si j'ai cessé d'être surprise par la façon dont le monde continue de tourner quand je suis en apesanteur, cette fois-ci c'est différent. Une grande partie de *mon* monde a changé.

À l'extrémité du bar en chêne, Jackie est perchée sur les genoux d'un mec super canon. Flynn. Apparemment, ma meilleure amie a pris à cœur mes discours d'encouragement, ou de chantage, et s'est trouvé une vie sociale. Une vie sociale complète, comprenant un mécanicien hyper sexy.

Je ne peux pas me plaindre. Il est évident que le nouveau petit ami de Jackie vénère son cerveau de génie autant que ses longues, longues jambes, et ses nouveaux amis m'ont accueillie comme si je les avais connus toute ma vie. Comme une vraie famille devrait le faire.

— Que puis-je vous offrir, mes belles ?

Avant que je puisse ouvrir la bouche pour répondre au charmant barman au sourire en coin, Rose l'interpelle.

— Mes belles ? Oh, Billy, tu as besoin de nouvelles méthodes de drague. Mes belles, ça peut fonctionner sur la clientèle habituelle de cougars décolorées à paillettes, dit-elle avec un geste vers la foule.

— Mais ça, c'est la légende vivante, la petite chérie de l'Amérique, l'astronaute Julie Starr.

Billy me regarde longuement, ses yeux et sa bouche s'élargissant.

— Fais preuve de respect et procure-toi de nouvelles méthodes de drague pour l'héroïne fraîchement redescendue sur Terre, d'accord ?

Rose claque des doigts devant la mâchoire ouverte de Billy.

Je ris et repousse les mots de Rose d'un geste de la main.

— Vraiment, il n'en a pas besoin. Mes belles, ça marche pour moi.

Je me tourne pour baisser les yeux sur mes fesses.

— Après tout, mes fesses *sont clairement* belles.

Billy récupère sa contenance, tout comme son sourire.

— Eh bien, mesdames, cela mérite que la maison vous offre un verre !

— De la bière pour moi, dis-je.

Mais il me lance un drôle de regard et place trois shooters sur le bar.

Rose me donne un coup de coude dans le sein.

— Hé, si on veut t'offrir de l'alcool, tu le prends !

Comme si elle ne venait pas de me tordre le téton, Rose fait gonfler ses cheveux blonds ondulés et ajuste son soutien-gorge, laissant son décolleté abondant a deux doigts de l'indécence.

Je hausse les épaules, ne prenant même pas la peine de toucher le chaos au-dessus de ma tête. Je suis de retour au pays de l'humidité, et déjà en sueur à force de tourner sur la piste de danse. Je ne sais pas à quoi ressembleront mes boucles si j'essaie de secouer ma chevelure de manière séduisante. Je ressemblerais probablement à un caniche électrocuté.

Je demande à Rose tout en regardant à nouveau le bar :

— Tu penses que Jackie en veut un ? Ou Trish ?

— Je pense que Jackie est trop occupée à jouer à vampiriser mon frère, dit Rose en levant les yeux au ciel. C'est vraiment dégueu.

Je jette un coup d'œil au couple en train de se rouler des pelles comme si c'était leur dernière nuit sur Terre. Et pour Jackie, je suis sûre que ce n'est pas tout à fait faux. Elle a récemment été promue astronaute et sa formation commence bientôt. J'ai hâte que nous soyons sur l'ISS ensemble. Je vais jouer des coudes pour être sur sa première mission.

— Où est Trish ?

— Probablement en train d'essayer de perdre le pot de colle.

— Le pot de colle ? Quelqu'un la harcèle ?

— Du calme, dit Rose en me tapotant le bras. Je voulais parler de Ian. Depuis qu'il a posé les yeux sur elle, il la suit partout comme un petit chien, rit-elle. Enfin, un très beau petit chiot qui essaie de prétendre qu'il n'est pas entiché alors qu'en réalité il est à deux doigts du harcèlement.

Un frisson me parcourt le dos au mot « harcèlement ». Je me concentre sur les trois shooters devant moi, essayant de ne pas penser à la myriade de messages perturbants qui, j'en suis sûre, m'attendent sur mes réseaux sociaux. Je m'occuperai de ça plus tard. Ou pas.

Je vote pour pas.

Je ne demande même pas ce que les shooters contiennent. Dès que Billy abaisse le shaker, j'attrape le verre le plus proche de moi et l'avale d'un trait. Je fais de même avec le suivant, mais quand j'attrape le troisième, Rose me bloque et l'attrape.

— Oublie, astro-girl. Celui-ci est à moi.

Pendant que Rose avale son shot, je fais un clin d'œil à Billy pour m'excuser d'avoir pris le sien. Il sourit et me rend le clin d'œil.

— Je peux toujours m'en verser un autre. L'avantage d'être barman, tout ça.

Il se penche au-dessus du bar et dans mon espace, son sourire lent et prolongé ne laissant aucun doute sur ce qu'il veut.

— Vous en voulez un troisième, astronaute Starr ?

— Non, elle en a assez bu.

La chaleur de l'alcool n'est rien comparée avec le feu qui coule dans mes veines au son de la voix grave derrière moi. Prenant mon temps, je me tourne vers la voix, sachant exactement qui je vais trouver.

Et oui, le voilà, du sexe pur dans des bottes de cow-boy. Des bottes qui ont vu une dure journée de travail dans un ranch et ne sont pas seulement là pour faire joli. Un jean Levi's bleu foncé surmonté d'un T-shirt noir moulant qui a l'air étonnamment neuf, l'avant rentré derrière une boucle de ceinture de taille modeste, rayée et terne plutôt que brillante et parée de strass. Un chapeau de cow-boy agit comme la cerise sur ce gâteau en forme de mec canon. Pas une de ces choses stupides, plus grosses qu'une Cadillac que beaucoup de ces poseurs de cow-boys portent, mais un chapeau noir discret, à l'image de l'homme qui le porte.

Appétissant.

Je bats des cils et porte ma main à ma poitrine.

— Mon Dieu, Holt West, quelle surprise !

HOLT

J'essaie de ne pas sourire à cause de l'accent du Sud qui dégouline des paroles mielleuses de mademoiselle Starr. Mais avec mon esprit sur sa forme grande et souple, c'est un peu difficile. Quand j'ai aperçu Julie debout au bar à côté de ma sœur, tout ce que je pouvais voir, c'étaient ses fesses fermes repoussant les limites de son pantalon en cuir moulant. C'est bien ça, nous sommes dans un saloon du Texas et cette jeune femme porte un pantalon en cuir. Elle ne doute de rien.

Son T-shirt Ziggy Stardust a l'air d'avoir été passé dans un hachoir à viande. Il se drape sur une épaule, laissant apparaître une fine bretelle de soutien-gorge noire, et le bas du T-shirt est noué à la taille. Le nœud en question remonte, me laissant entrevoir son nombril alors qu'elle se penche en arrière, les deux coudes sur la barre derrière elle, croisant ses bottines de motard au niveau de ses chevilles.

Ma sœur n'a pas de tels scrupules et elle se moque ouvertement de l'imitation sarcastique de Jul'.

— Bien, Jul', lui lance Rose avant de se tourner vers moi. Qu'est-ce que tu fais là ? On est un peu loin de Lonesome Dove, n'est-ce pas ?

Un soupir de souffrance m'échappe. Je sais que je ne quitte pas le ranch très souvent. Je ne le peux pas. J'ai une entreprise à gérer et les gens dépendent de moi. Mais maintenant que j'ai arrangé les choses avec mon frère, et qu'il est presque attaché à sa nouvelle petite amie, Jackie, je veux faire plus d'efforts pour m'impliquer. Avec Rose. Avec Flynn. Avec leurs amis.

Rose se penche et me prend rapidement dans ses bras. Je ne le lui dis pas assez, mais malgré son insolence, c'est elle que j'aime le plus. Elle est la force la plus positive de ma vie. Elle l'a toujours été. Même après la mort de Grand-Père puis de nos parents, ses sourires illuminaient la pièce. Bon sang, même quand Flynn et moi agissions comme de vrais débiles, sa positivité était le ciment qui nous empêchait de devenir complètement tarés.

— Mademoiselle Starr.

Je hoche la tête en direction de Julie.

— Tu peux m'appeler Jul', beau gosse.

Elle lève le menton en direction de quelqu'un derrière moi. Je me retourne pour voir un type avec une coupe de footballeur allemand qui lorgne dans sa direction.

— Un ami à vous ?

Je pose la question en espérant qu'elle n'entende pas la tension dans ma voix.

— C'est Doug. Je l'ai laissé me faire tournoyer sur la piste de danse il y a un petit moment.

Elle regarde le type s'éloigner.

— Bon jeu de jambes, mais il a les mains trop baladeuses pour que je le laisse recommencer.

Je ravale la jalousie que je ressens envers ce connard de Doug. Elle peut danser avec qui elle veut. Je m'en fous. Après avoir vu mon père questionner chaque regard entre ma mère et un autre homme, j'ai décidé de ne jamais laisser une femme avoir autant de contrôle sur moi.

Jul' lève le menton vers un autre connard. Celui-ci avec de véritables strass sur sa boucle de ceinture. Je m'approche d'elle, coupant sa ligne de mire au reste de la foule. Une de mes bottes de chaque côté des siennes.

Tout ce que j'obtiens en réponse est un sourcil levé.

— Punaise, t'es devenu un homme des cavernes, frangin ?

Rose pivote sur place et lève la main en direction de Flynn et Jackie. Je suppose que les tourtereaux ont fini par faire une pause pour respirer.

— Bien que j'apprécie vraiment que tu tapes métaphoriquement des poings sur ta poitrine, j'ai vu ce que cela donnait avec Flynn.

Elle nous envoie un baiser avant de s'éloigner.

— Bonne chance, cher frère ! crie-t-elle par-dessus son épaule.

Je suis reconnaissant que l'éclairage soit tamisé. Pour un mec, je rougis facilement, et c'est embêtant comme tout.

Je tourne la tête vers Jul' et la trouve en train d'avaler une bière, sa large bouche enroulée autour de l'ouverture. Un autre tressautement dans mon pantalon me fait bouger dans mes bottes.

— D'où ça vient, ça ?

Elle lève un doigt, me faisant signe d'attendre. Et je le fais, pendant qu'elle avale le tout, claquant la bouteille puis se léchant les lèvres. Ses lèvres humides et pulpeuses.

— Écoute, Paco, j'ai déjà un père, je n'en ai pas besoin d'un autre. Bon sang, je ne veux même pas de celui que j'ai.

Ses sourcils se froncent, comme si elle ne savait pas d'où vient la seconde partie de sa tirade. Mais je l'absorbe. Jul' est difficile à lire, alors je prendrai tout ce qu'elle donne, même si c'est induit par l'alcool.

— Je peux boire ce que je veux, quand je veux. Surtout quand le barman me dit qu'un de mes fans me l'offre.

Elle sourit de façon séduisante.

— Je ne voudrais pas décevoir mes fans, n'est-ce pas ?

— Paco ?

— Hé. Paco est un nom super cool. Mince, tu es raciste ou quoi ?

— Je *ne* suis *pas* raciste. Ce n'est tout simplement pas mon nom.

Je peux réellement sentir ma tension artérielle augmenter.

— Et vous devriez savoir qu'il ne faut pas accepter de

boisson de la part d'étrangers. Punaise, Jul'. C'est la première leçon lorsque l'on boit.

Elle reste indifférente à mon ton.

— Billy m'a donné la bière de la part de mon fan. Je suis sûr qu'il a bien examiné le mec. Elle penche la tête sur le côté, réfléchissant.

— Ou la meuf. Les meufs me kiffent.

Je rougis à ses mots. Le tressautement contre lequel je me suis battu dans mon pantalon devient un garde-à-vous à part entière à l'idée de Jul' nue avec une autre femme.

— En fait, ta sœur m'a fait des avances il y a peu.

Eeeet c'est fini pour le garde-à-vous.

— Mince, dis-je en passant une main sur mon visage.

Elle rit.

— Je sais, pas vrai ? Je suis en forme ce soir.

D'une poussée, elle s'éloigne du bar, sa taille mettant le haut de sa tête au niveau de mon nez. Ce qui est un exploit, car elle ne porte même pas de talons. Elle mesure au moins un mètre soixante-dix, peut-être même soixante-quinze, n'étant qu'à une dizaine de centimètres de mon mètre quatre-vingt-cinq.

Jul' fait un mouvement pour passer devant moi mais vacille, son épaule heurtant la mienne.

— Ouh là.

Je tends une main et la stabilise, mais elle me repousse.

— Je ne suis pas l'un de tes chevaux, cow-boy. Occupe-toi de quelqu'un d'autre, avec tes « Ouh là ». Je vais bien.

Puis elle s'éloigne, un peu instable, mais toujours aussi canon dans ce pantalon de cuir moulant. Elle a raison, elle n'est pas un de mes chevaux, mais je ne peux pas m'empêcher de vouloir la monter.

———

Vingt minutes plus tard et je suis inquiet. Je ne suis pas ici depuis assez longtemps pour savoir combien Jul' a bu, mais ses yeux semblent flous et elle s'appuie lourdement sur le mur à côté de la table que le groupe a réquisitionnée un peu plus tôt. Obtenir une table un samedi soir bondé n'a pas été tant une question de chance que celle d'avoir un avantage : Trish est l'une des serveuses de Big Texas.

Je me reconcentre sur la petite femme du Sud des États-Unis, me demandant pourquoi ma virilité ne se contracte pas dans sa direction. Trish est exactement mon genre. Polie, délicate, un joli et doux sourire sur les lèvres. Elle est vêtue d'une jupe en jean et porte des talons si hauts qu'elle doit se tenir en équilibre sur la pointe des pieds pour pouvoir marcher. Elle est amicale et semble décontractée, la femme parfaite pour partager une tasse de café sous le porche du ranch avant que je commence une longue journée de dur labeur. C'est le genre de femme qui me ferait probablement du cake à la banane juste parce qu'elle sait que c'est mon dessert préféré.

Et pourtant, je n'ai que des sentiments amicaux et fraternels tandis qu'elle s'assoit sur l'un des tabourets du bar pendant qu'un mec nommé Ian, que je ne connais pas très bien, la regarde comme si elle avait décroché la lune. Il me surprend en train de regarder Trish et me jette un regard noir.

Je reporte mon attention sur Jul'. Elle est toujours appuyée contre le mur, de longues jambes croisées tout comme ses bras le sont sur sa poitrine. Peu invitante, mais séduisante. Le genre de fille qui avalerait et recracherait tout mec après une nuit d'amour torride. J'ai l'impression que si je lui disais que j'aime le cake aux bananes, elle se moquerait de moi, ferait un geste anatomiquement incorrect, puis dévorerait un steak tartare avec détermination sous mes yeux, rien que pour me faire sentir comme un idiot parce que j'aime les gâteaux. Jul' n'est pas facile et son sourire est plus sexy que doux, mais c'est elle sur laquelle tout mon corps s'accroche, celle que certaines parties de mon anatomie saluent.

Soudain, Jul' ferme les yeux, puis les ouvre en une série de clignements. Les boucles serrées autour de son visage tremblent alors qu'elle se redresse de sa place sur le mur et se dirige vers la table.

— Hé Jackie, je...

Elle ne finit jamais sa phrase car elle tombe en avant, se rattrapant heureusement sur le dos du tabouret de bar de Jackie.

Je me déplace rapidement autour de la table, mais Flynn atteint Jul' avant que je ne le puisse, ses mains sous ses bras, la soulevant. J'essaie de ne pas penser à la proximité de ses doigts et de ses seins, et à la place je me concentre sur son visage, qui est légèrement pâle et en sueur.

— Jul' ! Ça va ? demande Jackie, sa main prenant la joue de Jul'.

— Merde. Je pense que j'ai peut-être mal calculé ma tolérance à l'alcool depuis l'atterrissage.

Elle essaie d'en rire, donc je ne peux pas dire si son discours légèrement brouillé est dû à son amusement ou à la quantité de verres qu'elle a bus.

— Je ne t'ai jamais vue comme ça. Tu tiens bien l'alcool, normalement.

Jackie lève les yeux vers Flynn, la panique dans ses yeux me disant plus que ses mots que ce n'est pas un comportement normal pour Jul'. Jackie saute de son tabouret.

— Ramenons-la à la maison, Flynn.

Flynn hoche la tête, même si je sais que c'est à contrecœur. Ce n'est pas qu'il ne ferait rien pour les amis de Jackie, mais il m'a dit tout à l'heure qu'il a prévu quelque chose de spécial pour Jackie ce soir, et je suis sûr que cela n'incluait pas de jouer au baby-sitter.

— C'est bon, je vais la ramener.

Tous les regards se tournent vers moi, ainsi que pas mal de sourires narquois. Quelle sale bande de commères.

— J'ai ma camionnette, ce n'est pas un problème, dis-je en ignorant leur intérêt.

Jul' s'éloigne de Flynn pour tomber dans mes bras. Elle s'enroule autour de ma taille et tapote mes fesses.

— No problemo, hein, Paco ?

Puis elle ricane contre ma poitrine.

Je sais qu'elle est ivre, et je suis complètement idiot de penser ça, mais Dieu que j'aime son corps contre le mien. Sans parler de sa main sur mes fesses.

— Je ne sais pas... s'inquiète Jackie. Et si elle a besoin de moi ?

Avec précaution, je place mes mains sur la taille de Jul', la tenant fermement.

— Je vais prendre soin d'elle, Jackie. Je te le promets.

La main de Flynn se pose sur mon épaule.

— Merci, mec, murmure-t-il. Puis plus fort :

— Préviens-nous quand vous serez rentrés à la maison.

— Oui, rentrons à la maison, dit Jul' en se tortillant contre mon corps, me grimpant comme un arbre.

Elle enroule ses jambes gainées de cuir autour de ma taille, agrippant l'arrière de ma tête avec ses mains. Comme elle est loin d'être petite, cela met ses seins à la hauteur des yeux. En plus, je n'ai d'autre choix que de l'attraper par les fesses pour l'empêcher de tomber.

— En selle, cow-boy, marmonne-t-elle, la tête tombant en avant, son souffle chatouillant le dessous de mon oreille.

Bon sang, j'ai des ennuis.

DEUX
CLOPIN-CLOPANT

Jul'

Ma bouche est comme la surface aride de Mars. Les plans sont toujours en cours pour cette mission particulière et quand elle partira, je serai probablement trop vieille pour m'inscrire, mais j'imagine quand même que la planète rouge n'est pas bien différente du goût dans ma bouche en ce moment.

Je cligne des yeux plusieurs fois en ouvrant et en fermant la bouche, essayant de produire une sorte d'humidité.

Merde. Je dois arrêter de boire de l'alcool fort si peu de temps après être revenue sur Terre.

Pendant six mois, j'ai flotté en apesanteur. J'ai aidé à mener des expériences scientifiques qui pourraient avoir un impact significatif sur la course de la communauté médicale pour trouver des remèdes aux maladies terminales. J'ai eu des appels sur Skype avec des salles de classe du monde entier pour inspirer les jeunes esprits à étudier les sciences. Sans parler du fait que j'ai été attachée à l'extérieur de la Station spatiale internationale tout en me déplaçant à plus de 27 000 kilomètres-heure pour court-circuiter le Neiman des ordinateurs principaux. Il est donc compréhensible que je sois un peu déçue par la réalité de ma vie quotidienne sur Terre. C'est pourquoi ces shots semblaient être une sacrée bonne idée hier soir.

J'ai travaillé très dur pour arriver là où je suis aujourd'hui. Seuls les meilleurs des meilleurs deviennent astronautes.

Mais j'ai été dans l'espace. *L'espace*. Après cela, rentrer chez moi, dans mon appartement peu meublé de Clear Lake, au Texas, où l'humidité règne et où mes cheveux ont plus de nœuds que jamais, n'est pas la montée d'adrénaline que l'on pourrait penser.

Je veux dire, je suppose que je pourrais le rendre plus intime. Pour quelqu'un qui pense qu'un T-shirt de tableau périodique est cool, ma meilleure amie, Jackie, a un goût assuré dans la décoration intérieure. Elle a même peint son plafond pour qu'il ressemble à la galaxie. Cependant, après avoir vu la vraie chose de près, une imitation ne va pas me suffire.

Lorsqu'on est gosse de militaire, on apprend à ne pas être trop à l'aise quelque part et à ne pas mettre sa touche personnelle sur les choses. C'est plus facile à vendre, comme ça. Plus facile de passer à autre chose. Mais quand même, je devrais faire venir Jackie ici. J'ai au moins besoin de nuances. La lumière vive qui filtre à travers mes fenêtres ne me rend pas service en ce moment. J'essaie de tirer le drap au-dessus de ma tête, mais il ne bouge pas.

Je suis sur le point d'essayer mes mantras de relaxation qui m'aident à dormir en apesanteur lorsque le drap susmentionné glisse de mon corps et que le matelas se bouscule.

Putain de merde. Je ne suis *pas* seule.

À vrai dire, cela ne me bouleverse pas autant qu'on pourrait le penser. J'ai trente-cinq ans. Je ne suis plus vierge depuis que l'ami de mon frère aîné, Todd, m'a déflorée après la soirée sur le thème *Sous les étoiles du lycée* lorsque j'étais en seconde.

Cependant, je me sens actuellement loin de toutes les manières dont une femme devrait se sentir touchée le matin suivant une nuit d'orgasmes. Cela ne peut signifier que deux choses : soit je n'ai pas eu de relations sexuelles, soit le mec que j'ai laissé être mon premier coup depuis que la gravité a recommencé à alourdir mes seins a un très petit pénis. Et c'est juste triste.

Lentement, je roule hors du lit. C'est assez facile, vu que je n'ai qu'un matelas king size posé sur le sol.

Oui, j'ai vraiment besoin d'embellir cet endroit. Ou, disons, de vrais meubles. De devenir adulte, tout ça.

Peu importe. Retournons au mec dans mon lit.

Il est *canon*. Alors, bravo à moi.

Il dort sur le ventre, la tête tournée sur le côté. Je ne peux pas voir son visage, mais même ainsi, il me semble familier. Merde. Il vaut mieux que ce ne soit pas quelqu'un du travail. Je n'ai jamais trempé ma mèche dans l'abreuvoir de la NASA, pour ainsi dire. Pas que ce soit contre les règles ou quoi que ce soit, mais j'aime séparer ma vie professionnelle et ma vie personnelle. Moins de problèmes pour atteindre le sommet de cette façon. Je n'ai pas besoin de quelqu'un qui crie au scandale, m'accuse d'avoir couché pour attendre le sommet, alors que tout le monde sait que je suis simplement excellente dans mon travail. Deux poids, deux mesures, tout ça, alors peu importe. Mieux vaut prévenir que guérir.

Mais d'une manière ou d'une autre, je ne pense pas que ce type soit de la NASA. Sa peau est bronzée, d'un *vrai* bronzage. Au Texas, ce n'est pas trop inhabituel, mais son corps est dur. Pas seulement plein de muscles, bien qu'il y en ait beaucoup. De petites cicatrices aléatoires marquent sa peau, ainsi qu'une sorte de ligne de brûlure sur l'un de ses avant-bras. La main non poussée sous mon second oreiller a des callosités évidentes. Ce mec travaille pour gagner sa vie. C'est vraiment sexy.

Je ne supporte pas ces mauviettes de milléniaux qui se plaignent de leur vie en ne faisant rien. La vie n'est pas pour les faibles et il ne faut pas être timoré pour réussir. C'est l'une des choses que le major général de l'US Air Force, William Starr, autrement connu comme mon père, a dites (à plusieurs reprises) avec laquelle je suis d'accord. Dans mon esprit, il n'y a rien de plus sexy que l'éthique du travail. Eh bien, ça et des abdos durs comme du roc, apparemment.

Le mec dans mon lit renifle légèrement et se retourne. Un bon coup d'œil à sa mâchoire carrée, sa barbe naissante et ses pommettes creuses, et je sais que la sensation d'enfoncement dans mon estomac n'a rien à voir avec la gravité ou la quantité d'alcool que j'ai consommée la nuit précédente. Cela n'a rien à voir non plus avec la tente que ce gars est en train de planter sous mes draps, me faisant savoir que si nous avions réellement couché ensemble, je le saurais à coup sûr. Ce sentiment de naufrage a à voir avec le fait que l'homme dans mon lit est Holt West. Un homme sur lequel j'ai *peut-être* secrètement (et à plusieurs reprises) fantasmé en flottant dans l'espace.

Super.

―――

Mon reflet dans le miroir de ma salle de bains est aussi sauvage que mes pensées.

J'ai peut-être effectué une retraite stratégique dans ma petite salle de bains, mais cela ne veut pas dire que je ne peux pas gérer cette situation.

Je suis astronaute. La plus rapide à jamais avoir été promue, et actuellement appelée à devenir le plus jeune commandant de tous les temps. Pas la plus jeune femme commandante, mais le plus jeune commandant. Point final.

J'ai survolé des zones de guerre en Syrie pendant que j'étais dans l'armée de l'air et je me suis éjectée à des vitesses qui feraient mouiller leurs culottes à des civils. Je roule en Ducati et je suis aussi à l'aise nue qu'en pantalon de cuir. J'ai besoin de me ressaisir.

Qu'est-ce que cela fait si Holt West est actuellement en tenue d'Adam dans mon lit ? Et si son membre me donne envie de le monter comme un taureau mécanique que j'ai peut-être dominé dans un bar du centre-ville de Houston il y a quelques années ? J'ai passé toute ma vie à surmonter et à défier les obstacles, et à me débrouiller dans des situations stressantes. Je *vais* gérer ça.

Si je savais ce que c'était que *ça*.

J'attrape mes cheveux par poignées et tire dessus, comme si cela allait aider à combler les vides dans mon cerveau. Pourquoi je ne me souviens pas d'hier soir ? En y repensant, je n'ai pas bu tant que ça. Pas pour moi en tout cas. Je me souviens de Holt s'approchant de Rose et moi au bar, ressemblant à une réincarnation du cow-boy strip-teaseur de Matthew McConaughey dans *Magic Mike*, en plus canon encore. Mais ensuite... rien. J'ai le vague sentiment que j'ai grimpé... à un arbre ? Non, ça ne peut pas être vrai.

Huuummmm.

Je pousse un grand soupir et me regarde dans le miroir. Tirer mes cheveux n'a pas aidé la situation visuelle.

Peu importe. Peu importe à quoi je ressemble. Ce qui compte, c'est que je me suis retirée dans la salle de bains quand j'ai découvert Holt dans mon lit. Les Starr ne reculent pas.

Il est temps de gérer la situation.

Je retire mon peignoir du crochet derrière la porte. Avant de l'attacher, je sors, prête à réveiller Holt et à le renvoyer chez lui. Ce à quoi je ne suis pas préparée, c'est à le trouver déjà assis sur le bord du lit et qu'il ait le temps de tout voir avant que j'aie la chance de fermer et d'attacher ma robe.

Je suis en forme ce matin.

Silence. Holt se contente de regarder la colonne de peau exposée entre la robe dénouée.

— Yo. Mec ? Lève les yeux.

Il s'éclaircit la gorge et me regarde enfin dans les yeux. Est-ce qu'il rougit ? Bon sang, il rougit vraiment. C'est plutôt adorable, en fait. Qui aurait cru que des hommes riches et sexy pouvaient rougir ?

— Merci.

J'enroule la robe autour de moi et serre la ceinture avec un nœud serré. Mes mains vont à mes hanches. Le langage du corps. Ne croisez jamais les bras dans des situations inconfortables. Cela permet à l'autre personne de savoir que vous vous sentez menacé. Trouvez toujours le dessus, ou le dessus vous trouvera. Un autre conseil utile du général Starr. J'ai l'avantage pour le moment, avec Holt toujours assis sur le lit, je dois donc en profiter, aller droit au but.

— Nous n'avons pas couché ensemble.

Bon sang. Ce n'est pas ce que je voulais dire.

Les sourcils de Holt se lèvent et il semble retenir un rire.

— Ah oui. C'est exact.

Mentalement, je hausse les épaules. Quand le vin est tiré, il faut le boire, tout ça.

— Pourquoi ?

Confus, il fronce les sourcils.

— Pourquoi n'avons-nous pas couché ensemble ?

— Oui. Pourquoi n'avons-nous pas couché ensemble ?

Il ajoute une inclinaison de tête à son front plissé.

— Vous étiez ivre.

Je pense à cela, surprise et impressionnée par sa retenue de gentleman. Dieu sait que j'étais probablement partante.

Bon, on se regroupe. Nouvelle tactique. Je me redresse et passe mes mains sur mon peignoir.

— Pourquoi suis-je nue ?
— Vous, euh, vous avez enlevé vos vêtements.
Il s'éclaircit la gorge sans croiser mon regard.
— En musique.
— En musique ?
— Oui.

Il désigne le sol où se trouve ma chaîne stéréo, sous les multiples listes de choses à faire collées sur mon mur. Mon téléphone est connecté et je peux voir ma liste de lecture « Salut à deux doigts » sur l'écran. Génial. J'ai apparemment fait du strip-tease pour Holt sur mes chansons de masturbation.

— Je vois.

Merde. Je vais assumer. Mes vertèbres se mettent au garde-à-vous alors que je redresse encore plus ma colonne vertébrale.

— Étais-*tu* ivre ?

S'il vous plaît, mon Dieu, dites-moi qu'il était aussi ivre hier soir. S'il vous plaît, laissez ces souvenirs de la nuit dernière être agréablement brouillés par la chaleur de l'ivresse.

— Non.

Merde.

— T'es gay ?

Un éclat de rire lui échappe, nous surprenant tous les deux.

— Ce serait un non.

D'accord, mon ego en prend un coup. Non pas que j'aurais voulu avoir des relations sexuelles en état d'ébriété, mais il aurait pu avoir l'air peiné de ne pas avoir couché avec moi. Surtout s'il n'est pas gay.

— Pourquoi es-tu resté toute la nuit ?
— Je voulais m'assurer que vous alliez bien.

Ceci est suivi d'un moment ou deux de silence pendant que j'essaie de déterminer s'il est sérieux ou non. D'après son expression perplexe, il semblerait qu'il le soit.

Hum. Un mec riche et sexy qui rougit et qui est un vrai gentleman. Ce mec pourrait bien être ma kryptonite.

— Tu devrais partir.

Il cligne des yeux et son expression ouverte se ferme, ne me donnant rien.

Il se tient debout, et j'aurais vraiment aimé m'être assise, au diable les hauteurs, car alors que je regarde son corps, des lignes fortes de ses épaules aux plans de ses abdominaux définis, jusqu'à la longueur de ses cuisses musclées solides, mes jambes se sentent soudain faibles.

Je méprise les faibles.

Il s'avère qu'il n'est pas nu. Il porte un boxer noir avec des citrouilles orange dessus. C'est ridicule.

J'adore ça.

Holt se retourne et ramasse son jean et sa chemise soigneusement pliés à côté de son lit.

Je ne sais pas pourquoi, mais je trouve l'idée qu'il prenne le temps de plier ses vêtements avant d'aller se coucher complètement attachante. Je me reprends.

Il s'habille méthodiquement, sans précipitation, même si je le mets à la porte après qu'il n'a rien fait d'autre que de veiller sur moi. Je regarde chaque muscle se contracter et se serrer pendant qu'il s'habille. Je suis consciente d'être probablement louche en plus de la connasse de l'année, mais je me débarrasse aussi de cette sensation. Il m'a vue dans toute ma splendeur, pas une, mais deux fois, grâce à mes problèmes de garde-robe et il est rare de voir se présenter un si magnifique spécimen d'homme. Je vais me rincer l'œil. Je le garderai en mémoire pour plus tard.

Holt se redresse et se dirige vers moi. Je me retrouve à essayer de croiser mes bras sur ma poitrine, avant de me maudire et de les forcer à redescendre sur mes côtés.

Il s'arrête à quelques centimètres de moi. Je mesure un

mètre soixante-dix-sept. Je suis grande pour une astronaute et une femme, et j'ai toujours apprécié l'avantage que ma taille me donne. Je n'ai plus cet avantage maintenant. Holt doit mesurer bien plus d'un mètre quatre-vingts.

— Oui ?

Merde. J'ai l'air à bout de souffle et de vouloir dire « prends-moi maintenant ».

— Salle de bains.

Ses narines se dilatent.

— Ou est-ce que me soulager prendra trop de votre temps ?

Sa voix est douce et dure, comme le son d'une lame aiguisée sur un bracelet en cuir. Mes tétons durcissent sous mon peignoir.

— Euh, oui. Je veux dire non. Non bien sûr que non.

Je fais un pas sur le côté et agite mon bras en direction de la salle de bains.

— Je t'en prie.

Il ne dit rien mais entre dans ma petite salle de bains et ferme la porte.

Je ne sais pas combien de temps il mettra, donc je ne peux pas prendre le risque de m'habiller pendant qu'il est là-dedans. Mais je ne peux pas non plus rester là à l'écouter faire pipi. Ce serait trop bizarre. Même pour moi.

Je me dépêche de descendre les quelques marches menant à ma cuisine. Une cuisine dont le seul but est de contenir mes mugs à café de l'université aéronautique d'Embry-Riddle, de l'United States Air Force et de la NASA ainsi que le meilleur café Kona de Hawaï que l'on puisse acheter. Tellement meilleur que cette eau au léger goût de café disponible sur l'ISS.

Je prends la tasse de l'US Air Force dans le placard et lance la cafetière, le seul appareil électro-ménager que je possède. Alors que la cafetière commence à chauffer, je suis ennuyée de voir mes doigts taper nerveusement sur le plan de travail. Un niveau d'anxiété, que je n'ai pas ressenti depuis la fois où mon père a découvert que je m'étais inscrite à l'AFROTC sans sa permission, commence à m'envahir. Je la repousse et immobilise mes mains.

La cafetière vient juste de finir de se remplir quand Holt entre dans la pièce. C'est une grande pièce, qui semble encore plus grande en raison de mon nombre limité de meubles, mais avec Holt ici, elle est plus intime, fermée. Je suis son regard alors qu'il regarde l'espace, voyant ce qu'il voit. Un mur de baies vitrées menant à un balcon qui surplombe Clear Lake. Un espace de vie ouvert qui comprend une cuisine, un îlot de cuisine avec un tabouret, et un salon avec une chaise surdimensionnée et rembourrée avec un pouf assorti. Une grande télévision est fixée au mur, des fils suspendus au sol où repose mon décodeur. Je suppose que je ne peux pas compter le plateau télé qui me sert de table d'appoint comme un vrai meuble. Et bien sûr, plus de listes collées sur les murs.

Les yeux de Holt reviennent vers moi puis vers la porte de l'autre côté de la pièce. Il avait enlevé ses bottes à la porte. Elles avaient été déposées là, mais alignées contre le mur, hors du chemin. La vue de ces bottes de cow-boy usées assises sur le carrelage me fait quelque chose.

— Tu veux du café ?

Des yeux aussi sombres que mes précieuses fèves de Kona trouvent les miens à nouveau, un sourcil levé. Pendant une minute, je pense qu'ils s'adoucissent, mais il cligne des yeux et l'expression a disparu.

— Non merci.

Il se dirige vers ses bottes, les ramasse et déverrouille la porte d'entrée. Sans se retourner, il l'ouvre, franchit le seuil et la laisse se refermer doucement derrière lui.

Je l'entends enfiler ses bottes de l'autre côté de la porte avant que ses pas ne s'estompent dans le couloir.

La sonnerie de mon téléphone résonne, me faisant sursauter loin de ma rêverie. Me précipitant dans ma chambre, je le sors de la station d'accueil stéréo. Drapés sur un haut-parleur se trouvent mes sous-vêtements d'hier soir. En dentelle noire. Eh bien, au moins le spectacle a été bon.

Le joli visage à quatre yeux de Jackie illumine mon écran sous le nom de « Petite chérie de la NASA ». Le service de relations publiques de la NASA s'en donne à cœur joie entre Jackie Darling Lee et Julie Starr, alias Starr de la NASA. C'est juste une autre chose qui nous lie Jackie et moi : des surnoms stupides.

Je n'ai pas beaucoup de souvenirs d'hier soir, donc je ne suis pas sûre de tout ce que sait Jackie ou de ce sur quoi je dois être sur la défensive. J'ai besoin de me ressaisir avant d'affronter le peloton d'exécution. Je prends une profonde inspiration et fais glisser mon doigt sur l'écran, rassemblant tout mon courage.

— Hé, petite pute, qu'est-ce qui t'arrive ?
— Je suis fiancée !

Je retire le téléphone de mon oreille pour ne pas devenir sourde à cause de ses couinements. Sérieusement. Ma pote intello timide couine. Il semblerait que j'ai raté pas mal de choses pendant les six mois que j'ai passés dans l'espace. Et généralement cela ne me dérange pas. Être dans l'espace est ce que je voulais. Mais dernièrement, je me suis retrouvée à me frotter le sternum chaque fois que je me souviens de ce que je rate ici sur Terre.

— C'est génial, Jackie. Je suis tellement heureuse pour toi.

Je laisse tomber ma main de ma poitrine et me racle la gorge, ne sachant pas pourquoi je me sens si émotive.

— Mais ne pense pas que parce que Flynn t'a mis une bague au doigt, il va éviter mon interrogatoire. Je dois encore m'assurer qu'il répond à mes critères.

Jackie rit.

— Jul', je doute que quiconque puisse répondre à tes critères. Tu es dans une ligue à toi toute seule.

Je m'arrête pour regarder la porte par laquelle Holt vient de sortir.

— C'est parfaitement vrai, très chère. Parfaitement vrai.

Jackie rit à nouveau.

— T'es-tu bien amusée, la nuit dernière ?

Son ton devient espiègle et mes défenses passent à la vitesse supérieure.

— Les choses sont devenues un peu folles à Big Texas, dit-elle. Je ne t'ai jamais vue aussi ivre avant.

— Vraiment ?

Je ne suis pas alcoolique, mais j'ai déjà bu une fois ou deux avec Jackie.

— Tu ne t'en souviens pas ? demande Jackie, cette fois avec de l'inquiétude dans la voix.

— Je blague. Bien sûr que je m'en souviens.

Je n'en ai *aucun* souvenir.

— Je n'étais pas si ivre que ça.

Oh mon Dieu, j'étais *si* ivre que ça.

— Mais tu me connais, tout ce que je fais, je le fais à fond.

— Je te connais. Et je connais Holt. Qui a envoyé un texto à Flynn pour lui dire que tu es rentrée en un seul morceau hier soir.

— Oh ?

Jackie pousse un soupir dans le téléphone.

— Pas de « Oh » avec moi, Julie Starr. Depuis que nous nous sommes rencontrées, tu n'as pas arrêté d'essayer de me caser, quitte à recourir au chantage, pour l'amour du ciel.

Sa voix ne cesse de monter à chaque mot, et je dois à nouveau retirer le téléphone de mon oreille.

— Si tu pars avec un beau mec, qui se trouve être mon futur beau-frère, tu me dois des détails !

— Calme-toi, Petite chérie de la NASA, calme-toi. Il ne s'est rien passé.

Ce qui est vrai. Je décide simplement de ne pas mentionner le strip-tease. Ou le fait d'avoir dormi nue à côté de lui. Ou le fait d'avoir été une garce avec lui.

— Il s'est juste assuré que je rentre en un seul morceau.

— Oh.

Elle a l'air d'être si déçue que je manque de céder et lui en dire plus. Jusqu'à ce qu'elle ajoute :

— Eh bien, je suppose que c'est une bonne chose, car vous allez beaucoup vous voir et je ne voudrais pas qu'un coup d'un soir soit problématique.

— Oui, nous... attends, quoi ? Comment ça, on va beaucoup se voir ? Et problématique par rapport à quoi ?

— Par rapport à la planification du mariage.

Silence.

— Tu seras mon témoin, n'est-ce pas ?

Je recule en chancelant, ayant l'impression d'avoir reçu un coup. Dès l'instant où j'ai vu Jackie penchée sur sa console au travail, des crayons coincés dans sa queue de cheval en désordre et ses chaussures Converse blanc immaculé rebondir sur le sol, j'ai su qu'elle et moi allions être amies. Deux femmes, toutes deux réussissant dans un domaine dominé par les hommes, il était clair que nous devions unir nos forces. Et notre amitié s'est cimentée la nuit où je l'ai soûlée et où elle m'a avoué son obsession pour les romans d'amour sur les cow-boys. Mais jamais, au grand jamais, je n'ai pensé qu'elle me choisirait pour être son témoin. Je n'ai jamais pensé que qui que ce soit me choisirait.

Je cligne des yeux plusieurs fois, frotte mon sternum et respire profondément par le nez avant de répondre.

— Bien sûr, petite pute. J'en serais honorée.

Je jure que je peux l'entendre sourire à travers le téléphone.

— Génial ! Mais essaie de ne pas m'appeler petite pute dans ton discours, d'accord ? Holt déteste les jurons.

Mon esprit revient aux vêtements pliés proprement, aux bottes alignées près de la porte et à sa résistance à ma danse ivre et sexy.

— Oui, il est un peu innocent, n'est-ce pas ?

— Sois gentille. Comme c'est le témoin de Flynn, vous allez vous retrouver souvent ensemble dans les prochains mois.

— Les prochains mois ?

Je prends une grande gorgée de café, me brûlant le fond de la gorge.

— Oui, Flynn veut un mariage rapide. Il veut se marier avant que je ne sois trop loin dans la formation ou que je ne me voie confier un projet majeur.

Je sais que je dois répondre, mais entre mes cordes vocales brûlées et le sentiment inhabituel de panique qui monte dans ma poitrine, je ne sais pas quoi dire. Mon silence doit effrayer Jackie.

— Jul' ? Ça va ? Je veux dire, si c'est trop pour toi, je peux...

— Non.

Je parle plus fort que prévu. Je déglutis plusieurs fois, essayant d'apaiser ma gorge.

— Je veux dire, non, je peux totalement le gérer. J'ai un peu de congés à venir de toute façon. Tu sais que le service de relations humaines est toujours sur mon dos pour que je prenne des vacances après un vol.

— Je ne veux pas que tu aies à prendre des vacances, Jul'. Je te connais...

— Ne t'inquiète pas. Ton mariage est le projet idéal pour remplir tout ce temps libre dont je dispose.

Je redresse mes épaules.

— Pas de problème.

Toute ma vie, j'ai assumé les tâches les plus difficiles, géré les délais les plus compliqués et les plus gros obstacles et j'ai toujours réussi tout ce que je me proposais d'accomplir. Cette fois, il s'agit du bonheur de ma meilleure amie. Il n'y a pas moyen que je la laisse tomber. Pas question que j'échoue.

Et il est hors de question que je laisse un gentleman canon, riche et au rougissement facile me gêner.

Maintenant, où est mon carnet ?

TROIS
CHAMBRE DE COMBUSTION

HOLT

Incroyable.
C'est ce qu'est cette femme. Incroyable. Je tape ma main contre le mur de l'ascenseur, espérant libérer un peu de ma colère. J'étais là, à essayer d'être un gentleman, un *mec bien*, de faire en sorte qu'elle rentre chez elle en un seul morceau, et elle agit comme si *ne pas* profiter d'elle pendant qu'elle était à moitié comateuse était une insulte personnelle. Ou comme si j'étais gay.
Qui pense comme ça ?
D'accord, je suis peut-être devenu un peu sur la défensive à propos de tout ça parce que Jul' m'a surpris en train de regarder son corps. Son corps merveilleusement tonique et nu. Mais qu'est-ce qu'un mec est censé faire après que ce corps se fut frotté partout contre lui la nuit précédente ? Je veux dire, mon Dieu, elle a mis sa liste de lecture de masturbation et s'est déshabillée ! Le souvenir de Jul' enlevant son pantalon en cuir noir moulant et le mettant sur le côté me fait ajuster l'entrejambe de

mon propre pantalon. J'ai fermé les yeux après ça. Honnêtement. Du moins la plupart du temps.

Mais ce que j'ai vu, comme ce petit soutien-gorge et string en dentelle noire, restera à jamais gravé dans mon esprit. Et ma queue.

Les portes de l'ascenseur s'ouvrent sur le garage souterrain et j'avance vers ma camionnette tout en cherchant mes clés dans ma poche. C'est une vieille camionnette, rien d'extraordinaire, mais elle me permet de faire le tour du ranch et je n'ai pas à m'inquiéter de toutes les entailles et égratignures qui accompagnent une dure journée de travail. Flynn essaie toujours de me convaincre d'en changer. Et bien que mon petit frère soit sacrément bon dans ce qu'il fait, je n'ai pas besoin d'une nouvelle camionnette juste parce que je peux m'en offrir une. J'insère la clé, ouvre la serrure et pose mes fesses sur le siège. Je la démarre, car même pendant l'automne, il fait trop chaud pour s'asseoir dans une voiture fermée au Texas, sans climatisation. Une fois que je sens l'air froid sur mon visage, je laisse tomber ma tête contre le siège.

Je prends de grandes inspirations. C'est ce dont j'ai besoin.

J'ai toujours été celui de la fratrie West qui gardait la tête froide. Je m'énerve rarement, voire jamais, pour quoi que ce soit. Flynn est le charmeur. Rose, le feu follet. Et je suis le calme dans la tempête. J'ai toujours aimé ma stabilité, même lorsque mon frère et ma sœur me trouvent ennuyeux. Ma nature équilibrée nous a permis de rester ensemble en tant que famille après la mort de nos parents. Cela a aidé le ranch à sortir du rouge pour la première fois en une décennie, ce qui en fait une entreprise rentable plutôt qu'un projet parallèle d'amortissement fiscal pour barons du pétrole.

Alors pourquoi suis-je sur le point d'arracher le volant du tableau de bord ?

Cela n'a pas de sens. En fait, beaucoup de mes pensées et

actions n'ont plus de sens depuis que Jul' est passée devant la caméra avec son pantalon cargo ample et son polo froissé. Ce jour-là, debout dans un bar à Clear Lake, j'aurais dû me concentrer sur mon frère et essayer de rattraper de vieilles erreurs, mais au lieu de ça, mes yeux étaient rivés sur l'écran où Jul' a traité Jackie de petite pute, tout en éclairant tout le putain de bar à un million de kilomètres de là avec un sourire charmeur et une masse de boucles.

— Argh.

Je fais rebondir ma tête contre le siège. Ce sourire aurait dû être un signe avant-coureur. Je ne sors pas avec les flirts. On ne peut pas faire confiance aux femmes qui sourient en permanence. Ma mère me l'a appris. Et les sourires de Julie Starr, bien que fantastiques, sont donnés librement... et d'autant plus suspects à cause de cela.

M'installant sur mon siège, j'attrape mon levier de vitesse, juste au moment où mon téléphone sonne. Je le sors de ma poche arrière, prêt à faire taire cette stupide chose, lorsque le nom de mon frère sur l'écran m'arrête. Après tout, Flynn est la raison pour laquelle je suis allé à Clear Lake hier soir. Pas la brune hyper sexy en pantalon de cuir.

Je fais glisser mon pouce sur le téléphone.

— Quoi de neuf, Flynn ?

— Hé, grand frère.

Le ton de Flynn est suffisamment amusé pour me mettre en alerte.

— Un petit oiseau m'a dit que tu n'étais pas rentré au ranch la nuit dernière.

Un autre long et lent soupir s'échappe. Rose.

— Et puisque tu ne squattes pas ma chambre d'amis, je voulais juste m'assurer que tu allais bien. Tu sais, juste parce qu'un seul frère doit veiller sur l'autre, tout ça.

— La ferme, Flynn.

Mais mon petit frère se contente de rire. Et cela devrait m'ennuyer, mais ce n'est pas le cas. Les vannes et l'exaspération décontractées dont seul un jeune frère a le secret m'ont manqué.

— Jackie vient de raccrocher avec Jul', poursuit Flynn d'une voix chantante que tout homme devrait être gêné d'utiliser. Rien ne s'est passé, d'après elle, ajoute-t-il en riant. On dirait que tu as joué au gentleman hier soir ? Tu as toujours aimé te voir en chevalier de ces dames.

— Pas toujours le meilleur des chevaliers, hein ?

Les mots m'échappent sans réfléchir, et je me crispe. Flynn et moi avons eu une brève conversation sur ce qui s'est passé, si on peut appeler trois ou quatre phrases une conversation. Je sais que les mecs n'aiment pas insister sur les émotions, mais il me semble qu'une conversation plus longue devrait avoir lieu pour expliquer pourquoi vous avez couché avec l'ex de votre frère. Même si c'*était* pour son propre bien.

Flynn soupire, une partie de l'amusement disparaissant de sa voix.

— Tu dois laisser tomber cette histoire, Holt. Je l'ai fait.

— Tu es sûr ?

Je ne peux pas m'empêcher de poser la question et je me déteste pour ça. Je suis le grand frère, je ne devrais pas faire des choses pour lesquelles je dois demander pardon. Je suis celui qui est censé donner l'exemple.

— Oui, mec. Tu étais bien intentionné, même si ce n'était pas le cas de ta queue.

Je ne peux pas m'empêcher de rire.

— C'est dégueu, mec.

— Peut-être, mais cela ne rend pas la chose moins vraie. D'ailleurs, si je n'en avais pas fini avec cette histoire, est-ce que je te demanderais d'être mon témoin ?

Je cligne des yeux un instant, essayant de comprendre ce

qu'il a dit. Je baisse la clim qui souffle bruyamment, juste au cas où j'aurais mal entendu.

— Qu'est-ce que tu as dit ?

— Je vais me marier, frangin.

— Eh bien, si je m'attendais à ça !

Ma voix est tendue et je me racle la gorge pour me débarrasser de la masse qui bloque mes mots. Mais cela n'arrête pas le picotement derrière mes yeux.

— Félicitations, mec. Qui aurait pu penser qu'un mécanicien de pacotille pourrait attraper une fille comme Jackie ? Tu l'as laissée te revoir monter à cheval ?

Grâce à Rose, j'ai appris beaucoup sur la fille de mon frère. Beaucoup de choses que j'aurais aimé ne pas savoir. Dont ses fantasmes sur les cow-boys.

— Peut-être, s'esclaffe-t-il. Sérieusement, tu vas être mon témoin ou quoi, connard ?

— Puisque tu me le demandes si genti...

— Va te faire foutre. Je ne demande même plus. Tu es mon témoin. Fin de l'histoire.

Je ris sous cape.

— O.K., O.K. J'en serai honoré.

— Oui, tu le seras. Surtout quand je vais te dire qui est le témoin de Jackie.

Oh non. Je vous prie, pas ça. Pas après hier soir.

— Julie Starr, astronaute extraordinaire. Et la demoiselle en détresse que tu as sauvée la nuit dernière.

Une image des abdos toniques de Jul' roulant au rythme de sa musique sexy m'apparaît. La sensation de son corps nu bougeant à côté du mien dans le lit et de ne pas pouvoir faire quoi que ce soit à propos de mon érection. Demoiselle en détresse ? Oui, si quelqu'un avait été en détresse, c'était moi.

Je lâche un long gémissement et laisse tomber mon front sur le volant.

— Qu'y a-t-il, Holt ? La nuit dernière ne s'est pas passée comme tu l'avais prévu ?

Ce petit con a l'air amusé.

Je garde le silence, essayant de calmer mes pensées.

— Eh bien, ne t'inquiète pas. Jackie a des instructions détaillées. Elle a même des graphiques tout ça, avec des agendas, et des agendas quotidiens pour Jul' et toi.

— Tu peux répéter s'il te plaît ?

— Tu connais ma meuf, elle est minutieuse.

Je peux entendre le sourire dans la voix de Flynn.

— Jackie a beaucoup à faire en ce moment, avec la transition de spécialiste du contrôle de mission à la formation d'astronaute. Mais les choses ne vont devenir plus folles qu'une fois qu'elle se verra confier une mission. Nous devons faire en sorte que ce mariage ait lieu dans un mois ou deux.

— Un mois ? Oui, je ne suis pas sûr que ça soit faisable. Je suis un mec. Qu'est-ce que j'y connais aux mariages ?

— Tu ne t'y connais peut-être pas en mariages, mais tu possèdes le ranch et Jackie a à cœur qu'il se déroule là-bas.

Il marque une pause.

— Si cela te convient ?

J'ai du mal à suivre. Jul', les agendas, le ranch... mon instinct me dit que ça ne va pas bien finir.

— Écoute, mec, si tu ne préfères pas...

Je sors de mon brouillard.

— Ne termine même pas ta phrase. Je suis sur le coup. Le ranch est à vous. Pour tout ce dont vous avez besoin.

C'est mon frère. Le garçon que j'ai aidé à élever. Toute ma vie est consacrée à faire en sorte que lui et Rose aient tout ce dont ils ont besoin. Même quand ce dont ils avaient besoin pour Flynn était de ne pas me parler pendant un moment. Si mon petit frère veut que j'aide à organiser son mariage, non seulement je l'aiderai, mais j'aimerai ça.

— Génial. Et si tu as besoin de conseils pour draguer...
— Tais-toi.

Je clique sur le bouton latéral pour arrêter l'appel, mais pas avant d'entendre le grand éclat de rire de Flynn sortir du téléphone.

―――

Jul'

Après avoir englouti une autre tasse de café, suivie d'un verre d'eau glacée pour apaiser ma gorge enflammée, je sors mon ordinateur portable de mon sac à dos et le démarre. Cela prend quelques minutes, car il s'agit d'un ordinateur portable du gouvernement et je dois parcourir les protocoles de sécurité avant même de pouvoir consulter mes e-mails.

Mon téléphone s'allume avec de nouvelles notifications pendant que j'attends, alors je l'attrape, pensant que c'est Jackie qui publie quelque chose sur ses fiançailles.

J'ai tort. Je déteste me tromper en général, mais je déteste encore plus quand la raison pour laquelle les notifications de mes comptes Twitter et Instagram ont fait sonner mon téléphone est parce que j'ai reçu de foutus messages privés. Des messages privés remplis d'images qui me font tourner l'estomac à cause du café acide d'il y a un instant.

Je les parcours. Il y en a cinq cette fois. Trois de plus qu'hier, et quatre de plus que la veille.

Mon doigt survole le bouton de suppression, mais je m'arrête. Au lieu de cela, je vais dans les paramètres et désactive les messages privés pour chaque compte.

Une partie de moi sait que je dois en parler aux services de ressources humaines. Je suis un personnage public. Fondamentalement, un actif du gouvernement. Je sais que la bonne chose à faire est de leur en parler. Malheureusement, je sais aussi quel sera le résultat. Ils me colleront au sol pour me protéger jusqu'à ce qu'ils découvrent qui m'envoie ces conneries.

Je n'ai pas le temps pour ça. Je ne peux pas être un problème pour les relations publiques quand je suis si *proche* de passer commandant.

Et surtout maintenant que je m'occupe du mariage de Jackie. C'est son moment. Son jour.

Que ce psychopathe avec sa triste existence et trop de temps libre aille se faire foutre.

Poussant les images hors de mon esprit, j'éteins mon téléphone et me mets au travail, ouvrant l'afflux d'e-mails. Je prends mon temps pour répondre à chacun, en m'assurant que toutes les personnes en charge des futurs projets qui se dérouleront sur l'ISS au cours des prochaines missions sachent que je suis qualifiée et prête à prendre les choses en main. Pendant que j'y suis, il se peut que je glisse le nom de Jackie en ce qui concerne quelques projets. Je raye beaucoup de choses de mes listes.

Alors que je termine, mon ordinateur sonne, indiquant que je viens de recevoir un e-mail de Jackie.

Voilà. C'est pour ça que Jackie et moi sommes amies. C'est dimanche et pourtant nous sommes toutes les deux connectées à la NASA, concentrées sur le fait d'avoir une longueur d'avance.

Mais bon sang, je me trompe encore. Son e-mail ne concerne pas le travail. C'est à propos de son mariage.

Les choses sont déjà en train de changer.

Je lis rapidement l'e-mail. Il semble que je doive récupérer une clé USB auprès de Trish. Une clé USB pleine d'idées de photos de mariage.

Super.

On dirait que mon premier devoir officiel de témoin commence maintenant.

En déplaçant mon poids dans le virage, je dirige ma Ducati sur une petite allée pavée du parc à roulottes juste à côté des routes 3 et 96. C'est trompeur vu de la route, car cela ressemble plus à un grand parking en ciment avec des crochets de remorque sur une intersection fréquentée, qu'à un quartier. Mais au fur et à mesure que je descends le chemin, les terrains pavés temporaires peu chers se transforment en de plus grands jardins verdoyants pour les résidents permanents. Au milieu de l'allée circulaire se trouvent un bassin de rétention des eaux pluviales, et quelques grands arbres qui valent leur pesant d'or pour l'ombre bénie qu'ils fourniront en été. Le numéro de lot que Jackie m'a envoyé par SMS correspond à une caravane argentée située sur l'un des lots les plus grands et les plus agréables. Une camionnette vintage rouillée est garée à côté de la caravane.

Le silence résonne dans mes oreilles lorsque j'éteins le moteur de la moto. Ma jambe est en l'air, au-dessus de la moto, lorsque je suis accueillie par le canon d'un fusil.

Je trébuche avant de reprendre pied, ce qui est assez embarrassant, et retire mon casque. Ma mâchoire hurle de douleur car la sangle que je n'ai pas eu le temps de desserrer érafle ma mâchoire.

— Putain de merde, meuf. C'est moi, Jul' !
— Jul' ?

Elle cligne des yeux plusieurs fois avant que je ne voie la reconnaissance illuminer ses yeux. Le fusil vise vers le ciel.

— Oh, je suis vraiment désolé, ma puce. Je dormais.

Elle fait un geste vers le short de pyjama et le débardeur qu'elle porte.

— J'ai entendu ta moto, j'ai pensé que quelqu'un essayait de me surprendre.

Il semblerait que Trish soit l'une de ces filles qui restent jolies même au sortir du lit et avec des pyjamas dépareillés et froissés. Bon sang, elle parvient même à avoir l'air adorable en tenant un fusil presque aussi grand qu'elle.

Je grimace en frottant ma mâchoire, qui aura sûrement un vilain bleu dans quelques heures, et je toise la petite brune.

— Mais enfin, *pourquoi* est-ce que tu penserais que quelqu'un allait te surprendre ?

Il y a un moment de silence qui semble en dire plus que ce que Trish avait prévu. Finalement, elle laisse juste échapper un souffle.

— Je... oublie. Ce n'est rien.

Elle se frotte un œil de sa main libre.

— Je suis juste fatiguée.

Je laisse le mensonge passer, parce que s'il y a une chose avec laquelle je sais que je ne suis pas bonne, c'est tous les trucs de filles comme les émotions et les potins. Je ne suis probablement pas douée pour les autres genres de trucs de copines, comme les histoires d'amour, mais je ne sais pas vraiment parce que je n'ai jamais essayé. Quoi qu'il en soit, Trish est plus l'amie de Jackie que la mienne. Dieu sait que je suis probablement trop épuisée par les histoires de sentiments et d'amitié après avoir accepté d'être le témoin de Jackie pour être utile à Trish et à ses secrets.

C'est l'une des raisons pour lesquelles j'ai été si choquée quand Jackie *m'a* demandé d'être son témoin. Je veux dire, je sais que j'étais sa seule amie avant mon dernier séjour dans l'espace, mais d'ici à ce que je revienne sur Terre, elle a réussi à s'en faire un tas de plus (grâce à votre humble servante et à son plan de chantage bien pratique). Quand elle s'est fiancée, j'ai pensé que l'une de ses nouvelles amies décrocherait le rôle de témoin, car elles semblent définitivement plus en phase avec toute cette absurdité féminine.

Trish regarde ma moto.

— Jolie bécane.

— N'est-ce pas ?

Cela la fait rire, alors je pense que j'ai bien géré le moment délicat.

Elle ramasse le fusil, l'ouvre et sort les cartouches.

— Tu ferais bien de rentrer avant qu'on se fasse bouffer par les moustiques.

Elle se tourne, mettant l'arme à feu au creux de son bras et s'avançant vers la porte de la caravane.

Une fois à l'intérieur, Trish range son arme dans un étui qu'elle glisse sous son lit au bout de la caravane. Ma grande taille rend un peu difficile de me tenir debout sans me cogner la tête, mais j'ai fait face à pire au sein de l'ISS.

— Alors, que puis-je faire pour toi, Jul' ?

— J'ai besoin d'une clé USB que Jackie t'a passée.

— Une clé USB ?

Elle ramasse la jupe en jean que je me souviens l'avoir vue porter à Big Texas et la jette dans le panier à linge, au coin de la pièce.

— Oui, Jackie a dit qu'elle te l'avait donnée il y a quelque temps. Il y a des trucs de mariage dessus ?

— Oh oui. Je l'avais presque oubliée.

Elle fait deux pas sur le côté où une étagère peu profonde contient un ensemble de livres et deux tasses. L'une d'entre elles est pleine de stylos et de surligneurs. Trish plonge sa main dans l'autre et en sort une clé USB.

— Pourquoi a-t-elle besoin de ça maintenant ? Aux dernières nouvelles, elle contenait des recherches pour le futur, histoire d'être sécurisée, ou quelque chose dans ce goût-là. Un truc qui ressemble à Jackie, quoi.

Je ris.

— Oui, elle a dit que tu ne répondais pas à ton téléphone, alors elle m'a laissé le soin de te le dire.

— Merde ! J'ai laissé mon téléphone... euh, quelque part.

Elle devient écarlate, et je veux vraiment appuyer pour avoir plus d'informations, ou même la taquiner.

Mais ce serait l'hôpital qui se moque de la charité après ma soirée d'hier, donc je ne le fais pas.

Tenant la clé USB, Trish s'éclaircit la gorge.

— Enfin, bref. Qu'est-ce que tu es censée me dire ?

— Jackie s'est fiancée hier soir.

Je retire la clé USB de ses mains manucurées et la glisse dans ma poche avant, tandis que Trish se tient là, la bouche grande ouverte.

— Flynn a kidnappé Jackie pour l'emmener quelque part pour la journée. Probablement pour quelque chose de romantique, célébrer leurs fiançailles et tout ça.

— C'est génial !

Trish rebondit sur ses orteils et je ne peux m'empêcher de sourire. Elle est assez petite pour pouvoir sautiller là où je peux à peine me tenir debout, l'image même de la féminité, et ses cheveux, lorsqu'ils ne ressemblent pas à un virevoltant, sont lisses et semblent faciles à coiffer. On pourrait penser que le fait qu'elle soit tout ce que je ne suis pas m'ennuierait, mais ce n'est pas le cas. Elle est intelligente, elle est drôle, et elle sait se servir d'un fusil. Ça me va.

— Au fait, en tant que témoin, je vais avoir besoin que mes collègues demoiselles d'honneur donnent du temps et aient des opinions. Alors commencez un tableau sur Pinterest ou un truc du genre, d'accord ? Je ne m'occupe pas de ça.

— Attends... quoi ? Je suis demoiselle d'honneur ?

Sa mine surprise me fait plus sourire que son petit sautillement d'il y a une minute. Laissez à Jackie le soin de répandre la joie sans le savoir. Trish s'affale sur le bord du lit.

— Je n'ai jamais été la demoiselle d'honneur de qui que ce soit auparavant.

Ses yeux se remplissent de larmes.

Merde. C'est pour ça que je ne suis pas une bonne amie. Je n'ai aucune idée de ce qu'il faut faire maintenant. Je devrais probablement m'asseoir à côté d'elle. Lui préparer du thé ou du café ou une autre sorte de boisson chaude qui apaise les gens. Des trucs que l'on voit à la télé.

Je n'y connais rien, à ce genre de trucs.

— Eh bien, remets-toi minette, parce que je n'en ai aucune idée non plus.

Je me tourne vers la porte mais m'arrête une fois qu'elle est ouverte.

— Habille-toi, la Schtroumpfette.

Elle lève les yeux vers moi, clignant pour se débarrasser de l'humidité de ses yeux.

— Je t'emmène faire un tour.

— Un tour ?

Elle penche la tête sur le côté.

— Sur ta moto ?

— Non, dans la navette spatiale, dis-je en levant les yeux au ciel. Oui, sur ma moto !

Je franchis la porte et crie par-dessus mon épaule :

— Je t'emmène déjeuner et nous allons regarder comment on va gérer cette histoire de demoiselle d'honneur.

QUATRE
RASSEMBLEMENT

HOLT

— Bien, bien, bien... Regardez qui a finalement décidé de rentrer à la maison.

Je viens d'ouvrir la porte d'entrée pour être accueilli par ma sœur, qui est assise sur mon transat, les pieds levés, les bottes croisées, les mains jointes comme si elle priait, tapant des doigts. Elle a en fait déplacé la chaise pour qu'elle soit face à la porte au lieu de la télévision. Elle ressemble à un méchant de cinéma.

Elle me regarde de haut en bas.

— Salut, crétin.

Je soupire.

— C'est quoi ce mot, Rose ?

Je ferme la porte et accroche mes clés au clou de gauche avant de retirer mes bottes. Contrairement à ma sœur, je n'aime pas avoir de la saleté sur mes sols.

Un long *sifflement* retentit lorsqu'elle relâche le levier latéral du fauteuil inclinable, abaissant le repose-pieds et relevant son dos.

— Mon Dieu, Holt, dit-elle en posant ses mains sur les bras du vieux fauteuil qui continue de se balancer d'avant en arrière, il te faut vraiment de nouveaux meubles.

Je regarde autour de la pièce que j'aimais autrefois pour tous les souvenirs qu'elle gardait de mes grands-parents. Maintenant, son état lamentable me rappelle seulement ce que mes parents m'ont laissé à gérer. Moquette élimée, un vieux plaid à carreaux sur le canapé, et murs lambrissés de bois si sombre que la pièce me fait me sentir claustrophobe. Je regrette soudainement d'être rentré au ranch aussi vite que je l'ai fait.

— Oui, je sais.

— Attends, quoi ?

Elle cligne des yeux de manière comique.

— Tu es d'accord avec moi ?

Le fauteuil s'arrête enfin. Rose se lève et croise les bras sur sa poitrine.

— Après toutes ces années où je n'ai fait que te répéter de refaire la déco, tu es enfin d'accord avec moi ?

Elle me regarde de haut en bas.

— Tu dois vraiment ne pas vouloir que je te demande où tu étais la nuit dernière, ajoute-t-elle avec un sourire narquois.

Je l'ignore et me dirige vers la cuisine. Je pourrais probablement lui acheter une licorne volante et un billet pour le royaume mythique des fées qu'elle insisterait *encore* pour m'interroger avant de monter à bord et de s'envoler.

Le début d'un mal de tête me martèle les tempes. Du café. Il me faut du café.

Rose traîne derrière moi, me regardant m'en préparer une cafetière. Je ne prends pas la peine de lui sortir une tasse. Elle déteste mon café.

Quelques minutes plus tard, je prends ma première gorgée, les yeux fermés de bonheur, et Rose commence.

— Alors ?

Elle fait traîner le mot, avec un sourire diabolique faussement innocent.

— Oui ?

Je bois une autre gorgée avant de poser ma tasse sur l'îlot de la cuisine et de faire face à Rose.

— Finissons-en.

— Témoin, hein ?

Je cligne des yeux, surpris par le sujet. Je pensais à coup sûr que sa première question porterait sur Jul'.

— Euh... oui.

— Très cool.

Elle s'assied sur un tabouret de l'autre côté du plan de travail de la cuisine.

— Je suis contente que vous ayez réussi à régler vos problèmes, tous les deux.

Son sourire est plus doux, la lueur diabolique envolée. Cela la fait paraître plus jeune. Un pincement de nostalgie me frappe lorsque je réalise que même si elle sera toujours ma petite sœur, elle a grandi maintenant. C'est sa dernière année d'université.

— Je suis désolé pour tout, Rose. Je sais que ça a été dur pour toi, que Flynn et moi ne nous soyons pas parlé si longtemps.

Notre engueulade m'avait tenu à distance alors que mon frère commençait sa nouvelle vie à Houston. Nous avons enfin recommencé à parler en tant qu'adultes, et maintenant qu'il est fiancé, j'ai l'impression de perdre à nouveau mon frère. Aussi injuste et stupide que ce soit.

— Oui, eh bien. Tu m'en dois une.

Les lèvres de Rose forment une moue exagérée.

Je ris, soulagé par l'enjouement de sa voix et le rappel de l'enfant qu'elle était.

— D'accord, alors. Je t'en dois une.

Elle tend le poing en l'air, manifestant sa joie.

— Super ! Maintenant, dis-moi où tu étais hier soir.

Mince. Rose a toujours eu tendance à me frapper quand je ne regarde pas.

— Il n'y a rien à raconter, vraiment.

J'attrape ma tasse, amusé par le soupir impatient de Rose.

— Je me suis juste assuré que Jul' rentre bien chez elle.

Un sourcil blond se redresse.

— Tu devais rester toute la nuit pour t'en assurer ?

— Elle était vraiment mal. Je ne voulais pas partir et la laisser être malade ou quelque chose comme ça.

Ou rater son strip-tease.

— Oui, c'était bizarre. Nous avions bu la même quantité d'alcool, toutes les deux, dit Rose en fronçant les sourcils. Mais j'étais juste joyeuse, alors qu'elle est carrément tombée dans les pommes.

Je hausse les épaules, rebuté par le souvenir de Jul' s'évanouissant alors que je la reconduisais chez elle.

— Les effets de l'alcool sont différents sur chacun, je suppose.

Mon esprit se tourne vers notre mère. Elle était douce après une bière, méchante après la suivante. Parfois, c'était une bénédiction que nos parents n'aient pas été souvent à la maison.

Rose ne semble pas convaincue.

— Peut-être. Mais Jackie dit toujours que Jul' peut boire plus que n'importe qui. Quelque chose dans le fait de grandir dans l'armée lui a donné un estomac à toute épreuve.

Je suis étrangement heureux d'en savoir plus sur elle.

— Jul' vient de revenir d'orbite. Je suis sûr que le fait d'être dans l'espace pendant des mois a affecté sa tolérance.

— Oui, je suppose.

— Peu importe la raison, elle va bien à présent. Mon esprit dérive vers la bande de peau nue et lisse que j'ai aperçue entre les côtés de sa robe ouverte. Je secoue la tête pour me débarrasser de cette image, n'ayant aucune envie d'avoir une érection devant ma sœur.

— Elle n'avait pas l'air d'aller mal ce matin.

Un sourire narquois efface l'inquiétude des yeux de Rose.

— Elle n'en avait pas l'air, hein ?

Penchée en avant, elle pose son coude sur le plan de travail, puis repose son menton dans sa main.

— Raconte, frérot.

Zut. Je me suis foutu dans le pétrin tout seul.

— Comme je t'ai dit, rien à raconter.

Elle ouvre la bouche, mais je change de sujet avant qu'elle ne puisse me poser plus de questions.

— Comment se passe la fac ?

— Quoi ?

Elle cligne des yeux.

— Oh, bien, bien, dit-elle, agitant les mots avec sa main.

— Hummmm.

C'est à mon tour de lever un sourcil.

— Tous ces « bien » me rendent nerveux.

Je prends une autre gorgée de café, continuant de la regarder dans les yeux. Rose n'a jamais pu rester silencieuse quand je la dévisage.

Elle s'agite sur son siège.

— Eh bien, je n'allais rien dire...

Instantanément, je suis en état d'alerte.

— Qu'est-ce que ce qui se passe ? Tes notes ? Tu as besoin d'un tuteur ? Je suis sûr que je peux demander à quelqu'un...

— Mec, détends-toi, dit-elle en levant les yeux au ciel avec un soupir. Pourquoi est-ce que tu penses tout de suite que c'est mauvais ?

— Peut-être parce que tu as dit que tu n'allais pas me le dire. Pourquoi ne voudrais-tu pas m'annoncer une bonne nouvelle ?

— Oh.

Son front se plisse de concentration pendant une seconde.
— Oui, c'est logique.
— Alors ?
— Quoi ?

Je soupire à nouveau. Cela m'étonne que parfois, l'époque où elle vivait ici me manque.
— Qu'est-ce que tu n'allais pas me dire ?

Elle me regarde fixement.
— À propos de la fac ?
— Oh, juste que je serai diplômée plus tôt. En décembre, en fait.
— Quoi ?

Le choc me fait baisser ma tasse de café, une partie débordant sur le sol usé.
— Mince.
— J'adore quand tu parles comme une petite fille, dit Rose en riant.

Ignorant ses moqueries, je pose la tasse et secoue le café renversé sur ma main.
— Je ne peux pas croire que tu n'allais rien dire.
— Ce n'est pas important.
— Pas important ?

Je secoue la tête avec incrédulité, puis je sens un large sourire envahir mon visage.
— Ma petite sœur va sortir diplômée de l'université !

Je contourne l'îlot jusqu'à ce que Rose soit à portée de main, la soulevant du tabouret et la balançant dans la cuisine. Et à ce moment-là, avec son rire et moi criant comme un idiot, c'est comme si nous avions voyagé dans le temps et étions revenus à l'époque où Rose était une petite fille, où j'étais le frère aîné dont elle dépendait, et où ma vie était pleine. Pleine de sens. Pleine de cohérence.

Je l'ai reposée au sol, essayant de garder mon sourire en

place malgré mes indésirables pensées d'apitoiement. Je n'ai pas dû complètement réussir à les cacher, car Rose penche la tête avec confusion.

— Tout va bien ?

Je dégage la boule qui se forme dans ma gorge.

— Oui. Tout va bien. Je suis juste fier, c'est tout.

Son expression s'adoucit et elle se penche pour me faire un câlin.

Au bout d'un moment, alors que le sourire sur mon visage n'est plus aussi grand, mais toujours authentique, Rose se recule et pointe ses pouces en direction du fauteuil inclinable.

— Donc, on peut enfin se débarrasser de ce dinosaure, hein ?

Je ris un peu trop fort, libérant le reste d'émotion d'il y a un instant.

— Oui, je suppose.

Rien à l'intérieur de la maison n'a été touché depuis la mort de nos grands-parents. Recevoir des gens pour un mariage dans l'état actuel de la maison, même si Flynn et Jackie ne veulent pas d'un événement conviant des membres la haute société, serait tout de même embarrassant. D'autant plus que je suis sûr que tout le battage médiatique récent sur le fait qu'elle soit devenue la petite chérie de la NASA signifie que les médias voudront des photos.

Et si je m'en occupe maintenant, tout sera prêt pour la fête surprise de remise des diplômes de Rose. Parce que ce *sera* un événement empli de membres de la haute société, j'en suis sûr.

— Nous avons beaucoup à faire pour mettre le ranch en état.

— *Nous*, cher frère ?

Le sourire narquois de Rose est de retour.

— Je pensais juste que tu voudrais...

Elle lève les mains devant elle.

— Oh non. Je suis encore à la fac. Je dois étudier pour les derniers examens et la remise des diplômes, tu te souviens ?

Je passe une main dans mes cheveux.

— Eh bien, comment suis-je censé préparer la maison pour un mariage en si peu de temps ?

— J'ai toujours entendu que les témoins des mariés forment une bonne équipe. Peut-être que Jul' pourrait t'aider ?

— Jul' ?

— Je parie qu'elle adorerait mettre la main sur toutes ces... poutres, ajoute Rose avec un sourire en coin.

— Punaise, Rose.

Ma tête retombe d'exaspération, ce qui me donne seulement une meilleure vue sur le plafond grenu et les lumières fluorescentes en train de tomber.

Avec un rire diabolique, Rose sort de la cuisine, traverse la salle familiale et monte les escaliers. Elle rit toujours quand j'entends la porte de sa chambre se fermer.

C'est la deuxième fois aujourd'hui qu'une conversation avec mes frères et ma sœur se termine par des rires à mes dépens.

Être l'aîné, ça craint parfois.

―――

Jul'

— D'accord, c'est officiel. Je dois acheter une moto, me dit Trish, rebondissant à nouveau sur la banquette comme un lapin.

— Ah oui ?

Je pique un cornichon frit de ma fourchette, un must lorsque je mange chez Boondoggle's, mais je fronce les sourcils lorsque la panure tombe. Je déteste quand cela arrive.

— Eh bien, peut-être pas. Je pense que je pourrais m'habituer à être à l'arrière, cependant.

Elle prend sa fourchette, la trempe dans la sauce ranch, puis ramasse un cornichon frit, le mettant dans sa bouche.

Humm, voilà qui semble être une bonne idée.

— Tu sais, je ne discrimine pas. Toutes les motos sont plutôt cool, dis-je, imitant sa stratégie avec cornichons frits. Satisfaite des résultats, je finis ma bouchée avant de continuer :

— Mais il y a quelque chose de vraiment cool avec les motos sportives.

Je m'assois confortablement pendant que la serveuse amène les frites et les mini pizzas que j'ai commandées.

— Cela a peut-être quelque chose à voir avec le simple fait de dire « sportive », mais je pense surtout que c'est parce que cela ressemble littéralement à une fusée sous l'entrejambe, et c'est indéniablement génial pour toute femme.

— Ah ça ! dit la serveuse avant de se diriger vers une autre table.

Trish rit et prend une chips, prenant une bouchée délicate dans le coin.

— Je pense que tu devrais intégrer cela dans ton discours, si jamais tu atterris sur la Lune.

— Les gars de la NASA ne seraient pas d'accord, tu sais.

Je mets une mini pizza dans ma bouche avant d'ajouter :

— Tous les discours publics doivent être approuvés par le service des relations publiques. Tout le « Un petit pas... » d'Armstrong a été soigneusement étudié et orchestré. Ils l'ont même pratiqué en tenue et tout avant qu'il ne s'envole dans la navette.

— Tu déconnes.

Elle prend une autre petite bouchée et me rappelle l'expression « picorer ».

— Non. C'est pour ça que tant de gens crient au complot à

propos de l'alunissage. Ils voient les photos d'Armstrong lors d'une séance photo avec la maquette de l'alunissage et pensent que cela prouve que le gouvernement a tout organisé. Mais ces images n'étaient qu'une répétition générale avant l'exploit réel.

Je regarde fixement les mini pizzas sur la table, me demandant si je devrais en manger davantage. J'abandonne la résistance avec un soupir. Je ne pourrai jamais gaspiller des mini pizzas. J'en attrape une autre.

— Wow. Je suppose que cela demande beaucoup de préparation pour que quelque chose ait l'air spontané.

Elle prend une autre toute petite bouchée. Puis elle pose la portion non mangée et boit une gorgée d'eau. Une gorgée légitime, comme si on prenait du thé.

Mon Dieu, je me sens comme un homme de Néandertal face à cette fille.

J'essaie de prendre une petite bouchée de ma mini pizza. Mais ensuite, je regarde l'autre moitié dans mes doigts, sachant qu'elle va aussi finir dans ma bouche, et cela semble être une perte de temps de ne pas tout enfoncer d'un seul coup. Donc c'est ce que je fais.

— Petite question.

Elle s'arrête pour ramasser sa mini pizza.

— Très bien. J'espère pouvoir te donner une réponse rapide.

— Pourquoi est-ce que tu avais la clé USB de Jackie ?

Les yeux de Trish s'écarquillent.

— Je veux dire, les fiançailles n'ont eu lieu qu'hier soir. Et bien que cela ne me surprenne pas que Jackie ait eu une clé USB entière dédiée au mariage de ses rêves, vu qu'elle est préparée à tout scénario de la vie, je ne comprends pas pourquoi c'est toi qui l'as ?

En avalant, bien qu'elle n'ait pas pris une autre bouchée, les yeux de Trish se déplacent sur le côté.

Intéressant.

— Je, euh... eh bien, je lui ai dit que je devais effectuer des recherches.

Je pense que ce sont de vraies gouttes de sueur qui se forment sur ses tempes.

— Et connaissant Jackie, tout ce que tu avais à dire, c'était le mot recherche, et elle t'a volontiers passé les siennes et est passée à autre chose.

Trish s'éponge le front avec sa serviette.

— Oui, en gros.

Putain que cette fille est intéressante. Pas étonnant que Ian essaie métaphoriquement de pisser autour d'elle chaque fois que nous sortons.

Mais elle a l'air nerveuse et mal à l'aise, alors, encore une fois, je laisse tomber.

Parfois, être une bonne amie n'est pas amusant.

Je hoche la tête et prends une grosse bouchée de pizza.

Les épaules de Trish s'affaissent visiblement de soulagement.

— Quoi qu'il en soit, dis-je en déplaçant ma bouchée de pizza sur une joue, la NASA a des missions super cool qui arrivent. L'une d'entre elles est de retourner sur la Lune, dis-je en avalant ma bouchée. Et je suis à peu près sûre que quand je serai là-haut... je souris, car avouons-le, *bien sûr que* je serai sur cette mission, et ferai tout commentaire non approuvé auparavant par les relations publiques, je serai clouée au sol. Et il est hors de question que je laisse cela arriver.

— Clouée au sol ?

La nervosité précédente de Trish a disparu.

Un point pour moi.

— Oui, la zone d'exclusion aérienne.

Quand elle me fixe simplement, je ramasse quelques cornichons supplémentaires avant de continuer.

— Lorsqu'un pilote, ou même un astronaute, comme moi,

enfreint les règles ou fait quelque chose de déplacé, il est cloué au sol ou mis sur la liste d'interdiction de vol.

Je prends une poignée de frites.

— Ainsi, une personne peut toujours avoir le titre de pilote ou d'astronaute, mais elle ne sera plus jamais dans l'air. Elle sera clouée au sol. Tu comprends ?

— C'est réellement arrivé ? demande-t-elle, attrapant une frite pour en grignoter un bout.

— Oui. Et je ne vais pas laisser ça m'arriver, me dis-je en mangeant ma poignée de frites.

La serveuse vient me resservir en eau. Je lui fais signe de rester pendant que je vide mon verre et lui demande de le remplir à nouveau. Trish rit.

— Désolée, je suis juste un peu déshydratée.

Je hausse les épaules, me sentant un peu rustre en comparaison avec Trish.

— Dans l'armée, être cloué au sol arrive tout le temps. Pour les plus petites infractions. Mais généralement, c'est juste temporaire, un peu comme une probation ou mettre un enfant au coin.

Me sentant enfin rassasiée, je ralentis sur l'assortiment d'entrées que j'ai commandé.

— Mais à la NASA ? Une fois qu'on est cloué au sol, on ne remonte pas. C'est à vie.

Je frissonne à cette pensée.

— Et c'est arrivé ? À des gens que tu connais ?

J'acquiesce :

— Je n'en connais que deux à qui c'est arrivé. L'un d'eux a été collé au sol pour des raisons médicales.

Penser à ne plus jamais voler m'a fait chercher une autre mini pizza. Tant pis pour mon pantalon.

— Et l'autre ?

— Hum ? je demande, la bouche pleine à nouveau.

— Celui qui l'a été pour des raisons non médicales ?

— Oh. Lui, dis-je en essuyant la graisse de mon menton avec une serviette en papier. C'est arrivé assez récemment, en fait. Le nom du type est Chip Whipple.

Je lève les yeux au ciel, me souvenant de l'affaire.

— Il a décidé de ne pas suivre le protocole et s'est déclipsé lors d'une EVA. Il a juste volé sans attache ni SAFER.

Quand Trish me regarde d'un air absent, j'ajoute :

— Tu sais, l'espèce de jet pack ?

Elle hoche la tête.

— Oh oui. Ce truc a l'air si cool !

— C'est exactement le cas. Je souris en me remémorant la dernière fois que j'ai utilisé le SAFER.

Secouant la tête, je continue :

— Quoi qu'il en soit, le mec pensait évidemment qu'il était le prochain John Wayne ou quelque chose comme ça. Mais ça ne marche pas comme ça à la NASA. Premièrement, on ne s'amuse pas avec le protocole. J'ai grandi dans l'armée de l'air. Les règles et les règlements sont là pour une raison. La NASA l'avait prévenu, mais cet idiot a recommencé. Alors la NASA l'a cloué au sol. Il s'est énervé et a démissionné.

Je me souviens de ce jour. C'était vraiment nul de voir l'un des vôtres, quelqu'un avec qui vous vous étiez entraîné, entraidé, et avec lequel vous aviez concouru pour avoir du temps dans l'espace, partir en claquant la porte.

— Et deuxièmement ?

— Hein ?

— Tu as dit premièrement... alors je suppose qu'il y en a un deuxièmement ?

— Oh oui.

Je prends une frite et la pointe vers elle pour accentuer mes paroles.

— Deuxièmement, qui s'appelle Chip Whipple ? C'est juste stupide.

Je souris quand Trish rit, même la bouche pleine.

— Certes, beaucoup de gens n'ont aucun contrôle sur leurs noms ou même sur leurs surnoms, dis-je, murmurant « Starr de la NASA » avant de casser la frite en deux avec mes dents. Mais le mec s'appelait en fait Christopher. Il a *fait en sorte que* tout le monde l'appelle Chip. Je veux dire, Whipple est déjà assez nul, mais ajouter Chip ? On aurait dit le nom d'un bonbon Haribo®.

— Mon Dieu, tu as raison, c'est nul.

Trish porte sa main à sa bouche pour la couvrir pendant qu'elle continue de mâcher. Une vraie dame.

— Essaie de l'appeler par son titre avec un visage impassible... commandant Whipple.

Nous rions toutes les deux et passons le reste de l'après-midi à paresser autour du porche de Boondoggle's, à feuilleter les magazines de mariage que Trish m'a fait acheter en chemin.

Il est bien possible que je réussisse à devenir copine avec des filles, au final.

CINQ
VÉRIFICATION DES SYSTÈMES

Jul'

Je fixe mon ordinateur portable du regard depuis une heure.

D'accord, d'accord, ça fait environ dix minutes. Mais quand même. Combien de compositions florales a-t-on besoin de regarder ? Parce que Jackie a une centaine de photos et la petite pute veut en fait mon avis sur chacune d'entre elles. Sérieusement. Chacune. D'entre. Elles.

Il suffit de choisir les couleurs que l'on veut et boum, c'est fait ! Il suffit de laisser le fleuriste présenter le produit final. Je veux dire, c'est son travail, non ? Et quand Jackie a-t-elle constitué son fichier ? Les deux tourtereaux ont peut-être gardé ces fiançailles silencieuses jusqu'à mon retour. Ce qui est super gentil, mais alors totalement chiant parce que j'aurais pu avoir plus de temps pour m'en occuper. C'est le grand jour de Jackie. Si elle veut me faire confiance, alors je vais réaliser tous ses putains de rêves. Un putain d'arrangement floral après l'autre si besoin est.

Un long soupir m'échappe, mais je continue de cliquer sur

le PowerPoint de Jackie. J'ai déjà vérifié les autres fichiers sur la clé USB que j'ai reçue de Trish aujourd'hui. Il y en a un pour les robes de mariée, un pour les gâteaux, un pour la décoration et un pour les robes de témoin et demoiselle d'honneur. J'ouvrirai définitivement celui des robes de demoiselle d'honneur en dernier. Le simple fait de penser à devoir porter des froufrous et des trucs dans des couleurs pastel me fait transpirer comme si je pilotais un avion de chasse F-15 Eagle à la vitesse de Mach 2.

Ah... de bons souvenirs.

Un coup à ma porte m'offre une pause bienvenue dans mes devoirs de témoin. Un coup est inhabituel. À moins que ce ne soit Jackie. Elle est la seule personne de ma liste d'invités personnels qui n'a pas à appeler avant d'être autorisée à monter dans l'ascenseur. Mais quand j'ouvre ma porte d'entrée, le couloir est vide. Juste au moment où je suis sur le point de fermer la porte et de retourner aux rubans de bouquet, mes yeux se posent sur la boîte à mes pieds.

Ce n'est pas une grosse boîte. Peut-être une cinquantaine de centimètres carrés. Pas d'adresse. Elle n'est même pas scellée, les rabats se replient simplement les uns sur les autres pour la maintenir fermée.

Cela déclenche mon alarme interne. Certes, je suis connue pour faire du shopping sur Amazon tard dans la nuit, l'équivalent moderne du téléshopping, car je hais les centres commerciaux. Mais tous ces achats arrivent par la poste, estampillés de codes-barres et d'étiquettes du bon vieux service postal des États-Unis. Et ils sont évidemment toujours scellés.

Celui-ci n'a évidemment pas été posté.

Lentement, je m'accroupis et soulève la boîte. Légère. Même pas cinq cents grammes. Je jette un dernier coup d'œil dans les deux sens du couloir. Personne.

Je ferme la porte, la verrouille et place la boîte sur mon plan de travail.

Je vais peut-être juste la jeter.

Ma tasse non lavée de l'Air Force Academy à côté de la boîte me rappelle que je ne suis pas une mauviette, alors je prends une profonde inspiration et prétends que la chair de poule sur mes bras vient de la climatisation de mon appartement et non du mystérieux paquet. Je fais tourner la boîte plusieurs fois avant d'ouvrir le couvercle d'un coup sec.

Des confettis. Hum. Je n'avais pas vu ça venir.

Je ris de moi-même, gênée d'avoir laissé quelques photos et messages bizarroïdes sur mes réseaux sociaux me perturber. Ce sont probablement des trucs liés au mariage de Jackie.

Mais n'est-elle pas partie quelque part avec Flynn ?

Je secoue les confettis, les lunes brillantes et multicolores et les fusées flottant sur mon plan de travail. Au milieu de la pile se trouve une enveloppe. Ma main l'attrape, et je me maudis quand je vois un léger tremblement de mes doigts. Je déchire l'enveloppe et en sors... un article de journal ?

C'est un article récent sur mon collègue Bodie et moi, après la sortie dans l'espace réussie qui a sauvé la Station spatiale internationale. Je regarde à nouveau dans l'enveloppe et la boîte, mais il n'y a rien d'autre.

Peut-être est-ce un cadeau de la part d'un voisin pour me souhaiter un bon retour à la maison.

Mais vu que la seule voisine que je connaisse et que j'apprécie vraiment, le médecin de vol Rebecca Sato, a récemment déménagé pour s'installer avec son pompier préféré, cela n'a pas beaucoup de sens.

J'ouvre le placard sous l'évier, prêt à tout jeter à la poubelle quand j'aperçois l'écriture au dos de l'article.

Tu as aimé la bière d'hier soir ? Je parie qu'elle t'a fait te sentir vraiment bien.

Qu'est-ce. Que c'est. Que. Ce bordel.

HOLT

Les dimanches soir sont nuls.

Certes, la plupart du temps, je ne suis même pas au courant que le week-end arrive. Un jour passe directement au suivant lorsqu'on travaille dans un ranch. Mais depuis que je me suis rabiboché avec mon frère et que Rose rentre de l'université le week-end-end plus souvent qu'elle ne l'a fait par le passé, j'ai commencé à attendre le vendredi avec impatience. Je suis content de passer plus de temps en famille, même quand cela veut dire supporter l'humour odieux de Rose ou aller jusqu'à Clear Lake rendre visite à Flynn et Jackie. Dernièrement, j'ai l'impression d'avoir une vie réelle plutôt qu'une simple existence.

Mais les dimanches sont nuls.

Parce que c'est le dimanche que tout s'en va à nouveau. En ce moment même, j'entends Rose commencer à descendre les escaliers, sa lourde valise dévalant bruyamment derrière elle. Je me dirige vers l'entrée. Une fois qu'elle descend la dernière marche avec un « boum », je lui demande :

— Prête à retourner dans ton appartement au loyer ridiculement cher ?

Rose hausse un sourcil.

— Le plus *ridicule*, c'est que moi, sans revenu, à l'exception de mon héritage, je peux réussir à vivre dans un appartement décent, tandis que toi, qui a non seulement les revenus pétroliers *mais aussi* ceux du bétail bio, tu vis toujours dans des conditions sordides.

— Hé, je vais faire rénover la maison. En fait, pendant que tu faisais tes bagages, j'ai pris rendez-vous avec un entrepreneur.

— Un entrepreneur ? Tu es prêt à tout casser ? demande-t-elle en regardant autour d'elle. Parce qu'il va falloir un autre endroit que l'étable pour le mariage.

Je passe mes doigts dans mes cheveux.

— Je ne vais pas tout casser. Mais il nous faut au moins une nouvelle cuisine, pour le traiteur et tout. Et le gars à qui j'ai parlé a dit qu'il connaît un décorateur d'intérieur aux tarifs peu onéreux qui peut la concevoir.

Rose croise les bras sur sa poitrine.

— Eh bien, c'est un soulagement. Qui sait à quoi ressemblerait cet endroit si *tu* essayais de le faire.

— Je vis ici, tu sais ? Donc, techniquement, je suis celui dont l'opinion compte vraiment sur le long terme.

Je montre sa grosse valise encombrante.

— Et tu peux parler. Je suis peut-être un mec, mais même moi, je sais que cette valise est super moche. Du cuir marron avec des écritures marron ? Y a-t-il même des roues ? À quoi sert une valise si elle est moche en plus de ne pas être fonctionnelle ?

Rose prend une grande inspiration.

— T'es sérieux, là ?

Elle fait un geste vers le rocher rectangulaire en cuir à ses pieds.

— C'est une malle vintage Louis Vuitton Damier !

Je croise les bras sur ma poitrine et regarde ce qui, j'en suis sûr, coûte plus cher que ma camionnette.

— Elle est moche.

Elle lève les mains en l'air, puis hisse sa merde vintage à la verticale.

— Je ne peux pas y croire. T'es vraiment qu'un sale plouc…
— Salut ?

Je me fige à la voix chantante de femme fatale que je ne

connais que trop bien. La même voix qui m'a transpercé depuis l'espace, et celle récemment utilisée pour me virer de son appartement il y a quelques heures à peine.

La tête de Rose regarde derrière moi.

— Jul' ?

— Hé, ça roule ma poule ?

Lentement, je pivote, glissant un peu dans mes chaussettes à rayures, et trouve Jul', casque de moto sous un bras, sac à dos sur les épaules, debout dans l'embrasure de la porte.

— Wow, quelle surprise !

Rose me regarde.

— Ou en est-ce vraiment une ? Peut-être que vous pensiez que je serais partie maintenant ? Elle me donne un coup de coude dans les côtes.

— Bon Dieu, Rose, dis-je en me frottant le côté, je n'ai pas seize ans et je n'essaie de faire entrer une fille dans la maison en douce. Je ne savais pas que Jul' allait venir.

— S'il te plaît, dit Rose, levant les yeux au ciel. À seize ans, tu rêvais de chevaux et de vaches, pas de filles, espèce de taré.

Elle regarde Jul' et sourit.

— Il était vraiment obsédé par les trucs de cow-boy.

Jul' pouffe.

Rose lève une main d'un côté de sa bouche, chuchotant :

— Il l'est toujours, en fait.

Je soupire.

— D'accord, tu as terminé ?

J'essaie de jeter un regard noir à ma petite sœur, mais cela n'a aucun effet. Enfin, je ne pensais pas vraiment que ce serait le cas.

Je regarde la déesse à moto debout devant ma porte d'entrée.

— Qu'est-ce que *vous faites* ici ? je lui demande, grimaçant intérieurement en entendant mon ton.

Elle ferme la porte, me donnant une magnifique vue sur le

jean moulant qui serre ses petites hanches et son fessier parfaitement proportionné. Elle entre dans le hall mais s'arrête quand elle me surprend en train de fixer ostensiblement les bottes à ses pieds.

— Punaise, cow-boy.

Elle lève les yeux au ciel, mais recule pour s'appuyer contre le mur afin de pouvoir laisser tomber son casque et délacer ses bottes. Ses bottes de motard viriles, noires et cloutées qui ne devraient pas m'exciter mais qui le font pourtant.

— Je suis ici parce que je refuse de gérer ce mariage toute seule, dit-elle en laissant tomber une botte par terre.

— Toute seule ?

Elle ne peut pas être sérieuse.

— J'ai un putain d'entrepreneur qui vient à la maison demain à cause de ce foutu mariage. Je vais devoir dépenser beaucoup d'argent pour que cet endroit puisse recevoir des visiteurs dans seulement quatre semaines.

Elle met ses mains sur ses hanches et j'essaie de ne pas remarquer à quel point le mouvement met en valeur sa minuscule taille.

— Vu que tu as des millions, je ne vois pas où est le problème, monsieur *Plein aux as*.

Rose me bouscule en passant près de moi avec sa valise.

— Eh bien, cela semble super intéressant, et je suis sûre qu'une autre paire de mains serait utile, mais je dois y aller.

— Tu me laisses avec elle ?

Je sais que j'ai l'air d'une mauviette en voulant que ma sœur s'occupe de moi, mais avec Jul', je prendrai toute l'aide possible.

— Oui, je te laisse avec elle. De rien, ajoute-t-elle avec un clin d'œil.

Jul' secoue sa dernière botte, la laissant en chaussettes à rayures.

— Oh, regarde.

Rose pointe vers mes pieds de sa main libre.

— Vous êtes jumeaux de chaussettes.

— Et ta valise est de la même couleur que de la merde, dit Jul'.

Rose s'arrête pour fusiller Jul' du regard.

— Vous allez *tellement* bien ensemble, tous les deux.

Sur ces mots, elle traîne la valise hors de la maison et claque la porte. Je peux entendre cette fichue chose dévaler les marches du porche menant à l'allée, faisant probablement craquer la terrasse à chaque bruit sourd.

Quand le bruit du départ de Rose s'estompe enfin, tout est silencieux pendant une minute ou deux de plus. Je regarde à nouveau Jul', et elle regarde partout *sauf* dans ma direction.

— Alors, dit-elle, tendant le cou pour regarder dans le salon. C'est ici que 1975 est venue pour mourir, hein ?

Je ferme les yeux quelques secondes, puis, sans un mot, je me retourne, traverse le salon et entre dans la cuisine. Il me faut plus de café si je veux pouvoir supporter la raison pour laquelle Jul' est venue ici, quelle qu'elle soit.

— Super. Je vais prendre une tasse aussi, pendant que tu y es, dit-elle en me suivant.

Le récipient à café moulu à la main, je la regarde dans les yeux.

— Donc, je suis censé vous accueillir dans ma maison à bras ouverts avec une tasse de café, alors que vous m'avez jeté de chez vous ?

— Je t'ai offert du café, dit-elle, et je ne sais pas si elle plaisante ou si elle est sérieuse.

Je pose le récipient et continue de la regarder fixement.

Quel que soit le regard que je lui lance, il est probablement empreint d'incrédulité et de déception, ce qui la fait traîner des pieds et tirer sur les bretelles de son sac à dos. C'est un look inhabituel pour Jul', qui est généralement si sûre d'elle.

Je pousse un soupir, ennuyé de ne pas pouvoir faire le connard avec elle, même si elle le mériterait un peu, et continue à faire du café.

— Très bien. Asseyez-vous.

Je lui tourne le dos pendant que je prends le café, mais j'entends son sac tomber par terre, puis son saut sur l'un des tabourets du bar.

— Tu en as reçu une ? elle demande.

Je lève les yeux, entre remplir la carafe au robinet et verser l'eau dans la cafetière, pour la voir agiter une clé USB en l'air.

— Euh non. J'étais censé en avoir une ?

J'appuie sur le bouton pour lancer la cafetière et me retourne vers elle.

— Qui sait ?

Elle pose s'accoude au plan de travail.

— Les deux tourtereaux nous ont laissé un tas d'indications non spécifiques avant de filer à tire-d'aile dans leur nid d'amour.

Son nez se plisse et ses lèvres forment une moue comme un enfant de deux ans qui fait un caprice.

Jul' est plutôt adorable quand elle est de mauvaise humeur. Je me surprends à sourire malgré mon agacement.

— Des indications non spécifiques ?

Elle fait tourner la clé USB avec sa main libre.

— Un tas d'images et une liste d'idées.

Un air de dégoût traverse son visage, ce qui me fait rire.

— Ce n'est pas drôle !

Elle se redresse et frappe le plan de travail.

— Jackie vaut mieux que ça. Il nous faut des procédures, des délais, des références.

Elle pose ses paumes à plat et se penche vers moi, les yeux écarquillés.

— À quoi pensait-elle en me nommant contrôleur de vol de cette mission matrimoniale ?

Cela me prend une seconde, mais je me rends compte que Jul' est sérieuse. C'est comme si elle ne comprenait pas à quel point Jackie l'aimait, comme si elle ne comprenait pas que, pour Jackie, il n'y avait pas d'autre choix possible. Depuis que j'ai vu Jul' pour la première fois flotter autour de la Station spatiale internationale sur cet écran à Boondogle's il y a quelques mois, je n'ai vu en elle qu'une femme confiante, une dure à cuire. Une femme qui aime s'occuper des choses et donner des ordres, que ce soit dans l'espace ou sur terre. Mon cerveau vacille pour trouver la bonne chose à dire à la femme vulnérable assise en face de moi.

— Ça ne fait rien.

Elle se penche en arrière, et le doute que j'aurais juré avoir vu il y a un instant a disparu de son visage.

— J'ai les choses en main. Pas de problème.

J'ouvre la bouche, ne sachant pas quoi dire, mais sachant que je devrais dire quelque chose, quand la cafetière émet un bip.

— Génial. L'heure du café.

Jul' saute du tabouret, attrape l'une des tasses que je garde sur le plan de travail et se verse du café. Elle boit une gorgée et ne bronche pas. Ce qui veut dire quelque chose. Flynn et Rose ont tous deux décrit mon breuvage de prédilection comme de la boue.

Elle hoche la tête dans ma direction.

— Bon café, cow-boy.

Elle me donne un léger coup de hanche en sortant de la cuisine, se penchant pour attraper son sac à dos. Sans me regarder, elle se promène dans ses chaussettes à rayures et son jean moulant, disant :

— Je vais juste aller me trouver une chambre d'amis démodée dans cette maison ridiculement grande, n'est-ce pas ?

La tasse est toujours en route vers mes lèvres.

— Attendez. Vous restez ?

Je pose la tasse.

— Ici ?

Elle s'arrête et se tourne à nouveau vers moi.

— Euh, *oui*. Il y a genre un milliard de chambres dans cet endroit, dit-elle avec un geste de sa main libre. Même si elles semblent toutes sortir tout droit de *La Famille Brady*.

Mon esprit ne fonctionne pas assez bien pour trouver une répartie quelconque.

— Je te l'ai dit, poursuit-elle, nous avons beaucoup de choses à faire. Je ne vais pas perdre de temps à faire la navette jusqu'au trou du cul du monde, ni faire autant de kilomètres sur ma bécane.

Elle penche la tête avec un sourire, et une fois de plus mon cerveau vacille.

— Tu as de la chance, la NASA a été sur mon dos pour que je prenne une partie des vacances que j'ai massivement accumulées.

— J'ai de la chance ?

Je finis par lâcher.

— Pas ce genre de chance, cow-boy, dit-elle en riant, son sourire sexy se transformant en un sourire narquois quand je me sens rougir.

— Je ne voulais pas dire...

— Je sais, mais tu me rends la tâche si facile, dit-elle avec un clin d'œil.

Elle se retourne pour partir mais s'arrête, me montrant son profil.

— Et je *suis* désolée pour ma conduite de ce matin.

Elle fronce les sourcils et mord le coin de sa lèvre avant de continuer.

— J'ai été euh... prise au dépourvu.

Son froncement de sourcils s'accentue, des rides marquent la peau entre ses yeux.

— Je n'aime pas ça.

Elle balance le sac sur une épaule et me regarde.

— Pardon.

Puis, comme elle si elle n'avait pas chamboulé mon monde avec sa sincérité, elle disparaît.

Je suis toujours dans un état de confusion quand je l'entends crier depuis l'étage :

— Rendez-vous à 8 h 00 pour parler des projets de mariage. Bonne nuit, cow-boy.

Une porte se ferme.

Cela devrait m'ennuyer qu'elle soit arrivée comme si de rien n'était et se soit sentie comme chez elle, jurons et choc émotionnel compris.

Au lieu de ça ? Ma queue se contracte à l'idée qu'elle dorme sous mon toit.

SIX
C'EST PARTI !

JUL'

Ah, l'air frais de la campagne !

La merde de vache n'a jamais senti aussi bon.

Mes baskets laissent des traces sur le chemin de terre humide de rosée qui serpente autour de la propriété West. Le soleil perce à travers la brume matinale, éclairant mon chemin. Les hautes herbes de chaque côté de moi se courbent dans la brise légère qui rafraîchit mon visage surchauffé.

À mesure que la maison se rapproche, j'accélère ma vitesse et je sprinte vers l'arrivée. Le bourdonnement à mon poignet indique que j'ai terminé mon entraînement suggéré pour la journée et le soleil est à peine levé.

J'adore ça. Non pas courir en soi, mais pousser mon corps à ses limites et la concentration qui en découle. Je cours depuis une heure. Il m'a fallu autant de temps pour calmer mon esprit, ce qui est inhabituel. Dans l'espace, confinée dans une zone exiguë au sein d'un vide sans fin, je me suis familiarisée avec les techniques de méditation pour calmer mon esprit hyperactif. Des techniques dont je n'ai jamais eu besoin sur terre. Cependant, au réveil à cinq heures du matin après une nuit agitée, j'ai enfilé mon soutien-gorge de sport et mes baskets pour me traîner vers le ciel à peine éclairé. Un étrange mélange de pensées, allant de la livraison inopportune d'hier au regard perçant de Holt, a envahi mon esprit pendant la majeure partie de la course.

Mais maintenant, enfin, après soixante minutes épuisantes, dont quarante à toute vitesse, mon esprit est vide de tout sauf du rythme de mes chaussures de course et du métronome de ma respiration. Mentalement, je coche une tâche de ma liste de choses à faire.

Je suis une experte en création de listes. Peu de gens savent ça de moi. Jackie, si.

Hummm, c'est peut-être pour ça qu'elle n'a pas inclus la traditionnelle liste de choses à faire pour le témoin sur la clé USB. Je pensais que cette absence était bizarre, car tout ingénieur qui se respecte sait qu'il y a toujours un ordre des opérations, alias une *liste*, qu'il faut suivre pour atteindre l'objectif que vous vous êtes fixé. Jackie est la personne la plus intelligente que je connaisse. Mais peut-être qu'elle a pensé que la liste serait quelque chose *que j'aimerais* faire. Elle se moque toujours de moi lorsque je retravaille l'ordre des opérations de la NASA pour mieux répondre à mes besoins. C'est peut-être exactement ce que je dois faire pour que ce mariage commence correctement.

Numéro un sur ma liste de choses à faire après ma course matinale : dresser une liste.

Génial.

Je traverse l'endroit imaginaire que j'avais déterminé comme ma ligne d'arrivée avant de commencer ce matin et ralentis ma course pour finir par un jogging, puis une marche. La sueur perle sur mon corps et j'ai l'impression d'avoir brûlé autre chose que des toxines et des calories ce matin. Le bourdonnement de mécontentement, et j'ose l'admettre, de peur, qui n'a pas cessé de résonner dans mon esprit depuis que j'ai reçu ce paquet hier, est enfin silencieux. Une partie de moi se sent mal de me cacher ici sous couvert de planification de mariage.

Mais encore une fois, ici, avec l'odeur du foin et des bouses de vache, on pourrait presque oublier d'être droguée par un harceleur.

Et je *dois* gérer tout ce mariage. Donc, clairement, chacun y gagne.

Ma récupération après ma course me ramène à la maison et mes pieds martèlent les deux marches du porche, essayant de relâcher la tension déjà accumulée depuis ma dernière pensée.

Essayant de me recentrer, je courbe ma colonne vertébrale, les paumes à plat sur le sol du porche. Je prends une profonde inspiration par le nez, la relâchant lentement par la bouche, approfondissant mon étirement. À chaque expiration, mes muscles se relâchent et s'installent plus profondément dans la position, le haut de ma tête frôlant presque les planches de bois.

Le grincement de ressorts et le claquement de la porte moustiquaire font intrusion pendant mon temps d'étirement.

— Jul' ?

Mes yeux s'ouvrent à la vision de Holt West, fraîchement sorti du lit, une barbe naissante sur le menton, les cheveux sauvages et décoiffés, la chemise déboutonnée, le pantalon défait. C'est quelque chose de vraiment glorieux. Surtout vu entre mes jambes. Même à l'envers.

— Qu'est-ce que tu fais debout si tôt ?

Il semble méfiant et, pour une raison quelconque, en colère.

Lentement, je me redresse, dépliant ma colonne vertébrale une vertèbre à la fois avant de me tourner pour lui faire face.

Et je mentirais si je disais que le voir à moitié déshabillé n'est pas tellement mieux à l'endroit.

— Bonjour, le fainéant, dis-je d'une voix traînante, essayant de ne pas sembler affectée par sa présence, mais mon moniteur de fréquence cardiaque émet un bip, m'avertissant de son rythme croissant. Je mets mon essoufflement et l'irrégularité de mon rythme cardiaque sur le compte du sport.

Holt émet un bruit d'étouffement.

— Fainéant ? Moi ? s'esclaffe-t-il. Tu es bien la première personne à m'accuser de ça.

Je fais glisser mes yeux sur son corps, ma concentration passant des plans lisses de ses muscles pectoraux jusqu'au contour rugueux de ses abdominaux, le tout visible dans l'ouverture de sa chemise. Rougissant, Holt commence la boutonner, mais dans sa hâte, il le fait mal.

— Pas besoin de te dépêcher pour moi, cow-boy. J'ai déjà tout vu.

Je lève une jambe derrière moi pour étirer mes quadriceps. Ses sourcils sautent de surprise quand je tends la main pour attraper son épaule. Je peux me dire que c'est pour l'équilibre, mais honnêtement, je veux juste le toucher. Faisant glisser mes yeux sur son corps, j'ajoute :

— Ce n'était pas une épreuve à l'époque, ce n'en est certainement pas une maintenant.

La dernière phrase sort de ma bouche sans réfléchir. Et à la façon dont le regard de Holt se fixe sur le mien, je sais qu'il ne l'a pas raté.

Je continue de me rincer l'œil, changeant de jambe et de main, pendant que Holt essaie de régler son problème de bouton asymétrique. L'acte de s'habiller est sûrement deux fois plus érotique que n'importe quel strip-tease que j'aurais pu lui offrir. Il glisse un autre bouton dans son trou, ses yeux ne quittant jamais les miens.

Oublions la méditation. Tout ce dont j'ai besoin, c'est d'un contact visuel avec Holt et le monde extérieur s'effondre.

Tout s'intensifie. Le resserrement de ses muscles sous la chemise en coton léger. Mes tétons durcis contre le lycra restrictif de mon soutien-gorge de sport. La barbe de trois jours sur la peau bronzée de Holt qui bouge alors qu'il serre la mâchoire. Le lent glissement d'une goutte de sueur le long de mon cou et de mon décolleté. Une goutte dont Holt suit avidement la progression de ses yeux couleur whisky. Une légère caresse du vent me chatouille la nuque, faisant danser le bout de ma queue de cheval pendant que je frissonne.

— Yo, patron. T'es prêt à y aller ?

Je relâche Holt et recule en trébuchant. La main de Holt se tend, attrape ma taille et me stabilise. La sensation de sa grande main rugueuse sur ma peau nue brûle plus que les propulseurs à poudre de la navette spatiale et leurs cent soixante millions de chevaux de poussée.

En regardant par-dessus mon épaule, je vois un *jeune* cow-boy grand et dégingandé arriver au coin de la maison.

— Oh. Euh, désolé, m'dame.

Le jeune homme enlève son chapeau de paille lorsqu'il atteint les marches du perron.

— Je ne savais pas que Holt avait, euh, de la compagnie.

C'est une bonne chose pour le gamin qu'il soit encore plus bronzé que Holt, parce que je suis presque sûre qu'il rougit comme une nonne devant des Chippendales en ce moment.

Déterminée à ne laisser personne savoir à quel point je me laisse être affectée par Holt, je fais un grand sourire au garçon et me dirige vers lui.

Remarque : la sensation de la main de Holt qui descend jusqu'à ma hanche alors que je m'éloigne est *agréable*.

— Pas de problème.

Je tends la main au jeune homme.

— Je suis Jul'. Ravie de te rencontrer... ?

— Tucker, m'dame. Tucker Gibson.

Sa poignée de main est forte, son sourire amical. Je l'aime déjà.

— Ravi de te rencontrer, Tucker.

Je retire ma main pour pouvoir en essuyer le dos sur mon front.

— Désolée, je transpire, je viens de rentrer, j'étais partie courir. Je fais un geste vers les pâturages derrière lui.

— C'est bien mieux qu'un tapis de course.

Tucker se contente de hocher la tête, ne regardant que mon corps.

Je lui souris, pas du tout embêtée. Il est jeune, il sort sans doute tout juste du lycée. Il ne pourrait sans doute pas contrôler ses hormones, même s'il essayait. Et puis, un peu d'appréciation innocente est comme un verre de lait. C'est bon pour la santé.

Holt se racle la gorge, ce qui fait détourner le regard à Tucker.

C'est ensuite mon tour de sursauter lorsque Holt se redresse près de moi et place de nouveau sa main sur ma taille. Comme pour marquer son territoire. J'ai encore un frisson et cette fois ça n'a rien à voir avec la brise.

De la possessivité. Qui aurait dû penser que j'aimerais ça ?

— Tucker ?

Holt hoche la tête en direction du gamin.

— Je te retrouve dans la grange dans une minute.

Tucker hoche la tête en réponse, baisse son chapeau et s'en va avec un « m'dame » et un sourire dans ma direction.

Une fois qu'il est hors de vue, je me tourne vers Holt, soudain très intéressée de voir sur quelles autres parties de nos corps nos mains pourraient atterrir.

— J'apprécierais que tu ne fasses pas ton truc autour de lui, dit-il, retirant sa main et désignant la direction ou Tucker est parti de la tête.

Je cligne des yeux à ces mots.

— Mon... *truc* ?

— Tu sais, quand tu flirtes et fais tes trucs sexy.

Il fait un geste vers moi en général, ses sourcils froncés.

— C'est un bon gamin, il n'a pas besoin de ce genre de distraction.

Il me faut une minute pour comprendre ce qu'il veut dire, et quand je le comprends, tout mon corps se raidit. Toute chaleur que j'ai pu ressentir envers Holt se refroidit comme une fusée dans l'espace.

Énervée, et étrangement blessée, je gère la chose de la seule façon que je connaisse.

Je penche ma tête sur le côté et souris, passant mes mains sur sa chemise désormais boutonnée et dans ses cheveux. Il écarquille les yeux et je l'attire plus près, ma bouche sur son oreille.

— Tu veux que je te dise, cow-boy ?

Je murmure avant de lécher le bord de son oreille pour faire bonne mesure. Je souris lorsque ses mains se lèvent et attrapent mes hanches.

— Je pense que c'est *toi* qui es distrait.

Je mordille son lobe avant de me dégager pour entrer lentement dans la maison.

Je ne regarde pas en arrière. Parce que si je le faisais, je n'arriverais peut-être pas à être aussi joueuse. Ou pire, il pourrait voir à quel point ses paroles m'ont blessée.

Et je serais obligée de lui donner un coup de poing.

―――

HOLT

Je regarde Jul' entrer dans la maison, les yeux rivés sur sa silhouette. Sa forme en sueur, sexy et souple.

Ma queue, qui avait été aussi fébrile que moi la nuit dernière, s'agite à cette vue.

Qui est-ce que j'essaie de tromper ? Elle a sa propre volonté depuis que Jul' est entrée chez moi hier dans ses bottes de moto.

Toute la nuit, j'ai essayé d'être suffisamment à l'aise pour dormir avec une intense érection, refusant d'y céder et de me masturber en pensant que Jul' dormait juste au bout du couloir.

Devinez quoi ? On *ne peut* jamais être assez à l'aise pour dormir avec une intense érection. Donc cela fait maintenant deux nuits d'affilée que le sommeil m'échappe.

D'où mon humeur de chien.

J'étais tout *sauf* de mauvaise humeur, cependant, quand j'ai dévalé les marches, avec vingt minutes de retard pour retrouver Tucker, pour m'arrêter brutalement à la vue des fesses en forme de cœur de Jul'.

Quand elle a mis sa main sur mon épaule, ma queue, déjà fébrile, a presque sauté de mon jean débouclé. Si Tucker n'avait pas appelé quand il l'a fait, je suis presque sûr que j'aurais tout envoyé balader pour la pencher sur la balustrade du porche à la lueur du lever du soleil.

Tucker. Putain. Je frotte ma main sur mon visage en pensant à mon attitude de connard.

Je suis devenu un connard jaloux parce que Jul' a souri à Tucker. En fait, je l'ai prévenue de ne pas l'approcher. Comme si c'était une fille facile que je devais surveiller. Comme j'étais de retour dans les années 1950. Comme si j'avais le droit de lui dire avec qui elle pouvait ou ne pouvait pas flirter. En fait, elle a tressailli à mon commentaire stupide. Elle a récupéré si rapidement que pendant une seconde, j'ai pensé que j'avais peut-être mal interprété sa réaction, qu'elle avait juste cligné des yeux. Mais je l'ai blessée, et ça me fait vraiment me sentir comme un sale con.

J'avais finalement réussi à ce que Jul' me regarde avec autre chose que de la condescendance et l'air de se foutre de moi, et j'ai dû me débrouiller pour tout gâcher.

Je devrais m'excuser. C'est ce que ferait un gentleman. Ce que mon grand-père m'a appris à faire.

En me redressant, j'ouvre la porte moustiquaire et monte les marches en courant. Une fois passé ma chambre et au bout du couloir, je lève la main pour frapper à la chambre d'amis que Jul' s'est appropriée. Mais le bruit de la musique et de l'eau courante m'arrête. Bon sang, je connais cette chanson. C'est celle sur laquelle, ivre, elle a enlevé son pantalon de cuir, se balançant en rythme, ses mains pétrissant ses seins à travers sa chemise stratégiquement abîmée.

Jul' est chez moi. Nue. Prenant une douche en écoutant sa liste de lecture de masturbation.

Je suis tellement excité en ce moment que ma queue pourrait frapper à la porte pour moi. Ce qu'elle veut vraiment, vraiment faire. Mais malgré mon excitation, je sais que faire irruption dans la douche d'une femme pour s'excuser d'être un abruti est un geste des plus malsains.

Rapidement, je reviens sur mes pas, ignorant mon érection douloureuse alors que je descends les escaliers et que je sors par la porte. C'est la meilleure chose à faire.

J'ai beaucoup de travail à faire avant que l'entrepreneur et la décoratrice n'arrivent tout à l'heure pour commencer les rénovations, de toute façon.

La porte moustiquaire claque derrière moi alors que je me dirige en boitillant vers la grange.

— Qu'est-ce qui arrive à ta jambe ? me demande Tucker dès que j'entre.

— Rien.

J'essaie d'équilibrer ma démarche quand je passe devant lui et me dirige vers mon cheval, Angelo.

— Alors pourquoi tu boites ? Et qui est Jul' ?

Je peux sentir les yeux de Tucker sur moi alors que j'ouvre la porte de la cabine et lance la laisse par-dessus la tête d'Angelo.

Le grand étalon hennit et piétine, captant mon mécontentement.

— Alors ? demande Tucker.

J'évite le flanc d'Angelo, utilisant sa taille pour me cacher pendant que j'ajuste mon érection. Pas question que je dise à Tucker que je boite parce que ma queue est une idiote avec un mauvais timing. Tucker et moi sommes proches. Mais pas si proches.

Je l'ai rencontré il y a douze ans alors que nous étions tous les deux des gamins en colère à la recherche d'une distraction. J'avais vingt-deux ans et j'essayais de transformer le ranch dont j'ai hérité en quelque chose de rentable. Flynn était perdu dans le monde des riches désœuvrés, et Rose était loin, dans l'un des internats élitistes pour filles dont elle a été virée plusieurs fois.

Tucker avait dix ans et en voulait au monde entier de lui avoir donné un père qui s'était barré et une mère si occupée à mettre de quoi manger sur la table, qu'elle avait l'air de dix ans de plus que son âge, et n'avait jamais de temps pour son fils. Nous nous sommes rencontrés à la fondation Big Brother Big Sister. Je l'ai laissé dépenser son énergie et sa colère au ranch, et il m'a fait sentir que je n'étais pas aussi inutile que je le pensais lorsqu'il s'agit de prodiguer des conseils fraternels.

Je lève les yeux vers Tucker pour voir qu'il n'a pas bougé de sa position près de la porte, ses mains emmêlées dans une corde. Il a beaucoup grandi ces dix dernières années, probablement plus que moi. Sachant que cet idiot têtu ne se mettra au travail que lorsque sa curiosité sera satisfaite, je cède.

— C'est Julie Starr. Elle va rester ici pendant...

Euh, en fait, je ne sais pas combien de temps elle reste. Je n'ai même pas pensé à le lui demander. Mince. Et si elle partait avant que je puisse m'excuser ?

— Attends...

Tucker laisse tomber la corde qu'il avait enroulée sur son épaule.

— Julie Starr. Comme, l'*astronaute* ? Celle qui a fait la une des journaux il y a environ un mois ?

J'acquiesce en passant mes mains sur Angelo, espérant nous détendre tous les deux.

— Celle qui a pratiquement sauvé la station spatiale ? poursuit Tucker.

J'acquiesce à nouveau avant d'atteindre la selle drapée sur un rail de la stalle. Avec un grognement, je l'attrape et la place sur le dos d'Angelo.

— Celle-là même.

Il ne doit rien avoir à répondre à cela, car Tucker arrête finalement de parler et recommence à enrouler la corde.

Cela fait du bien, un peu de calme. Juste ce dont j'ai besoin pour calmer certaines parties de mon corps et mettre de l'ordre dans mes pensées.

Alors je ne sais pas ce qui me prend d'ouvrir la bouche pour ajouter :

— Elle est là pour aider à planifier le mariage.

La corde retombe.

— Le mariage ?

Ses yeux sortent presque de leurs orbites.

— Quel mariage ?

L'exclamation de Tucker fait bouger l'étalon, qui déplace son poids, en particulier son sabot avant droit, vers mon pied.

— Punaise, dis-je en soufflant, boitillant hors de la stalle, mon pied palpitant.

— Mec…

Les sourcils de Tucker atteignent sa racine des cheveux.

— Désolé.

Lorsque j'essaie de mettre du poids sur mon pied, la douleur l'envahit. Incapable de former le moindre mot, je grogne contre

Tucker et lui fais signe de s'en aller avant de m'effondrer sur une botte de foin.

— Euh, je vais finir de seller Angelo, marmonne Tucker, se dirigeant vers le cheval agacé.

Je baisse la tête et pousse un long soupir.

La bonne nouvelle ? Mon érection a disparu à cent pour cent. La mauvaise ? Je boite toujours.

SEPT
ANGLE D'ATTAQUE

Jul'

Holt m'évite.
C'est peut-être parce qu'il se sent comme un con pour ce qu'il a sorti tout à l'heure, ou qu'il ne m'aime vraiment pas du tout.
Mais je parie sur la première option.
— Yo.
Trois ouvriers du ranch se tournent dans ma direction. À première vue, ils ont entre vingt et quarante ans et soulèvent à tour de rôle d'énormes sacs de je ne sais trop quoi à l'arrière d'une camionnette.
Je m'arrête, bien à l'écart.
— Vous avez vu Holt dans le coin ?
— Le chef ? demande le plus âgé, sans une once d'irritation d'appeler un homme plus jeune par ce titre.
— Je pense qu'il vérifie que tout va bien à l'étable de vêlage.
Le plus jeune hoche la tête après avoir jeté un autre sac dans la caisse de la camionnette.

Je regarde en arrière vers la grange près de la maison principale.

— L'enclos de vêlage ?

Avec un dernier grognement, le troisième gars charge le dernier sac.

— Oui, nous avons dû déplacer l'une des vaches gravides là-bas, tôt ce matin.

Il remonte son gant de travail et regarde sa montre.

— Elle a peut-être déjà accouché, maintenant.

Il fait signe vers le véhicule à quatre roues à côté de la camionnette.

— Vous voulez que je vous y conduise ?

Je ne suis pas très fan des bébés et autres trucs mièvres, mais la perspective de voir un veau est plutôt attrayante.

— Ouvrez la voie.

―――

LES VEAUX ne sont pas attirants.

Ils sont dégueulasses. Et mouillés avec des trucs qui ne sont pas de l'eau.

Il s'avère que la vache *n'avait pas* fini de mettre bas avant notre arrivée. Au moment où Bill, l'employé du ranch qui m'a accompagnée, et moi sommes arrivés, nous sommes entrés dans un truc qui semblait tout droit sorti d'Alien.

Sérieusement, je ne suis même pas sûre que Sigourney Weaver aurait pu encaisser ce que j'ai vu.

— La mère s'en est bien sortie.

Holt frotte la maman vache entre ses grands yeux marron, des yeux qui semblent bien trop calmes pour ce qu'elle vient de vivre.

Bill se penche par-dessus la balustrade de l'étal, regardant la paille fraîchement étalée.

— Le veau est en bonne forme.

Le veau en question s'incline et se frotte la tête sur la paille comme un chien qui se gratte. Mais au lieu de le nettoyer de la matière visqueuse, la paille se colle tout autour de sa tête, le faisant ressembler à un porc-épic amniotique.

Holt et Bill sourient tous les deux.

Les cow-boys sont super bizarres.

— Euh, alors, il est plus de 8 h 00 !

Les deux hommes me regardent en train d'appuyer sur ma montre connectée, la surprise les sortant de leur petite bulle de bonheur liée à l'accouchement d'une vache.

Bill regarde à nouveau sa montre.

— Effectivement. Il est 8 h 45 pour être exact, m'dame.

Rose dit que je ne devrais pas pincer mes lèvres car cela provoque des rides prématurées. J'essaie de m'en souvenir maintenant.

— Ne m'appelez pas m'dame, Bill. Jul'. Je suis Jul'.

Bill cligne des yeux.

— Oui m'da.., je veux dire Jul'.

Je hoche la tête et me retourne vers Holt.

— Tu es en retard pour notre discussion sur le mariage.

Bill s'étouffe.

Après une minute de martèlement sur son dos, Bill me fait signe d'arrêter.

— Pardon, pardon. Ça va maintenant.

Il jette un coup d'œil entre Holt et moi.

— Mais je pense que je devrais peut-être y aller.

Il sort une radio de sa poche arrière et la secoue.

— Contactez-moi par radio si vous avez besoin qu'on vous ramène.

Sifflant encore un peu, Bill file hors de l'étable.

Holt fronce les sourcils dans ma direction... comme d'habitude.

Je fronce les sourcils vers lui en retour.
— Le mariage.
— Oui, je sais.
— Qu'est-ce que tu sais ?
Je sens les rides se former.
— Que nous devons planifier un mariage.
Voilà mes narines dilatées.
— Oui, cow-boy. En, genre, deux mois.
Silence.
— Eh bien ? Quel est ton programme ?

Plus de silence. Au moins, cette fois, il a la décence de paraître incertain.

Incapable de m'arrêter, je soupire profondément et croise les bras. C'est soit ça, soit entrer dans la stalle de la vache et le gifler sur la tête.

— C'est pas la théorie des cordes, cow-boy. Nous ne pouvons pas juste parler de ce qui pourrait être ou ce qui devrait être, nous devons réellement commencer à *faire* quelque chose.

Les lignes autour de sa bouche deviennent plus profondes.
— Tu sais vraiment ce qu'est la théorie des cordes ?
Enfoiré.

Je sais que Jackie connaît la théorie des cordes, car elle m'a fait un cours de quarante-deux minutes là-dessus la semaine dernière. Sérieusement, j'ai compté. Et je connais des trucs sur la théorie des cordes grâce à l'une de mes émissions préférées, The Big Bang Theory. Mais Holt ne sait pas ce que je sais ou ne sais pas.

Mes yeux se rétrécissent en direction de l'homme qui fait des câlins à une vache. Je jure que passer plus de temps ensemble nous fera vieillir prématurément.

— *Tu sais* ce qu'est la théorie des cordes ?
— Non.
— Eh bien, voilà.

Mes bottes de moto donnent un coup de pied dans la paille par terre. Je me tiens devant le portail de l'étal. Ce ne sont que quelques barres horizontales largement espacées, donc je peux voir le veau à travers, qui se fait maintenant lécher par sa mère.

Je manque de vomir. Mais je me ressaisis et respire profondément par le nez.

— Revenons au mariage.

Je vois un sourire amusé de Holt, et je suis presque sûre qu'il m'a vue lutter contre mon réflexe nauséeux.

— Ton frère. Ma meilleure amie. Deux mois. Cérémonie dans une grange.

Ses mains s'arrêtent au milieu du flanc de la vache.

— Cérémonie dans une grange ?

— Tu n'as pas regardé la putain de clé USB que je t'ai donnée hier ?

Il a la bonne grâce d'avoir l'air peiné.

— Euh non. Pardon. J'ai été occupé.

— Oui, avec ta propre émission de 30 millions d'amis.

— Oui.

La mâchoire de Holt se serre et ses narines se dilatent. Je suis excessivement contente de voir que j'ai un effet sur lui. Puis il prend une profonde inspiration pour se calmer et les traits de son visage se détendent.

— Ce n'est pas une excuse cependant. J'aurais dû y jeter un œil.

Hum. Maintenant, je me sens un peu mal d'avoir pesté contre lui. Je hausse les épaules.

— C'est comme tu l'as dit, tu étais occupé.

Quelque chose d'humide touche ma main et je recule.

— C'est quoi ce bordel ?

Un son riche et grondant vient de Holt. Waouh. Son rire est vraiment chouette. C'est aussi assez pour me distraire des veaux sauvages.

Presque.

Holt manœuvre autour du bord de la stalle, se penchant pour lui tapoter le mollet.

— Elle essaie juste de dire bonjour.

Ignorant à quel point Holt est beau quand il sourit, je me concentre sur le veau, qui est apparemment une femelle et dont la tête brillante passe à travers les barreaux de la porte.

— Meuf, tu as encore de la morve vaginale sur toi.

Avec un haut-le-cœur, Holt se redresse.

— C'est dégoûtant.

— *Ça, c'est* dégoûtant ? De toutes les choses que tu as vues au cours des vingt dernières minutes, tu penses que l'expression métaphorique « morve vaginale » est dégoûtante ?

— Oui.

Je décrirais son expression faciale comme mutine.

Je ris, ses qualités pudibondes me faisant sourire.

— Peu importe, cow-boy.

Le veau émet un bêlement étrange et pousse davantage son nez vers moi.

Ce putain de truc *est* plutôt mignon. Elle souffle à nouveau et je tends timidement la main.

Mouillée, oui. Mais aussi douce. Hum.

Elle frotte son visage sur ma main, respirant des bouffées d'air par ses larges narines.

— Génial, je marmonne. Maintenant, j'ai de la morve sur moi en plus de tous les autres trucs.

— C'est-à-dire ?

Le sourire de Holt est de retour.

— Rien.

Je lève mon autre main et gratte le côté de son cou, même si je prends note d'acheter une brosse à ongles dès que possible.

Nous passons tous les trois quelques minutes en silence

pendant que je caresse la vache et que Holt regarde. Il ne me fait probablement pas confiance avec elle.

— Je vais, euh, regarder tout ça à l'heure du déjeuner.

Je détourne mon regard de ma nouvelle meilleure amie pour regarder vers Holt. Qui a l'air étrangement déterminé.

— Regarder quoi ?

— La clé USB.

À mon regard vide, il lève un sourcil.

— Pour le mariage ?

— Oh oui. Bien sûr.

Cookie me donne un coup sur la poitrine.

Oui. J'ai nommé la vache Cookie. Parce qu'elle a besoin d'un nom.

Et que même avec toute la morve vaginale dont elle est couverte, je ne peux pas me résoudre à l'appeler Vag'. Et parce qu'une fois, j'ai entendu Trish appeler ses parties intimes « cookie ».

Euphémismes, les gens. Euphémismes.

HOLT

J'AI ENCORE besoin de m'excuser.

Les talons de mes bottes soulèvent la saleté pendant que je descends l'allée principale. J'ai pris le plus long chemin jusqu'à la maison pour réfléchir. À propos du ranch. À propos du mariage. À propos de Jul'.

Je ne m'attendais pas à ce que Jul' débarque à l'enclos de vêlage. Au début, j'ai été agacé de voir à quel point Jul' était dégoûtée par tout ça. Mes sentiments ne se sont pas améliorés lorsqu'elle m'a réprimandé à propos du mariage, évoquant la théorie des cordes comme si ses connaissances sur de tels sujets la rendaient supérieure ou quelque chose du genre.

Mais ensuite elle a caressé le veau. Elle lui a même *donné un nom*, pour l'amour de Dieu ! Qui nomme un veau ? Cookie, rien de moins.

Je fais rouler mes épaules, conscient de mon aigreur.

Ce n'est pas dans mon genre d'être si critique. Je ne sais pas exactement ce qui m'énerve chez Jul', mais mes grands-parents auraient honte.

Parce que Jul' a raison, j'aurais dû regarder les trucs liés au mariage. Surtout que je ne pouvais pas dormir la nuit dernière, de toute façon.

En plus, si je me souviens bien, je suis assez sûr que j'*ai* vomi la première fois que j'ai vu une vache accoucher. Bien que pour être honnête, j'avais huit ans à l'époque.

Quelques-uns de mes hommes me saluent alors que j'arrive dans la grange familiale. Nous en avons quelques-unes autour de la propriété, certaines pour le stockage, d'autres pour le vêlage et autres. La grange familiale est celle qui nous sert d'étable. La grange dans laquelle mon petit frère veut se marier.

Cela demandera beaucoup de travail. Beaucoup de déménagement. Mais si Jul' peut s'absenter de son travail malgré ses grandes responsabilités et câliner un veau qui vient de naître, je peux me donner un coup de pied aux fesses et nettoyer une grange.

Mais avant tout, il faut que je m'excuse.

Déterminé à faire exactement cela, j'essuie mes bottes sur la brosse à bottes près de la porte d'entrée et entre dans la maison.

Pendant la semaine, je suis habitué à ce que tout y soit immobile. Un calme solitaire que je trouve relaxant. Du moins, c'est ce que je me dis. Aujourd'hui, ce calme a disparu.

— Mademoiselle Starr, si cela ne vous dérange pas, nous avons quelques questions.

— Allez-y.

Génial. Elle donne une interview.

Enlevant mes bottes et les laissant sur le tapis près de la porte, je me déplace vers le salon. Comme Jul' est grande, l'arrière des armoires supérieures suspendues entre la salle familiale et l'îlot de cuisine m'empêche de tout voir, mais je peux apercevoir une chemise rouge rentrée dans un pantalon kaki.

Cela me rappelle la première fois que j'ai vu Jul', flottant à la télévision, filmée à bord de la Station spatiale internationale. C'est la seule fois où je l'ai vue porter des vêtements aussi chics.

J'entends une voix différente de la première, et je me demande si elle donne une sorte de conférence téléphonique.

— Mademoiselle Starr, en tant que femme, avez-vous rencontré des difficultés pour devenir astronaute ?

— Oh oui.

Silencieusement, ne voulant pas l'interrompre, mais tout aussi curieux de savoir de quelle sorte de conférence de presse il s'agit, je marche en chaussettes en essayant de ne pas faire de bruit.

— Heureusement, à la NASA, la voie pour devenir astronaute s'est élargie, et offre aux hommes *et aux* femmes de toutes nationalités, races et croyances, une chance de s'envoler vers les étoiles. En fait, la prochaine mission inclura le premier astronaute des Émirats arabes unis.

J'entends un tas de murmures, me faisant savoir qu'il y a plus qu'une ou deux personnes en ligne avec elle.

— Mes principales luttes ont eu lieu dans ma jeunesse, avant le changement de culture consistant à autoriser les femmes, non seulement dans la main-d'œuvre, mais dans les domaines dominés par les hommes, comme les forces armées, les sciences et les mathématiques.

Prudemment, je jette un œil dans la pièce.

Ce que je vois m'abasourdit.

L'ordinateur portable de Jul' est surélevé par un répertoire téléphonique et quelques boîtes de céréales, il est donc plus ou moins à hauteur d'yeux. Jul' est assise dans une posture militaire devant la caméra de son ordinateur.

Et sur l'écran se trouve une classe d'adolescentes.

— Alors c'est mieux maintenant ? demande une jeune femme.

Jul' penche la tête, réfléchissant à sa réponse.

— Je ne veux pas mentir et vous dire à quel point les choses sont formidables, à quel point la société dans son ensemble est parvenue à accepter les femmes dans les domaines scientifiques. Je veux dire, les choses se sont effectivement améliorées. Les autres femmes astronautes et moi en sommes la preuve. Mais l'égalité est encore loin.

Son visage reste inhabituellement sérieux.

— Si vous entrez dans un domaine dominé par les hommes, vous allez devoir vous battre deux fois plus. Vous serez traitée de garce lorsque vous prendrez les choses en main, tandis qu'un homme sera félicité pour ses qualités de meneur. Votre succès sera remis en question, on vous demandera avec qui et avec combien de gens vous avez couché pour y arriver, ou des gens diront que vous avez obtenu le travail uniquement parce qu'ils avaient besoin d'une femme au nom du symbole et non grâce à votre cerveau. Si vous fondez une famille, vous aurez l'impression de devoir vous excuser pour vous absenter du travail pour vous occuper de vos enfants, ou même pour prendre le congé de maternité nécessaire recommandé par les professionnels de la santé. *Tout* sera plus compliqué que si vous étiez un homme.

Les étudiantes la regardent tous avec des visages aussi solennels que le sien.

J'ai soudain envie de serrer Jul' dans mes bras.

— Alors, demande la fille qui a posé la dernière question, est-ce que ça vaut le coup ?

Un sourire que je n'avais jamais vu se dessine sur le visage de Jul'. Il est grand, authentique et presque déchirant.

— Absolument.

La tension passe avec le rire de la classe, et les élèves passent à des questions moins pondérées. Quelle est la formation requise pour une sortie dans l'espace ? Comment les astronautes se lavent-ils les cheveux dans l'espace ? Comment est la cuisine ? Est-ce effrayant ou impressionnant de regarder la Terre depuis l'ISS ? Quels cours avez-vous suivis à l'université pour vous préparer à votre travail ?

Et à chaque question, Jul' reste prête, debout, les épaules en arrière, mais le sourire aux lèvres, prenant le temps de répondre à tout ce qu'ils lui demandent, même lorsque le professeur intervient pour dire que le temps est écoulé. Jul' écarte sa remarque inquiète d'un geste de la main et continue la discussion, en disant à la classe qu'il n'y a aucun autre endroit où elle préférerait être qu'ici à leur parler.

Et les élèves la croient.

Je la crois.

Enfin, les au revoir sont dits et Jul' promet de leur envoyer quelques petites choses cool de la NASA.

Une fois qu'il n'y a plus rien sur l'écran, Jul' ferme le navigateur, laissant enfin ses épaules se détendre.

Tout en regardant devant elle, elle penche la tête dans un sens, puis dans l'autre.

— Alors, c'est écouter aux portes, ton truc, cow-boy ?

Pris la main dans le sac, le visage en feu, j'entre dans la cuisine.

— Euh, désolé. Je suis venu faire un sandwich et je vous ai entendue.

— Un sandwich, hein ?

Elle se tourne vers moi, portant un polo avec l'emblème de la NASA sur son cœur. Il est rentré dans un bermuda clair resserré aux chevilles avec une fine ceinture marron. Ses orteils remuent dans ses chaussettes.

Elle a enlevé ses chaussures.

— Euh... oui.

Pour une raison quelconque, les muscles de mon cou sont tendus. Je tape sur le plan de travail et pointe du doigt son ordinateur portable.

— Tu fais ça souvent ?

— Quoi ?

Elle regarde en direction de ce que je montre.

— Des appels Skype ? Oui.

— Avec des enfants ?

— Oui...

Elle étire le mot, me regardant comme si j'étais stupide.

Pendant que je continue de me tenir devant elle, elle penche la tête vers le réfrigérateur.

— Alors, et ce sandwich ?

Soulagé d'avoir quelque chose à faire, j'ouvre le vieil appareil ivoire. En remplissant mes bras de viande, de fromage et de condiments, je lance par-dessus mon épaule :

— Et, euh, désolé pour ce que je vous ai dit sous le porche après votre course. Vous savez... à propos de Tucker.

Je me redresse et dépose les ingrédients sur le plan de travail devant elle.

— C'était déplacé et je suis désolé.

Elle semble réfléchir, fronçant les sourcils, mais avec cette lueur caractéristique dans ses yeux.

— Très bien, cow-boy, dit-elle en hochant la tête, ce qui fait rebondir ses boucles. Tu es pardonné.

Nous partageons un sourire qui semble plus lourd que d'habitude avant de baisser les yeux. Moi pour me concentrer sur l'assemblage du sandwich, elle pour tapoter sur son clavier.

Une fois les sandwichs prêts, je prends deux Coca et un sac

de chips dans le garde-manger, et je dépose le tout devant les tabourets de l'îlot.

Elle ouvre la canette et trinque.

— Merci.

— Aucun problème.

Elle tend la main pour fermer l'ordinateur portable mais je l'arrête avec ma main sur la sienne.

— Attendez.

Punaise. Même son regard de côté est sexy.

— Pourquoi ne regardons-nous pas les trucs du mariage pendant que nous mangeons ?

Elle sourit, ses yeux s'adoucissant sur les bords alors qu'elle pose son verre pour glisser son ordinateur portable entre nous. L'écran est plein de graphiques et d'une boîte de réception qui semble contenir plus de cinquante e-mails. Et ce ne sont que ceux qui n'ont pas été ouverts.

Les fenêtres sont réduites au minimum et un dossier Dropbox s'ouvre. Encore quelques clics et nous nous noyons dans les photos de divers mariages dans des granges.

Saisissant son sandwich et en prenant une grosse bouchée, Jul' déplace sa bouchée et marmonne :

— C'est parti.

L'une des images a un lustre en cristal suspendu au chevron de la grange.

C'est parti, en effet.

HUIT
BOGEY

Jul'

— Putain, quel bonheur.

C'est l'un de ces rares jours où le temps est doux à Houston et je me tiens dans l'un de mes endroits préférés, l'aérodrome d'Ellington, en train de regarder l'une de mes choses préférées, un jet T-38. Peint en blanc, d'où le surnom de « fusée blanche », ce T-38 particulier a une longue bande bleue et l'emblème de la NASA sur le côté.

Outre la navette spatiale et ma Ducati, le T-38 est le seul moteur qui puisse me donner un orgasme rien qu'en le regardant. C'est un si bel engin.

Bodie me donne un coup d'épaule.

— Et *comment* as-tu réussi à convaincre les opérations aériennes de t'autoriser à m'entraîner pendant tes « vacances » ? Il fait des guillemets avec ses doigts.9

Idiot.

— S'il te plaît, dis-je avec un rire narquois. Ils savent que toute occasion de relations publiques avec la Starr de la NASA est une bonne chose.

Je penche la tête en désignant derrière lui la foule de reporters et cameramen.

Et j'ai peut-être intimidé un brin pour réussir à obtenir du temps dans les airs. Les veaux sont mignons. Les projets de mariage sont gérés. Mais mon Dieu, j'ai besoin d'une petite piqûre de rappel de qui je suis.

En regardant par-dessus les journalistes, les sourcils de Bodie sautent.

— S'il te plaît, tu sais qu'ils sont ici pour profiter de ma beauté.

— Euh, bien sûr. Tu peux te dire ça pour t'empêcher de pleurer de n'être qu'un lampadaire humain sur les EVA.

Cela efface le sourire de son visage. Il est peut-être un peu insulté par la blague que j'ai faite quand lui et moi avons sauvé la mise lors de notre dernière sortie dans l'espace. Mais *allez*, c'était drôle.

— Je ne peux pas attendre de t'amener là-haut.

Je montre le ciel puis frotte mes mains l'une contre l'autre de joie.

— Tu seras Goose et moi Maverick.

Bodie me lance un regard.

— Tu sais que Goose est *mort*, hein ? Ce n'est pas une bonne façon de me faire sentir mieux d'être *ton* second.

Il marmonne quelque chose à propos de vouloir voler la prochaine fois.

— Ah, c'est un détail.

Je me sens heureuse pour la première fois depuis que les textos effrayants de mon harceleur ont commencé. Les grognements de Bodie ne vont pas me décourager. Honnêtement ? Cela ne fait que me mettre de meilleure humeur. De plus, voler à 1 200 km/heure dans un ciel dégagé devrait vraiment remettre les choses en ordre.

Je tape Bodie dans le dos en riant.

— Allez, le lampadaire.

Je laisse retomber mon bras et le pousse vers la foule à proximité.

— Finissons-en avec la partie chiante.

— Jul' ! Pouvez-vous nous donner le statut de la relation du docteur Lee avec Flynn West ? crie une femme.

— Oui, Jul'. Quel est le statut de cette relation ?

Bodie me chuchote à l'oreille, d'une voix haut perchée. Il bat aussi des cils mais garde son visage hors de vue de la presse.

Punaise, comment puis-je vivre enfermée avec ce type pendant des mois ?

— Le même que d'habitude...

Je scanne la carte de presse du journaliste.

— Susan de CNN.

— Comment *va* Flynn West ces jours-ci ?

Susan se tourne vers moi, clairement à la recherche d'un détail juteux.

S'avançant, les bras croisés sur sa poitrine, Bodie dévisage la femme.

— Ne pensez-vous pas qu'il y a des questions plus importantes que de savoir avec qui une astronaute sort ?

Un sourcil sombre se lève alors qu'il fixe la journaliste, méprisant.

— Ou est-ce parce que ce sont des femmes que vous pensez que c'est pertinent ?

— Purée, Bodie, quand est-ce que tu as reçu du courage ?

Je lui souffle en essayant de garder mon plus grand sourire en place.

Cela lui fait lever les yeux au ciel, ce qu'il arrive à faire tout en continuant à fusiller la journaliste du regard, je ne sais comment.

Un autre journaliste s'éclaircit la gorge.

— Euh, pourriez-vous nous parler de l'avion que vous piloterez aujourd'hui ?

Je jette un œil à son laissez-passer.

— Bien sûr, John.

Je recule et désigne l'avion derrière nous.

— Cet oiseau-ci est le Northrop T-38 Talon, un avion d'entraînement à réaction supersonique. Il dispose de deux sièges tandem, parfaits pour l'entraînement. En fait, ce bébé est le même modèle que celui sur lequel j'ai appris à voler dans l'armée de l'air. Enfin, presque. Le travail de peinture de la NASA est un peu plus joli, dis-je avec un clin d'œil à la caméra.

— À quelle vitesse peut-il aller ? À quelle hauteur ?

— Excellente question...

Je louche sur son laissez-passer.

— Harrison. Nous montons à douze kilomètres d'altitude, soit trois kilomètres au-dessus des avions de ligne. Et la partie vraiment amusante ? Il peut atteindre Mach 1,6.

— Quel est le but d'apprendre aux commandes à voler en T-38 ? demande un autre journaliste.

Pas du genre à jouer le faire-valoir trop longtemps, Bodie répond :

— Cela fait trente ans que le T-38 est une partie intégrante de l'entraînement des astronautes. Bien qu'il puisse emmener les astronautes à travers plus de sept g, ce qui rend difficile le mouvement des mains et des pieds, la véritable importance de faire voler des astronautes dans un T-38 réside dans les situations en temps réel et la réflexion rapide nécessaires en vol.

— Qu'entendez-vous par temps réel ?

Pendant que Bodie explique la différence entre les simulateurs et l'entraînement en vol, je scrute le ciel, impatiente de décoller. Bodie et Jackie sont doués pour les discussions techniques. Je suis meilleure pour *l'exécution*. Mon esprit vagabonde vers mes listes, la clé USB du mariage et enfin vers Holt. J'ai essayé de ne pas penser à lui et à ses mains calleuses. Des mains qui ont aidé à donner naissance à une vache, et visionné une vidéoconférence pour un cours de sciences pour filles que j'encadre cet automne, et ont terminé ma journée au ranch en me préparant un sandwich et en discutant des différentes formes de cristaux à suspendre à des plafonniers rustiques. J'aime un mec qui peut effectuer plusieurs tâches à la fois, qui est assez à l'aise lorsqu'il me voit prendre les choses en main pour ne pas essayer de prendre le dessus.

Mon estomac gargouille. Il prépare aussi de sacrés bons sandwichs.

Bodie me donne un coup d'épaule. Susan me regarde avec impatience.

Merde. *Concentre-toi*. Holt n'existe pas ici. Je suis sur le point de montrer à ces journalistes ce que je peux vraiment faire. Ce pour quoi je suis douée. Ce qui, espérons-le, me rapprochera un peu plus du grade de commandant.

— Voulez-vous commenter les rapports selon lesquels vous avez perdu votre avantage ? demande-t-elle avec un sourire mauvais. Que les vacances que vous avez prises sont dues à l'impact de la dernière sortie dans l'espace sur votre état mental ?

Je cligne des yeux.

— Je suis désolée, quoi ?

Bodie pose une main sur mon épaule, me faisant réaliser que j'ai fait un pas en avant.

— Vu que personne ici n'a la moindre idée de ce dont vous parlez, pourriez-vous développer ce que sont vos soi-disant rapports ? demande Bodie.

Je garde le silence. Rien de ce que je peux dire ne rendra

service à moi ou à la NASA à ce stade. Mais si les regards pouvaient tuer, Susan serait un tas de cendres en ce moment.

— Une source à la NASA a fait part de ses inquiétudes sur l'état mental de Julie Starr, conclut Susan, avec un air suffisant.

Je déteste les reportages salaces. Et ce que je déteste encore plus, c'est une femme qui essaie d'éliminer une autre femme avec de petites conneries mensongères.

— Une source à la NASA ? souriant, Bodie parvient à avoir l'air à la fois agréable et méprisant. Vraiment, c'est ce que vous avez trouvé ?

Il éclate de rire, ce qui sert à deux choses. Premièrement, cela rend ce que Susan a dit stupide. Deuxièmement, et probablement ce que Bodie recherchait, cela desserre le nœud dans mon estomac et détend les muscles que j'avais bandés pour faire quelque chose que je suis sûre que le service de relations publiques n'approuverait pas.

Il secoue la tête, ses longs cheveux noirs, venant de ses ancêtres amérindiens, tombant sur son front.

— Vous vous rendez compte que la NASA emploie plus d'une centaine de personnels médicaux dont le seul but est de promouvoir et de maintenir le bien-être physique et mental des employés de l'agence, n'est-ce pas ? demande Bode à la journaliste désormais mal à l'aise. Et cela n'inclut même pas l'équipe spécialisée dédiée uniquement aux astronautes qui voyagent courageusement au-delà de notre atmosphère dans le but d'améliorer la qualité de vie sur Terre grâce à l'exploration et à l'expérimentation sur la Station spatiale internationale.

Je n'ai jamais vu Bodie aussi énervé. Cela soulage ma colère de voir mon ami me défendre, même après toutes les vannes que nous aimons nous envoyer.

— Euh... je suis au courant, dit Susan, sa bravade passée vacillante.

— Alors je suis sûr que vous comprendrez pourquoi nous

sommes tous surpris que vous utilisiez la parole d'un « initié » anonyme.

Je vais cependant devoir lui dire de ne plus faire de guillemets avec ses doigts. Il a l'air ridicule.

— Plutôt que celle des nombreux professionnels de santé hautement éduqués et formés qui n'ont aucun problème à mettre *littéralement* leur nom en jeu lorsqu'il s'agit de confirmer la santé mentale et physique des astronautes.

Et de ne pas utiliser le mot littéralement. On dirait un préadolescent.

— Eh bien... Susan regarde autour de ses pairs pour obtenir du soutien, mais tout ce qu'ils font, c'est s'éloigner d'elle comme s'ils ne voulaient pas lui être associés, à elle et à sa calomnie. Fronçant les sourcils, elle redresse les épaules et me regarde.

— Alors qu'en est-il de ces vacances obligatoires que la NASA vous a imposées ?

En repoussant tout le venin que je peux, je place mon plus doux sourire sur mon visage et m'adresse à la foule.

— Des vacances forcées ? Comprenez-vous cet adjectif ? C'est parce que pendant toutes mes années à la NASA, je n'ai jamais pris plus d'un jour de congé à la fois. Et je n'ai pas l'intention de me vanter (je le veux tout à fait), mais j'ai en quelque sorte sauvé l'ISS il y a quelque temps grâce aux génies du docteur Jackie Darling Lee et de ce mec-là.

Je pose ma main sur l'épaule de Bodie, qui a l'air amusé de me voir lui accorder du crédit.

— Donc, pour me remercier de tout mon travail acharné, la NASA a simplement insisté pour que je prenne du temps libre et que je profite d'être géniale. Et je suis venu à Ellington aujourd'hui pour faire exactement cela.

Je me penche vers les journalistes d'un air complotiste.

— Vous savez, pour me la péter avec toutes mes folles compétences.

Ce qui obtient l'agacement prévu de Bodie et les rires des journalistes... enfin, sauf de Susan. Et, juste comme ça, l'atmosphère se détend.

Je tape Bodie dans le dos en m'assurant que nous sommes tous les deux tournés avantageusement vers les caméras.

— Allez, lampadaire, on va te faire voler.

Quelques clics de caméra plus tard, nous nous tournons tous les deux et marchons vers le jet. Une fois que nous sommes hors de portée de voix, Bodie se penche vers moi.

— Qu'est-ce que c'était que ça ?

Je hausse les épaules, faisant comme si de rien n'était, même si je suis aussi confuse que lui.

— Si je le savais !

Bodie a peut-être raconté les faits sur l'équipe médicale de la NASA pour me débarrasser de cette journaliste, mais il n'a pas tort. La NASA compte beaucoup de professionnels de la santé au sommet de leur art. L'un d'entre eux, mon ex-voisine et amie, le docteur Rebecca Sato, m'a dit qu'il n'y avait absolument aucun problème avec ma poitrine lorsque je me suis assise sur la table d'examen après avoir quitté le ranch. Elle m'a dit que cela pouvait être de l'anxiété ou du gaz. Après que nous nous soyons toutes deux esclaffées suite à la remarque sur l'anxiété, elle m'a tendu une boîte de médicament contre les gaz.

Je frotte l'endroit habituel sur ma poitrine. J'aurais probablement dû en prendre un ce matin.

Arrivés au jet, nous vérifions les casques et les parachutes que nous avons posés près des roues avant de parler aux journalistes. Une fois que tout est en ordre, nous commençons notre contrôle de l'appareil. J'énonce la liste et Bodie raye verbalement les éléments.

Une fois l'inspection extérieure terminée, nous récupérons nos parachutes et nos casques. Je suis Bodie jusqu'à l'échelle et une fois qu'il est installé, je reste sur le premier échelon et j'ouvre un rabat velcro sur l'une des nombreuses poches de la combinaison de vol pour en sortir mon téléphone.

— Capturons le moment avant que tu ne perdes connaissance à cause de la force g.

— Tu rêves.

Bodie sourit, faisant une grimace pour la caméra.

En riant, je prends la photo.

Mais mon sourire s'estompe rapidement lorsque je sors de l'application d'appareil photo et que je vois le texto qui m'attend.

— Qu'est-ce qui ne va pas ?

Fini le ton amusé habituel. Tout comme quand il y a des problèmes sur l'ISS, Bodie se rend compte de mon humeur et devient sérieux.

Je ne lui réponds pas. Je suis trop concentrée sur la photo de cet avion précis, devant lequel nous nous trouvons, Bodie et moi, alors que nous terminions notre tour. Je lève les yeux, faisant pivoter ma tête dans toutes les directions, sachant que mon harceleur est proche. Tout ce que je vois, c'est la piste de l'aérodrome.

Le téléphone vibre dans ma paume.

— Jul' ?

Mes jointures deviennent blanches autour de mon téléphone.

— Sors.

— Quoi ?

— Je ne me sens pas bien.

Ce n'est pas un mensonge, pas après ce texto. Je range mon téléphone et secoue mon pouce.

— Sors. Vol annulé.

Son regard m'interroge, mais il hoche la tête.

— D'accord. Vol annulé.

Lorsque nous passons devant la horde de journalistes criant leurs questions, j'aperçois le visage satisfait de Susan.

Mais je ne peux pas me concentrer là-dessus. Je ne pense qu'à ces textos. D'abord la photo de Bodie et moi, puis d'un tas de fils arrachés. Et le message : *Démarre ça en court-circuitant le Neiman, Starr de la NASA.*

NEUF
DU CRAN, LE COW-BOY !

HOLT

— Maintenant, si vous regardez le tableau suivant, vous verrez que j'ai utilisé un tissu de toile anglais pour les revêtements de fenêtre au-dessus de la grande baie vitrée. Cela ne sera-t-il pas fabuleux ?

Je suis la main de la décoratrice d'intérieur qui pointe vers l'arrière de ma maison. Son assistante aide Ray, l'entrepreneur, à prendre des mesures, tous deux devant enjamber et contourner tous les échantillons qu'une équipe avait apportés plus tôt. La salle est remplie de choses. Portes d'armoires, piles de tissus, choix de sols allant du carrelage au tapis en passant par le bois. Il y a même une boîte de bibelots.

Des bibelots.

Je devrais vraiment essayer de me concentrer sur tout ce qui m'entoure, mais tout ce que j'arrive à faire, c'est regarder les champs par la fenêtre et souhaiter être là-bas et non coincé ici, avec un pied meurtri et une décoratrice d'intérieur répondant au nom de Perle.

Je ne plaisante même pas, son nom est vraiment Perle. Et elle veut couvrir la fenêtre qui laisse entrer la lumière du matin et donne sur la grande étendue de la propriété West, pour que la pièce donne l'impression d'être plus « confortable ». Je peux parfois jurer dans ma tête, mais rarement à voix haute, et certainement pas devant une dame, mais j'ai presque laissé échapper un « Oh putain, non » à la vue du truc qu'elle tient et appelle de la toile anglaise.

— Vous pouvez voir à quel point le plaid écossais complimente la toile, n'est-ce pas ?

Encore une fois, elle pose une question mais n'attend pas de réponse et passe à un autre tableau. Il y en a quinze. Quinze grandes planches, de la taille d'affiches, avec des découpes de tissu, des croquis et des photos. Le tout dans des tons bleu marine, vert foncé, marron et cette couleur moutarde étrange.

Je déteste tout.

— Est-ce... est-ce un chasseur de renard ? J'interromps une tirade de Perle à propos de tapis persans et pointe du doigt l'une des planches.

— Oui ! Vous avez l'œil !

Chaque phrase sortant de sa bouche est une exclamation. C'est comme si elle était incapable de parler avec des phrases normales.

— N'est-ce pas fabuleux ? Vous savez... un petit clin d'œil au domaine, me dit-elle avec un petit sourire en coin.

J'essaie d'échanger un coup d'œil avec l'assistante que Perle a amenée avec elle, essayant de déterminer si sa chef est sérieuse ou non, mais l'assistante garde la tête baissée vers le bloc-notes qu'elle tient, en notant soi-disant des mesures.

La douleur dans mon pied suite à sa rencontre d'hier avec le sabot d'Angelo est maintenant associée à un martèlement de mes tempes. Je lui demande :

— Vous voulez parler du ranch, n'est-ce pas ? Parce que nous ne chassons pas le renard ici. C'est un truc anglais, ça, dis-je, cette fois en touchant le tissu incriminé. Il porte la traditionnelle veste de chasse anglaise rouge. Et il y a des limiers.

— Mais il y a des chevaux !

Je ris. Un tel sens de l'humour pourrait bien convenir à Perle. Mais mon rire s'estompe rapidement lorsque je réalise que la décoratrice ne rit pas. Apparemment, pour Perle, un cheval est un cheval.

Ray s'éclaircit la gorge et se remet à mesurer le mur qu'il a déjà mesuré, et je me frotte la nuque, essayant de décider si j'aime suffisamment mon frère pour m'infliger ça.

Après avoir examiné la clé USB du mariage au déjeuner, il était assez évident que le bon goût de Jackie aurait l'air étrange avec, en arrière-plan, le décor obsolète du ranch West.

J'ai dit à Jul' en passant que nous devrions peut-être embellir l'endroit avant le mariage, alors qu'elle mettait la dernière chips dans sa bouche hier midi. À son honneur, elle ne s'est pas moquée, n'a pas levé les yeux au ciel ou dit « enfin ». Non, elle a juste souri de sa manière à la fois exaspérante et sexy, et a déclaré :

— Deux mois.

J'ai été congédié lorsque son ordinateur portable a sonné avec une notification. Son sourire s'est transformé en un froncement de sourcils et elle a marmonné quelque chose à propos du travail avant de le rapporter dans sa chambre.

Je ne l'ai pas vue depuis. Je sais qu'elle est allée à la NASA, mais quand elle est rentrée à la maison, elle s'est ensuite réfugiée dans sa chambre. Après avoir passé du temps avec le veau, a rapporté Tucker.

Je jette un coup d'œil aux croquis de Perle. Je ne peux pas m'empêcher de penser que si le « le dernier chic » dans la décoration d'intérieur est ce que Perle appelle le « Glamour rustique chevalin », alors peut-être que le look des années 1970 de la maison n'est pas si mal après tout. Cela aurait l'air bien mieux avec les rêves de mariage de Jackie, que les chasseurs de renard et les plaids.

Je suis sur le point de nous résigner, moi et ma maison, à notre sort, lorsqu'un tableau que je pensais à l'origine vide attire mon attention.

— Qu'est-ce que c'est ça ?

Je pousse le tissu et ses chasseurs de côté pour révéler un panneau d'affichage aux tons neutres et images de meubles simples. Des meubles à l'aspect confortable. Pas de motif, pas de couleurs folles et la meilleure partie ? Pas de chiens.

Perle lance un regard noir à son assistante.

— Missy, d'où ça vient, ça ?

L'assistante s'empourpre et serre le bloc-notes contre sa poitrine.

— Vous, euh, m'avez dit de créer un tableau, Miss Perle. Vous vous en souvenez ?

Perle lève les yeux au ciel.

— C'était juste pour t'entraîner, pas pour le montrer au client, la réprimande-t-elle.

Elle laisse son assistante au visage empourpré et tourne sur ses talons pointus et exceptionnellement hauts pour arracher la planche du canapé où toutes les autres sont exposées.

— Je suis vraiment désolée, monsieur West, dit-elle avec un sourire fin sur ses lèvres rouges.

Elle pose son autre main sur mon bras. Ses ongles mesurent au moins cinq centimètres de long. Et ils sont pointus. Ce contact me donne presque la nausée.

— Je vais juste mettre ça de côté...

— Il aime celui-là.

Tout le monde se retourne pour voir Jul', vêtue d'un jean ample déchiré et d'un débardeur, adossée à l'entrée du salon, les pieds nus.

— Je suis désolée, vous êtes... ? demande Perle, la regardant de haut en bas, son expression montrant clairement qu'elle n'est pas impressionnée.

— Je suis le témoin de la mariée et l'experte auto-désignée en trucs hideux, dit Jul' en désignant les tableaux restants.

Ray s'étouffe de rire et s'excuse avant de rentrer dans la cuisine.

— Pardon ?

Perle se dresse sur son mètre cinquante, talons inclus.

— Je vous ferai savoir que mon travail est présenté dans plusieurs maisons importantes de Houston !

Jul' hausse les épaules.

— Ça craint pour ces gens.

Perle serre ses perles.

Jul' soupire et s'éloigne du mur.

— Écoutez, madame. Avez-vous même demandé à Holt ce qu'il voulait ? Ce qu'il aime ? Je veux dire, je sais que cet endroit est démodé, mais ce qui est sûr, c'est qu'on n'est pas dans l'Angleterre du XVIIIe siècle, donc je ne sais pas pourquoi vous insistez pour essayer de faire ressembler le ranch à ce genre de chose.

Elle entre dans la pièce, contournant Perle pour se tenir à côté de la grande baie vitrée.

— Remarquez-vous la manière dont tous les meubles sont inclinés pour regarder par la fenêtre ? Et vous voulez la couvrir ? Et ça... ajoute-t-elle en désignant le fauteuil La-Z-Boy en mauvais état, c'est moche, mais ça a été beaucoup utilisé. C'est confortable. Qu'est-ce que Holt va faire après une longue journée de travail au ranch ? Poser ses fesses sur un divan ancien ?

Perle regarde la pièce comme si elle la voyait pour la première fois, regardant nerveusement ses tableaux. Secouant la tête, elle dit :

— C'est un mec, bien sûr qu'il a un La-Z-Boy. C'est la raison pour laquelle je suis là. Pour l'aider à se préparer à divertir la société.

Elle me lance un sourire narquois. Un sourire qui crie qu'elle est intéressée. Pas par moi, mais par les gens de la haute société que je pourrais lui apporter. Je me sens vraiment malade maintenant.

— Et c'est un West, ma chère. Il ne travaille pas vraiment au ranch.

Perle croise les bras, visiblement ravie de ses conclusions, marmonnant :

— Ce n'est pas comme si une femme de votre calibre savait ce genre de choses.

— Oh ma chérie, vous n'avez aucune idée de ce qu'une femme comme moi sait, dit Jul' d'une voix traînante. Comme comment, à tout juste dix-huit ans, Holt West, l'aîné des héritiers de West Oil, a élevé son frère et sa sœur après la mort de leurs parents. Ou comment il a pris ce qui n'était autrefois qu'une déduction fiscale et l'a transformée en l'un des ranchs de bétail les plus prospères du Texas. Ou comment il se réveille avant le lever du soleil tous les matins pour revoir l'emploi du temps avec son contremaître, puis passe au moins huit heures de travail dans le ranch avant de rentrer chez lui, en veillant toujours à laisser ses bottes à la porte. Ou comment l'idée même de divertir la société lui donne autant la chair de poule qu'un bain de glaçons.

Jul' s'arrête et me regarde. Un regard qui dit qu'elle m'imagine nu. Les coins de sa bouche se recourbent lentement avant qu'elle ne secoue la tête comme pour effacer l'image. Je peux me sentir rougir de ma propre réaction qui s'agite sous ma ceinture. Je rougis plus fort, pensant à quel point je n'ai pas été vraiment accueillant avec elle, et pourtant elle est là, à me défendre contre une petite femme armée d'une myriade de plaids.

Les yeux de Jul' reviennent sur Perle.

— Une femme comme vous ne peut pas savoir ce que veut un homme comme Holt.

Perle tape du pied et le talon de sa chaussure vacille.

— Alors ça, par exemple !

— Je sais, c'est probablement pour ça que votre travail est aussi asséché que votre vagin, marmonne Jul' assez fort pour que tout le monde l'entende.

Perle s'étouffe. L'assistant rit sous cape et il y a un bruit de choses qui tombent dans la cuisine où Ray se cache.

— Je ne supporterai pas ça.

Perle se retourne pour me faire face et je suis un peu trop lent pour retirer le sourire de mon visage, à en juger par son air renfrogné.

— Monsieur West ! Vous ne pouvez pas simplement laisser cette... cette personne dicter...

Je lève les mains, l'arrêtant.

— Cette personne, bien que, euh... un coup d'œil à Jul' montre qu'elle est amusée par mon malaise. Colorée ?

Jul' ne fait qu'un sourire narquois.

— Oui, disons colorée de par son langage, est une amie proche de la famille West et, à ce titre, a son mot à dire au sujet de toute la redécoration.

Perle aspire de l'air, mais avant qu'elle ne puisse parler, je me précipite sur elle, incapable de m'empêcher d'essayer de jouer le pacificateur.

— Et je sais que je ne l'ai pas mentionné, c'est de ma faute. Je m'excuse, m'dame.

J'essaie de trouver un peu de charme et de sourire à la décoratrice. Je ne sais pas si j'arrive à être charmant, ou si Perle ne voit que West et pas Holt, et que donc elle s'en fout. Quoi qu'il en soit, elle me prend la main, enroulant ses serres rouges pointues autour de mes doigts.

— Oh, Holt, ce n'est pas nécessaire. Appelez-moi Perle.

Ses ongles effleurent ma peau, provoquant un frisson le long de ma colonne vertébrale. Et pas le bon genre de frisson.

Je hoche la tête sans m'engager et libère ma main.

— J'aurais dû demander d'abord l'avis de Julie, puis vous transmettre le message avant que vous ne fassiez tout ce...

Je regarde ce qui pourrait être confondu avec une présentation à l'école primaire sur les nombreux plaids d'Écosse...

— ...travail.

Jul' ricane, ce qui fait plisser les yeux de Perle dans sa direction. Elle commet l'erreur de lui demander :

— Et qu'est-ce qui est si drôle, si tant est que je puisse poser la question ?

— Je pensais juste que si vous aviez travaillé aussi dur sur vos concepts que sur Holt, je n'aurais pas eu besoin d'intervenir.

Je soupire intérieurement. Et moi qui voulais faire la paix.

— C'est comme ça que ça va se passer, Perle, poursuit Jul'. Monsieur West aime son design, dit-elle en désignant l'assistante. Donc, vous allez aider à l'exécuter, ou vous êtes sans emploi.

La bouche de Perle s'ouvre et ses gros cils battent comme des papillons pris dans le vent.

— Vous voulez travailler avec une jeune diplômée plutôt qu'une décoratrice chevronnée et primée ? rit Perle. Elle s'arrête de rire quand elle voit que Jul' est sérieuse et me regarde.

Je ne peux m'empêcher de grimacer, mon mal de tête s'accentuant à force d'être mis sur la sellette, mais je continue.

— Je dois dire, madame, que je préfère ce design, dis-je en désignant le tableau de l'assistante.

Sa bouche s'ouvre et se ferme plusieurs fois, me rappelant un poisson fraîchement pêché. Si un poisson portait du rouge à lèvres rouge vif.

— Bien.

Elle commence à attraper les autres tableaux.

— Je n'associerai pas mon nom à ce qui sera sans aucun doute un réel fiasco. Elle serre trois planches contre sa poitrine avant de réaliser la futilité de ses efforts et de les reposer sur le canapé.

— Oubliez ça. Je demanderai à mon personnel de tout ramasser.

Elle se dirige vers la porte, s'arrêtant près de Jul'.

— Et vous...

Jul' ne dit rien mais se déplace légèrement, redressant les épaules.

Cela suffit pour que l'architecte d'intérieur change la cible de son dernier venin et elle se tourne plutôt vers son assistante.

— Fille ingrate !

Le talon de Perle se casse. Elle tombe à genoux, la main sur sa gorge lui arrachant son collier dans sa descente. Les perles rebondissent un peu partout.

Perle a perdu ses perles.

L'assistante se précipite.

— Mademoiselle Perle ! S'il vous plaît, laissez-moi vous aider...

— Ne me touche pas. Tu en as assez fait, dit-elle en repoussant la jeune fille.

Jul' se bat pour ne pas rire et j'ai envie de faire de même. Mais vraiment, je ne peux pas voir une femme à terre et ne pas l'aider, même si j'ai envie de la voir partir. En deux enjambées, j'ai le coude de Perle dans ma main et l'aide à se relever. Dès qu'elle en est capable, elle le retire d'un coup sec et boitille hors de la pièce, sortant par la porte d'entrée.

Je reste là un moment, écoutant sa voiture dans l'allée, me demandant quoi faire maintenant, quand Jul' s'en charge.

— Eh bien, maintenant que c'est réglé... occupons-nous de tout ça, dit-elle en se frottant les mains.

L'éclair de son sourire éclatant et la lueur dans ses yeux me font oublier la douleur palpitant dans mon pied, mon cerveau maintenant concentré sur un tout autre type de palpitation.

Et je me demande si j'ai simplement troqué un mal contre un autre.

Jul'

Quand Holt revient dans la pièce, il semble un peu perdu, et pour la première fois depuis que j'ai entendu la voix condescendante de Mademoiselle-en-Rose-et-Perles, je me demande si j'ai dépassé les bornes.

Après l'heure que nous avons passée à parcourir les mariages les plus classes à avoir lieu dans des granges, son regard inquiet s'était transformé en un regard déterminé. Déterminé à redécorer son décor démodé pour que le mariage de Jackie et Flynn soit impeccable. Même avec notre délai déjà court.

Je n'aurais pas pu l'en dissuader, et je n'ai pas essayé non plus. Cette maison *est* un peu vieillotte.

Pour parvenir à nos fins, nous devons être concentrés. C'est vrai, j'ai peut-être fait payer à Perle ma frustration d'hier à propos de toute cette histoire de vol, mais nous allons devoir faire des choix difficiles et ne pas craindre de heurter les sentiments des uns et des autres.

Moi ? Je fais ça au quotidien. Holt ? Eh bien…

Holt est trop *gentil*.

S'il avait été laissé à lui-même avec Perle, ses fenêtres auraient été recouvertes de linceuls imprimés de chevaux, juste parce qu'il ne peut pas dire à une femme d'aller voir ailleurs.

Sauf, apparemment, moi. Je n'ai pas oublié le petit coup de

Holt contre moi l'autre jour. Mais encore une fois, cela pourrait avoir à voir avec le fait que je fasse ressortir le pire en lui.

Parce que moi ? Je *ne* suis pas trop gentille.

Gentille *tout court* est probablement sujet à débat, selon la personne à qui on pose la question.

Pour info, ne pas poser la question à mon prof de maths du lycée. Je jure que je n'ai pas collé toutes ses fournitures sur son bureau le jour après la retenue qu'il m'a filée pour avoir parlé en classe. J'ai peut-être imaginé le faire, mais je n'ai rien fait.

Bref, passons à autre chose.

L'assistante tient toujours son bloc-notes comme sa patronne ses perles. Espérons qu'elle aura plus de bon sens que sa manière de se tenir ne le suggère.

Je lui fais face en la regardant droit dans les yeux.

— Tout d'abord. Pouvez-vous gérer ceci ?

Je fais signe à son tableau puis au reste de la maison.

— Ou devons-nous faire appel à une autre entreprise ?

L'assistante se mord la lèvre mais ne dit rien.

Respire profondément, Jul'. Ce n'est pas parce que tu es encore perturbée par hier que tu dois crier sur une étudiante.

— D'accord, reprenons au début.

Je m'approche d'elle et lui tends la main.

— Je suis Julie Starr. Et vous êtes Missy ?

— Mélissa, répond-elle en se redressant, le menton en avant.

Je hoche la tête à son ton ferme.

— Mon nom est Mélissa. Miss Perle aimait juste m'appeler Missy. Même si je lui ai répété à plusieurs reprises que mon nom est Mélissa.

Heureuse de voir qu'elle a du caractère, je souris.

— Missy est un nom stupide de toute façon. Mélissa, c'est bien plus joli.

Je suis récompensée par un sourire, et une partie de la

tension que je ressens depuis que j'ai mis les pieds dans ce bazar s'estompe de mes épaules.

— Et quel est votre nom ?

Je demande au type qui était aussi trop con pour dire quoi que ce soit à Perle.

— Ray, m'dame.

Il me tend sa main vers la mienne alors qu'un sourire apparaît sous sa moustache grise. Il me rappelle un Sam Elliot aux cheveux courts.

Je lui serre la main.

— Ne m'appelez pas madame. Jul' fera l'affaire.

Son sourire vacille, mais il hoche la tête.

Mon regard passe de Ray à Mélissa.

— Vous pensez que vous pouvez gérer tout cela ?

— J'ai ma propre entreprise. Même si je travaille parfois avec le cabinet de design de Perle, dit Ray. Il regarde le tableau au design gagnant.

— Ce ne sera pas trop difficile. Nous ne changerons pas l'agencement de la pièce. Le plus grand changement sera de se débarrasser de ce demi-mur et d'élargir l'entrée entre le foyer et le salon. Tout le reste est plus ou moins cosmétique, vu que le plan d'étage restera le même.

Il souffle en hochant la tête.

— Oui, je peux gérer toute la construction dont vous avez besoin, dans les délais que vous voulez, si le prix est correct.

C'est à mon tour de hocher la tête.

— Eh bien, Ray, comme vous pouvez évidemment le voir, je suis une dure à cuire.

Holt ricane.

— Mais je *ne* suis pas une banquière ou une West, alors vous devrez parler chiffres avec ce type.

Je fais signe vers Holt, puis regarde Mélissa.

— Mais la réponse dont j'ai vraiment besoin vient de la jeune diplômée.

Même si je n'aimais pas Perle, je ne vais pas laisser Holt dans les mains d'une débutante.

Je regarde durement Mélissa, et on m'a dit qu'être la cible de mon regard n'est pas une mince affaire.

— Je vais te tutoyer et être franche avec toi, Mélissa. En raison du goût épouvantable de Perle, du fait que ton design soit le seul ici qui ne me donne pas envie de vomir à cause des plaids, et du calendrier serré auquel nous sommes soumis, tu as une belle opportunité ici.

Je regarde la fille de haut en bas, infusant dans mon regard toute la dureté de mon instructeur militaire à l'Air Force Academy.

— Ce sera soit le début d'une carrière incroyable pour toi, soit ta chute. Alors réfléchis bien. Peux-tu t'en charger ?

À sa décharge, elle ne pleure pas et ne saute pas non plus sur l'occasion. Elle prend le temps de réfléchir à ce que j'ai dit. Et ça me permet de savoir que j'ai misé sur le bon cheval.

Mélissa hoche la tête et tend la main.

— Vous avez une créatrice, mademoiselle Starr.

Je prends sa main, heureuse que sa prise reste ferme pendant que nous nous serrons la main.

— Jul', Mélissa. Appelle-moi Jul'. Et tu peux me tutoyer.

Il y a un battement de silence avant qu'une voix traînante du Sud ne me fasse friser les orteils sur le plancher de bois franc.

— Alors, est-ce que j'ai vraiment mon mot à dire dans tout ça, ou quoi ?

J'adopte un air de nonchalance lorsque je fais face à Holt.

— Tu voulais *avoir* ton mot à dire ?

Il désigne le tableau de Mélissa et se tourne vers l'assistante.

— Est-ce que ma maison va ressembler plus ou moins à ça ?

— Oui, monsieur, répond-elle, et je pourrais jurer que cette fille a grandi d'une dizaine de centimètres depuis le départ de Perle.

Il se tourne vers Ray.

— Et est-ce que ce sera fait dans trois semaines et demie ?

— Tout à fait, dit Ray en se balançant sur ses talons.

Holt fronce les sourcils, mais hoche la tête.

— Alors non, je n'ai pas besoin d'avoir mon mot à dire.

Un sourire envahit mon visage, et je suis sûre que j'ai l'air un peu diabolique lorsque je me frotte les mains.

— Génial alors. C'est moi le chef.

Tout comme j'aime.

DIX
MANŒUVRE DE COMPENSATION ORBITALE

Jul'

S'entraîner. Fait.
 Milkshake de petit déjeuner. Fait.
 Câlin du matin avec Cookie. Fait.
 Vérifier mes e-mails. Fait.
 Suivi des prestataires du mariage. Fait.
 Il est 9 heures du matin et j'ai terminé ma liste.
 Cédant enfin à l'envie, je me reconnecte à mon ordinateur portable et rejoue le journal télévisé d'hier soir.
 — Silence radio de la NASA au sujet des raisons pour lesquelles Julie Starr a soudainement annulé la session d'entraînement prévue avec le T-38 de la NASA aujourd'hui, annonce un mec guindé assis derrière un bureau. Mais ici avec nous se trouve la journaliste de terrain Susan Jenkins, qui était sur place à l'aérodrome au moment de l'incident.
 Le mec pivote sur son siège, dirigeant l'attention des spectateurs sur la femme blonde assise près de lui, dont la coiffure bouffante n'est pas sans rappeler celle d'une poupée Barbie.

— Dites-nous, Susan, poursuit-il. En tant que témoin des faits, quelle est votre opinion sur la situation ?

— Julie Starr n'a fait aucun commentaire sur la raison pour laquelle elle a annulé le vol, dit Susan en croisant les jambes, ce qui fait remonter sa jupe.

Je lève les yeux au ciel. Cette femme est une menace pour les journalistes du monde entier.

Et pour le genre féminin tout entier.

Susan fait un geste vers l'écran derrière elle, où une vidéo de moi passant devant les journalistes avec un air renfrogné est diffusée au ralenti.

Super. Tous mes sourires pratiqués juste pour le public, et ils me montrent quand je suis contrariée. Et au ralenti, rien de moins. Pouah. Personne n'est beau au ralenti.

Sauf dans Alerte à Malibu.

— En fait, poursuit la journaliste Barbie, j'ai recueilli des propos inquiets venant d'initiés de la NASA qui s'interrogent sur la santé mentale de Julie Starr.

J'arrête la vidéo, mon doigt tapant un peu trop vigoureusement mon tapis de souris.

Endommager la propriété du gouvernement, c'est exactement ce dont j'aurais besoin maintenant.

Même si je dois dire que la NASA ne m'a pas emmerdée à ce sujet. Apparemment, tomber malade juste avant un vol n'est pas si rare. C'est déjà arrivé. Seulement pas quand il y avait un tas de journalistes sur place.

C'est bien ma chance.

Les filles et Bodie ont envoyé des textos à plusieurs reprises pour vérifier que tout allait bien, sans me harceler à ce sujet.

Après avoir annulé le vol, je me suis assurée de contacter NAMIS, le système d'information de gestion des aéronefs de la NASA, pour effectuer une vérification complète du T-38.

Ils ont confirmé ce matin que l'avion pouvait voler en toute sécurité.

Je suis ennuyée d'avoir cru au bluff du harceleur, mais lorsqu'il s'agit de la sécurité de mon équipe, mieux vaut prévenir que guérir. Je préfère avoir mauvaise presse que de mettre Bodie en danger.

J'écris les mots *douche* et *s'habiller* sur ma liste et les raye immédiatement. Mais le frisson habituel qui provoque l'exécution de tâches n'est tout simplement pas là.

De ma chambre, j'entends les moteurs des camionnettes démarrer et les ouvriers du ranch s'appeler. C'est un jour ordinaire au ranch. Tout le monde a un travail à faire.

Sauf moi.

Retombant sur le lit, je fixe le plafond. J'aimerais qu'il soit en métal. Avec interrupteurs et lumières clignotantes. En gros, je veux m'enfuir dans l'espace.

Je pourrais toujours me masturber.

Mais récemment, tous mes fantasmes préférés ont été remplacés par une paire d'yeux couleur whisky et des mains calleuses exigeant que je le chevauche.

Je lui ai déjà fait un strip-tease. Je n'ai pas besoin de l'ajouter à la liste des personnes auxquelles je pense lorsque je taquine mon bouton.

Je n'ai même pas beaucoup vu Holt depuis la grande débâcle avec Perle d'il y a deux jours, ni même entendu parler de lui. Ce qui me va. C'est ce que je voulais. Avoir le contrôle total, tout ça. Cela n'a rien à voir avec la raison pour laquelle je me redresse, sors de ma chambre et me précipite vers mes bottes près de la porte d'entrée.

C'est juste que je n'ai jamais été à l'écurie. Cela pourrait être amusant d'aller y jeter un œil. C'est tout.

Du coup je ne sais pas trop pourquoi, après ma course sous le soleil du Texas, je suis super déçue de trouver la grange vide.

— M'dame ?

Mes pieds quittent presque le sol en terre battue lorsque je me retourne pour trouver Tucker dans l'embrasure de la porte, chapeau à la main.

— Putain, Tucker, dis-je, le souffle court. Tu rêves de donner une crise cardiaque à une femme ?

Les yeux de Tucker s'écarquillent.

— Désolé, m'dame. Je voulais juste savoir si vous aviez besoin d'aide.

Je soupire, la tension de mes épaules se libérant. Tucker triture son chapeau, le faisant tourner en rond par le bord. Il est en sueur et sale, ce qui ne fait que souligner le fait qu'il est mignon. Jeune, bien sûr. Trop jeune. Cela ne veut pas dire que je ne peux pas prendre un moment et me livrer à mon fantasme caché de cow-boy.

Non pas que mon vagin ait besoin de plus de cow-boys auxquels penser. Mes variétés habituelles d'hommes – en costume, geeks, militaires – semblent diminuer. Ce truc soudain avec les cow-boys doit venir de Jackie et de tous ses romans d'amour. Séjourner dans un ranch, voir des hommes comme Tucker monter à cheval, et garder le bétail, y a probablement aussi contribué. Le paysage affecte simplement la direction de ma libido. Un certain frère West aux nobles idéaux, au langage châtié et au complexe chevaleresque n'a rien à voir avec tout ça.

Non. Le souvenir de Holt boutonnant sa chemise, en rentrant les extrémités dans un jean ajusté et usé, enfilant ses bottes de cow-boy, ne compte pas le moins du monde.

Le chapeau Stetson noir non plus, incliné parfaitement sur la tête bronzée de Holt.

Avant que je le sache, l'image de Holt à moitié habillé est stockée dans mon cerveau. *Merde.*

— M'dame ?

Je reviens au moment présent.

— Vouliez-vous retourner à la grange et voir le veau ?

Même si je suis sûre que caresser Cookie fera disparaître les textos de ce matin de mon esprit, c'est le visage jeune et sérieux de Tucker qui me rappelle la demande de Holt de « ne pas faire mon truc » autour de ses hommes. Tous mes prétendus « flirts ». Je grogne intérieurement à cela. Aucun homme ne me dit quoi ne pas faire. Chapeau sexy ou pas.

Posant mes mains sur ma taille, je fais ressortir une hanche.

— En fait, il *y a une* chose pour laquelle j'aimerais ton aide, Tucker.

Un lent sourire se dessine sur mon visage. Un sourire que la NASA n'oserait pas me laisser utiliser dans les séances photo. C'est le sourire que j'utilise quand je suis à l'affût. Un sourire qui ne m'a pas laissé tomber une seule fois.

Tucker déglutit difficilement.

―――

HOLT

Je jette les pinces coupantes et le paquet de fil de fer barbelé supplémentaire dans l'une des camionnettes du ranch et me dirige vers Angelo, qui s'est éloigné. Je ne suis pas nécessaire ici. Même les travailleurs du ranch les plus jeunes et les moins expérimentés, ceux qui portent des gants de travail impeccables et des Levi's froissés, peuvent creuser des trous pour les poteaux et tendre du fil de fer barbelé. Je suis juste en train d'aider pour tenter de rester occupé.

J'ai des contremaîtres et des employés de ranch qui rendent cet endroit plus fluide que la vodka de Tito, mais j'avais besoin de quelque chose pour oublier le fait que Miss Julie Starr est un élément permanent de ma vie et de ma maison, du moins dans l'avenir proche.

— À plus tard, patron, crie l'un des travailleurs dans mon dos après que je suis monté et que j'ai dirigé la tête d'Angelo vers la maison. Je lève la main en guise de réponse avant de partir.

Je ne suis pas sûr de pouvoir dire grand-chose sur mes réalisations, quoi que Jul' en ait dit à cette décoratrice, mais une chose dont je suis fier, ce sont mes hommes. Ils m'appellent patron, mais n'hésitent pas à me taquiner. Ils arrivent également à l'heure, le sourire aux lèvres, et bossent sans se plaindre toute la journée. Probablement parce que contrairement à la plupart des ranchs, je leur paie un salaire décent qui leur permet de vivre correctement.

Mon grand-père a toujours dit qu'il fallait dépenser de l'argent pour ses hommes et qu'ils rapporteront ensuite de l'argent. Et évidemment il avait raison. Il avait raison sur la plupart des choses, en fait.

Dommage que son fils n'y ait pas fait plus attention.

Le rythme des sabots d'Angelo me plonge plus profondément dans le passé.

Flynn et Rose ne se souviennent pas de grand-chose, mais grand-père avait l'habitude de dire que quand mon père était plus jeune, il restait dans la grange toute la nuit, à peaufiner des moteurs et reconstruire des machines. Jonathan Wayne West aimait démonter les choses et comprendre comment elles fonctionnaient. Et comment les améliorer.

C'est de ses compétences dont Flynn a hérité. Dieu sait que ce n'est pas mon cas. J'emploie un mécanicien.

Mais selon Grand-père, la curiosité de mon père, et son besoin de comprendre comment les choses fonctionnaient, ne s'arrêtaient pas qu'aux moteurs. Le clin d'œil charmeur et le sourire facile de Célia Luanne Bellerose ont attiré mon père comme un aimant.

Nous ne savons toujours pas grand-chose sur l'origine de notre mère, et honnêtement, personne n'a vraiment cherché à la connaître. Grand-père a dit qu'un jour, elle s'était simplement présentée, une addition immédiate au ranch.

Et bien que mon père ait voulu tout savoir du monde et de son fonctionnement interne, y compris ce qui faisait vibrer la douce beauté du Sud, il a toujours su qu'il faisait partie du ranch. Ce n'était pas le cas de Célia.

Depuis le jour où je suis né jusqu'au jour de sa mort, s'il y avait une chose que les gens savaient à propos de Célia West, c'était que si elle aimait dépenser l'argent du pétrole, elle ne voulait pas qu'on lui rappelle d'où il venait.

L'argent était la raison pour laquelle elle avait épousé mon père, même si je ne sais pas ce qui l'a poussée à rester. Mon père n'a jamais signé de contrat de mariage, et pendant toutes les disputes dont j'ai essayé de protéger Flynn et Rose, notre mère a souvent menacé de partir.

Je ris dans la petite brise de l'après-midi pour m'aider à me débarrasser des souvenirs indésirables. Je cligne des yeux vers le soleil couchant lointain et aperçois deux silhouettes qui se déplacent le long de la clôture du ranch.

Près du portail, deux personnes à cheval trottent. Dont une avec des cheveux fous et bouclés que je reconnaîtrais n'importe où.

Quelques minutes plus tard, j'ai presque comblé l'écart entre Tucker, Jul' et moi lorsque j'entends « Oh mon Dieu ! C'est Julie Starr ! »

Suivant les bruits de voix, je ralentis pour contourner l'allée d'arbres de l'entrée. Je tire sur les rênes, arrêtant complètement Angelo en voyant ce qui m'attend.

— Êtes-vous la mariée ? Allez-vous vous marier avec un baron du pétrole ? crie une autre personne. Les flashs d'appareils photo clignotent.

Une dizaine de personnes sont rassemblées devant le portail, penchées en avant par-dessus la clôture, sortant des microphones et des appareils photo.

Et voilà Jul' assise sur un cheval, un sourire aux lèvres, avec le chapeau de cow-boy de Tucker sur la tête. Mes muscles se tendent si soudainement qu'Angelo déplace son poids.

— Qu'est-ce qu'il se passe ici ?

Je demande, ma voix plus dure que prévue, même si cela a le résultat escompté. Tout le monde se tourne vers moi. Y compris Jul'. Si je ne la connaissais pas, j'aurais juré qu'il y avait de la panique dans ses yeux.

— Holt ! Holt West, par ici !

L'interjection ramène mes yeux sur les vautours.

— Que pensez-vous du choix de votre frère comme épouse ?

— Qu'en penseraient vos *parents* ?

Les questions me passent toutes au-dessus de la tête, sauf la dernière. Pour une raison qui m'embête et que je dois tout faire pour ne pas montrer.

Jul' lève les deux mains, attirant leur attention.

— Écoutez, les gars, je ne sais pas ce que vous avez entendu...

— Nous savons de source sûre que le ranch subit d'importantes rénovations à temps pour un mariage en octobre, déclare une blonde à la coiffure carrément bouffante, même pour le Texas.

— De source sûre, hein ?

Jul' garde le sourire mais a l'air farouche.

— Est-ce la même source anonyme de la NASA que vous avez essayé d'utiliser l'autre jour ?

Ce qu'elle pense de cette journaliste et de sa source est clair à son ton.

— Vu que vous avez interrompu votre vol pour cause de... « maladie » et que vous êtes pourtant ici en train de monter à cheval, ma source n'a pas l'air si mauvaise, n'est-ce pas ?

La femme croise les bras, un air heureux sur le visage. Ses lèvres fuchsia se soulèvent d'un côté.

Les yeux de Jul' brillent.

Maladie ? Jul' était malade ?

Je n'ai même pas pensé à frapper à sa porte quand elle est revenue de l'aérodrome. Elle a passé la nuit malade dans sa chambre ? Et je l'ai laissée intervenir et me sauver des plaids de Perle le lendemain matin ?

Grand-père serait tellement déçu par moi.

— Est-ce donc vrai ? demande un autre journaliste.

— Écoutez, les gars.

Jul' lève les mains, les rênes lâches dans l'une d'elles.

— Le docteur Lee est en vacances. Elle n'est pas ici et ne le sera pas dans un avenir proche.

Elle jette un regard noir à la blonde.

— Vérifiez vos sources.

La blonde plisse des yeux en retour.

— Et quand elle *va* revenir, Jackie va être plongée dans sa formation d'astronaute.

Il y a plus de questions. Jul' répond à chacune. Outre quelques regards mortels en direction de la blonde, Jul' tient bon. J'avoue qu'elle est très douée pour ça. Elle sourit, hoche la tête, appelle les journalistes par leur nom quand elle le peut. Mais ça m'énerve toujours que ce soit une autre chose à laquelle elle doive faire face.

Comme les journalistes ne sont pas encore techniquement

passés sur la propriété de West, je ne peux pas appeler les flics. Mais cela doit cesser. Nous n'avons pas été envahis par les journalistes depuis que Flynn a rompu avec Beth et que cette dernière est allée raconter ses conneries dans tous les magazines à ragots de la ville. Et avant ça, à la mort de mes parents. Comme dirait Rose, ces connards doivent se casser.

— Alors, quelle *est* votre relation avec monsieur West, mademoiselle Starr ?

— Quel monsieur West ? demande-t-elle, l'air à la fois ennuyé et agréable.

Les journalistes se regardent.

— Euh, les deux ?

Tucker rit, et je me sens lutter contre un sourire à la façon dont Jul' a changé le ton de l'inquisition surprise. Elle les fait remettre en question leurs questions et perdre leur direction, le tout sans leur donner une seule réelle information.

Malheureusement, cela signifie qu'ils changent de tactique.

— Monsieur West.

Toutes les têtes pivotent vers moi, assis à quelques mètres derrière Jul' et Tucker.

— Êtes-vous le prochain à trouver l'amour ?

La blonde regarde à nouveau Jul'.

— Peut-être avec la Starr de la NASA ?

J'éclate de rire avant de pouvoir me contrôler. Jul' tressaillit. Mince.

Il y a un moment inconfortable avant que Jul' prenne le relais.

— Comme vous pouvez le voir, la question est *carrément* risible, dit Jul'.

Mais son ton tranchant n'était pas là avant.

— Attendez une minute, je lance.

Mais, d'un geste de la main, Jul' m'ignore. Tout comme les journalistes.

— Je suis désolée que vous vous soyez traînés jusqu'ici, mais vous n'avez qu'une vérité partielle de votre soi-disant source.

— Et de quelle partie parlez-vous ? demande une autre femme en montant sur le dernier échelon de la clôture pour se pencher davantage dans la direction de Jul'.

— Que la maison du ranch est en cours de rénovation, dit simplement Jul'.

Son cheval, Bess, un vieux cheval venant d'un refuge, se déplace. Bess est un excellent animal pour apprendre à monter, mais aucun cheval ne veut être entouré d'un groupe d'adultes qui crient et de flashs d'appareil photo. Tucker et moi savons tenir fermement les rênes dans nos mains et contrôler nos montures. Vu sa manière paresseuse de tenir les siennes et que Tucker l'a mise sur Bess, je pense que Jul' n'a pas beaucoup d'expérience à cheval.

— Alors qu'est-ce que vous faites ici, Jul' ? demande un homme en sautant lui aussi sur la clôture.

— Eh bien, j'apprends à monter à cheval, évidemment.

Elle fait un clin d'œil à mon bras droit.

— N'est-ce pas, Tucker ?

Rougissant comme une pivoine, Tucker bégaie un peu avant de hocher la tête.

— Oui m'dame.

Un autre flash d'appareil photo et Bess secoue la tête, bousculant Jul' sur la selle. Le sourire de Jul' ne faiblit jamais, mais ses yeux s'écarquillent alors que Bess tente de se calmer.

— C'est assez.

Les yeux de tout le monde sont à nouveau rivés sur moi.

— Vous êtes sur une propriété privée, dis-je en faisant signe aux journalistes sur la clôture. Si vous ne quittez pas la zone, j'appelle la police.

— Holt, marmonne Jul' entre ses dents. Laisse-moi juste rég...

Une forte fissure retentit alors que le rail de la clôture se fend.

Trois choses arrivent en même temps.

Les reporters s'effondrent tous au sol. Bess se cabre. Et Jul' lâche les rênes.

ONZE
UN SAUVETAGE RATÉ

Jul'

Je ne suis pas une damoiselle. Je n'ai jamais compté sur un homme pour me sauver, et je ne veux *pas commencer* maintenant. Mais bon sang, il n'y a pas de pire moment pour que Bess décide d'être une garce capricieuse.

— Puuu...

J'ai assez de présence d'esprit pour me censurer au milieu d'un cri, au cas où les caméras tourneraient, mais c'est à peu près tout ce que j'arrive à faire. Je n'avais pas pris la peine de demander à Tucker quoi faire si Bess décidait de se cabrer, parce que, honnêtement, elle avait l'air de n'être qu'à quelques mois de la boucherie chevaline. Mais quand mes fesses quittent le siège et que je me retrouve momentanément en l'air avant de retomber, sentant que mes fesses vont avoir un bleu qui n'aura rien à envier à l'œil d'un boxeur, je regrette sérieusement de ne pas avoir posé la question.

Pour aggraver les choses, un idiot allongé sur l'herbe n'arrête pas de cliquer sur son appareil photo. Bess décide que ces appareils sont une invention du diable et s'enfuit en courant. Sans les rênes dans mes mains, je suis complètement détachée. Et comme tout astronaute le sait, cela est dangereux.

Je suis sur le point de donner des coups de pied et d'essayer de glisser au sol avec une roulade dont même le meilleur gymnaste serait fier, quand je suis soulevée de la selle pour tomber sur une paire de cuisses chaudes et musclées. Quelque chose de gros et de raide se trouve contre mes fesses et il me faut une minute pour réaliser que c'est le pommeau de la selle et non la preuve du bonheur de Holt.

Bess continue de courir sur la route principale jusqu'à la grange.

— Jul' ! Jul' ! Par ici !

Les reporters peinent à se remettre sur pied, les appareils photo toujours à la main. Comme si j'avais reçu un coup dans le ventre, je me rends compte que je leur ai donné la photo parfaite pour une première page. Moi, l'astronaute émérite, sauvée d'un cheval en fuite par le baron du pétrole Holt West.

Putain de merde.

Holt éperonne son cheval après Bess.

— Détendez-vous, je vous tiens, murmure Holt à mon oreille.

Me détendre ? Comment puis-je me détendre quand je suis en train de *bouillonner à l'*intérieur ? Utilisant toutes mes forces, j'enfonce mes doigts dans sa cuisse, incapable d'exprimer ma colère pour l'instant.

Trop de témoins.

Je me suis éjectée d'un F-22 à 3 kilomètres au-dessus d'un désert. Je suis sur le point de devenir le plus jeune astronaute commandant de *tous les temps*, et j'ai démarré la putain de Station spatiale internationale en court-circuitant le Neiman lors de ma dernière sortie dans l'espace. Mais en moins d'un battement de cœur, je n'ai aucun doute que la photo de moi la plus cherchée sur Google sera celle où je suis dans les bras d'un cow-boy.

Je suis sûre que la majorité des femmes soupireront devant le fait que le moment romantique le plus cliché prenne vie, et qu'il sera sans aucun doute placardé dans tous les tabloïds dès demain. Mais ce qui me tue, c'est l'idée que les filles qui me considèrent comme un modèle pour ma carrière réussie malgré les obstacles, et le fait d'être géniale tout en ayant des seins, me verront désormais comme impuissante, sauvée uniquement par la force d'un homme.

Le grand étalon passe sur le long tronçon de route menant jusqu'à la maison principale.

Je regarde le nuage de terre derrière nous par-dessus l'épaule de Holt, m'accrochant à ma colère et prétendant que je n'aime pas la sensation de ses bras autour de moi, ou son souffle chaud chatouillant les boucles de mon cou.

Au lieu de cela, je vais me concentrer sur le pommeau qui essaie de pénétrer là où aucun homme n'est allé auparavant.

Enfin, nous ralentissons, nous arrêtant devant les portes ouvertes de la grange. Sans attendre l'aide de Holt, je repousse ses genoux, glisse vers le bas et atterris sur mes deux pieds. Comme j'aurais dû le faire avec Bess.

— Whoa, attendez une minute, dit Holt, tendant la main comme s'il pouvait en quelque sorte stabiliser ma descente.

— Va. Te faire. Foutre.

Je me dirige vers la maison principale.

— Pardon ?

Je me retourne pour voir Holt descendre de cheval.

— Pourquoi est-ce que je mérite d'aller me faire voir ?

— Mon Dieu. Tu ne peux même pas dire « foutre » ?

— Maintenant, vous êtes fâchée que je ne jure pas ?

Il secoue la tête comme s'il pensait que j'étais dérangée.

Devine quoi, enculé ? Je *me sens* dérangée en ce moment.

Je lui fais face, le dos droit, les épaules en arrière.

— Oui, je suis fâchée que tu ne jures pas, dis-je en écartant grand les bras. C'est complètement contre nature. Et je suis aussi en colère que tu aies foiré le truc quand les journalistes ont commencé à poser des questions.

Je m'avance et lui donne un coup dans la poitrine.

— Mais surtout, je suis en colère parce que tu te considères comme un homme qui vient pour sauver le truc et moi comme une damoiselle en détresse.

Je lève mon doigt vers son visage.

— Tu sais quoi, cow-boy. Je ne suis la damoiselle de personne.

Les yeux couleur whisky se rétrécissent pour correspondre aux miens. Nous nous tenons debout comme deux personnes dans une impasse du Far West pendant un temps incalculable.

C'est-à-dire, jusqu'à ce que la voix de Tucker intervienne.

— Hum, Holt ? Tu veux que je brosse les chevaux ?

Il est toujours sur sa monture, menant par les rênes cette traîtresse de Bess, qui a maintenant l'air docile au possible.

Quand Holt se tourne pour s'adresser à Tucker, je retourne à la maison d'un pas lourd.

À l'intérieur, je suis accueillie par le chaos lié à la démolition. Ray ne plaisantait pas quand il avait dit qu'il commencerait tout de suite. Il s'était présenté avec le contrat et un peloton complet d'ouvriers juste au moment où Tucker et moi partions.

Je contourne une armoire de cuisine cassée qui se trouve dans le hall et saute par-dessus une scie électrique pour atteindre les escaliers.

Je suis à mi-hauteur des marches avant que la porte d'entrée ne s'ouvre derrière moi.

— Attendez une minute, Julie Starr, m'appelle Holt au son du martèlement et du ponçage. Vous n'avez pas le droit de faire l'indignée par rapport à quelque chose qui est de votre faute, puis de partir en tapant du pied comme un enfant.

Tout mon corps s'immobilise. Je pivote ma botte sur la marche de l'escalier.

— De ma faute ?

Ma voix est basse et dangereuse, et si Holt avait une sorte d'intelligence, il ramènerait son joli cul à la grange tout de suite.

— De *ma* faute ?

Au lieu de cela, il enlève son chapeau, le jetant sur un chevalet.

— Oui. De votre faute.

Il suit le même chemin que j'avais emprunté, s'arrêtant au pied des escaliers, passant ses mains dans ses cheveux en sueur avant de les poser sur ses hanches.

Comme un lion sur le point de bondir, je prends mon temps pour descendre encore quelques marches jusqu'à ce que mes yeux soient au niveau des siens. Il n'y a que quelques centimètres entre nous. Je suis un peu surprise que sa chemise à carreaux ne s'enflamme pas à cause de la colère qui émane de moi.

— Tu veux me dire en quoi ce qui vient de se passer est de *ma* faute ?

Je ne reconnais pas ma voix. J'ai passé ma vie à faire semblant de jouer le jeu, tout en faisant mon propre truc. On obtient les choses plus vite de cette façon. La confrontation ne fait que ralentir le truc. J'ai appris cela des années passées sous le toit du général.

Mais ici, maintenant, il n'y a rien que j'aimerais faire plus que d'en mettre une à cette sainte-nitouche de cow-boy lèche-bottes, prétentieux et hyper canon.

— Bien sûr, *m'dame*.

Enfoiré. Il sait que je déteste être appelée m'dame. Je garde la bouche fermée. Mes dents grincent si fort que je suis sûre d'avoir mal à la tête plus tard. Quand je ne réponds pas à sa raillerie, ses narines se dilatent et je ressens un sentiment de fierté de l'avoir froissé.

Il se redresse et s'éclaircit la gorge. Je suis trop en colère pour même lever les yeux au ciel.

— D'abord, vous avez invité des journalistes chez moi. Je n'apprécie pas ça. Je reste loin des journaux. Je l'ai toujours fait. Et deuxièmement, vous n'avez rien à faire sur un cheval si vous ne savez pas comment le contrôler. Et troisièmement, quand quelqu'un vous sauve la vie, on ne l'insulte pas. On se met à genoux et on le remercie.

Il respire fort, mais sa colère n'est pas de taille contre la mienne. Le sang qui coule dans mon corps a atteint son point d'ébullition et tout ce que je veux faire, c'est mettre un coup de poing sur le trop beau visage de Holt. Mais comme je suis un putain d'astronaute, je ne peux pas. Une main cassée me ferait retirer la rotation du vol. Et si je ne prends pas ce risque quand je reçois des messages et des livraisons bizarres, je ne vais clairement pas le prendre avec la tête dure de Holt.

C'est parti pour un anéantissement verbal.

— Tellement contente de savoir ce que tu penses vraiment de moi, sans toute la putain de politesse dans lesquelles tu te noies, cow-boy. Mais laisse-moi clarifier deux ou trois petites choses. Je n'ai pas invité ces journalistes ici. Je ne fais pas de relations publiques à moins que la NASA ne me *le* demande expressément. Je n'aime pas ça. Et je voulais que personne ne sache où je me trouve. C'est tout l'intérêt pour moi d'être ici dans le trou du cul du Texas, entourée de chevaux et de terre.

— Oh vraiment ? Alors, qui d'autre gagnerait à faire savoir que l'astronaute la plus célèbre de la NASA se trouve justement sur la propriété de West ?

- Perle.

Holt cligne des yeux. Plusieurs fois.

Je croise les bras sur ma poitrine.

— Ça te surprend ? Vraiment ?

À son regard vide, mes lèvres se retroussent.

— Tu penses que parce qu'une femme s'est fait les ongles, porte de la merde d'huître autour du cou et parle comme si elle se croyait dans Downton Abbey, elle ne peut pas être une garce qui va te poignarder dans le dos ? Qu'elle ne peut pas riposter sournoisement et faire savoir à quelques journalistes qui elle a vu à la maison West avant d'être licenciée sans ménagement ? Au diable l'accord de non-divulgation signé.

— Je... Holt essaie de chercher des mots, mais il ne trouve rien.

— Exactement. Je peux être franche, jurer comme un marin en permission et m'habiller comme une motarde, mais si je vais te poignarder, ce ne sera pas dans le dos. Ce sera face à face, là où je pourrai voir la douleur briller dans tes yeux.

Merde, je *me* suis donné la chair de poule avec ce discours.

— Jul', je suis désolé, je...

— Et deuxièmement, j'étais sur Bess. *Bess.*

Je lève les mains en l'air.

— Même toi, tu dois savoir qu'elle est le sac d'os le plus triste de toute ta putain d'écurie. J'étais censé marcher avec Tucker comme guide comme une bonne petite débutante en équitation jusqu'à ce que j'apprenne les ficelles. Je ne suis pas stupide. Peu importe ce que tu peux penser de moi. Je ne suis pas arrivée là où j'en suis aujourd'hui parce que je ne sais pas comment évaluer les risques ou reconnaître mes propres limites. Je suis à *ça* d'une promotion et je ne la compromettrais pas en essayant de faire la maline sur un de tes chevaux.

Holt prend une profonde inspiration, l'envie de se battre quittant ses épaules. Cela signifie que j'ai gagné. Je sais qu'il se sent mal et que je pourrais m'en aller tout de suite, victorieuse de notre escarmouche verbale. Mais quand un homme s'effondre, autant l'abattre. Une autre leçon apprise de papa chéri.

Mon poing s'interpose entre nous et j'enfonce une phalange dans le sternum de Holt.

— Et pour finir, si je veux te dire d'aller te faire foutre, je le ferai très certainement. J'étais sur le point de descendre de cette folle Bessie toute seule. Je n'avais pas besoin de toi et de ton complexe de héros.

Les sourcils de Holt se lèvent et il s'étouffe avec tout ce qu'il essaie de dire.

— Tu m'as entendue. Ne pense pas que je n'ai pas remarqué les raisons pour lesquelles tu ne m'aimes pas.

Je n'attends pas qu'il soit en désaccord, parce que même moi, je ne veux pas faire mentir un salaud aussi poli que Holt.

— Je ne minaude pas, ne me pâme pas ou n'attends pas tranquillement qu'un homme me remarque. Je ne demande pas la permission. Si quelque chose doit être fait, je le fais. Je ne sais pas si tu aimerais juste un retour au style de vie des années 1950 ou si tu bandes pour les faibles femmes, mais de toute façon, je m'en fiche.

— Je *ne*...

Il agite la main en direction générale de son entrejambe. Je me surprends à rire devant son impuissance à pouvoir prononcer le verbe « bander ».

Ce qui fait sourire Holt.

Et aussi en colère que je sois, et même si j'ai envie de frapper tous ces journalistes et de piétiner leurs caméras et appareils photo, mon vagin fait une petite danse en voyant le sourire de Holt.

Mon vagin est une telle pute.

Je pousse un gros soupir, ce qui fait bouger une mèche de cheveux qui était devant le visage de Holt. Son sourire s'élargit.

Pour gagner la guerre, une retraite stratégique est parfois nécessaire.

Enlevant la colère de ma voix, j'instruis :

— Vu que la cuisine est démolie, tu vas devoir commander quelque chose pour le dîner. Je n'aime pas la cuisine indienne. N'importe quoi d'autre fera l'affaire.

Puis je tourne le dos à Holt et finis de monter les escaliers. Au dernier palier, je regarde par-dessus mon épaule, l'apercevant en train de me reluquer les fesses.

— Eh, Holt ?

Ses yeux se posent sur les miens et il rougit.

— Tous tes « me mettre à genoux pour te remercier » ? Ça ne risque pas d'arriver.

Il baisse les yeux et se frotte la nuque. Qui est également rouge.

— En fait, que je me mette à genoux est probablement un fantasme sans espoir. Mais toi, à genoux devant moi ?

Les yeux de Holt reviennent si vite sur les miens, je suis sûre qu'il s'est fait un coup du lapin.

J'allonge le moment, pinçant mes lèvres et tapotant mon menton, mimant le fait d'être en pleine contemplation, avant de laisser un sourire lent et sensuel s'étirer sur mon visage.

— Maintenant, cela pourrait être une image mentale intéressante. Ou excitante, même.

―――

HOLT

L'IMAGE MENTALE DE JUL' chevauchant mon visage alors que je m'agenouille entre ses jambes m'a figé sur place.

C'est à dire, jusqu'à la toux. Une toux féminine timide.

Je prends une profonde inspiration, essayant de ralentir mon rythme cardiaque et d'arrêter le sang qui monte vers mon entrejambe.

Parce que je *bande*.

Là, je peux le dire. Peu importe que je ne l'aie pas dit à voix haute. Cela compte quand même. Je n'y peux rien si je n'ai jamais aimé la vulgarité. Je l'ai assez entendue dans la bouche de ma mère, je n'ai pas eu besoin d'en rajouter.

Et peu importe ce que Jul' pense ce que je pense d'elle, elle reste une femme.

Quand je sens que j'ai à peu près repris le contrôle, je fais face à la porte pour trouver Mélissa debout dans le cadre ouvert, serrant un tas de classeurs et regardant le plancher.

Je fais un pas en avant, essayant simultanément de secouer ma jambe et d'ajuster les signes de mon engueulade avec Jul' pour qu'ils ne soient pas si visibles.

— Mélissa. Puis-je vous aider ?

Je me demande depuis combien de temps elle est là.

— Hum... Je suis ici pour donner des instructions à Ray pour demain ?

— Oui, super. Très bien.

J'agite ma main en vain vers la cuisine, où je sais que Ray travaille.

— Merci.

Regardant toujours vers le bas, elle se fraie un chemin à travers le chantier, se déplaçant rapidement, comme si le tonnerre des marteaux et des scies mécaniques dans l'autre pièce était la clé de son salut.

Oui, elle était là depuis un certain temps.

Ma sonnerie de SMS retentit et je dois coincer ma main dans ma poche arrière pour sortir mon téléphone. Dites ce que vous voulez à propos des cow-boys et des jeans serrés, mais ils servent à quelque chose. Mon téléphone aurait glissé pendant que je montais Angelo si le jean n'avait pas été pratiquement peint sur mon derrière.

Un coup de pouce et j'aurais aimé que mon téléphone *soit* tombé.

Un cri de colère résonne dans les escaliers.

— Bon sang, Holt !

Le cri de Jul' me fait me précipiter dehors vers ma camionnette.

J'appuie sur ma numérotation abrégée numéro deux, calant le téléphone sur mon épaule pendant que je déniche les clés de la camionnette dans une autre poche de jean.

— Tu aimes la photo que j'ai envoyée par texto ? me demande Rose, sans même un bonjour. Très romantique, grand frère. Celle-ci est ma préférée, mais certaines autres ont aussi de quoi faire rêver les jeunes filles.

— Certaines autres ?

Je grimace au son aigu de ma voix. *Ne panique pas.*

— Oh oui.

J'entends des voix brouillées et étouffées.

— D'accord, d'accord, je vais demander.

— Demander quoi ? À qui tu parles ?

En ouvrant la porte, je saute dans ma camionnette baignée de soleil.

— Trish. On se fait les ongles. C'est là que j'ai reçu l'alerte Twitter sur mon téléphone. Quelle surprise de voir ton visage faire le tour des réseaux sociaux tout en me faisant masser les pieds.

— Twitter ?

Je pensais vraiment que Jul' avait réagi de manière excessive à propos des journalistes qui avaient immortalisé le sauvetage.

— Trish veut savoir à quel point Jul' est énervée en ce moment.

— Quand la camionnette démarre, l'air chaud me souffle au visage.

J'ajuste les évents avant de dire :

— Je ne comprends pas. Vous agissez tous comme si j'avais fait quelque chose de mal. Je lui ai *sauvé la vie*. N'est-ce pas une bonne chose ?

Rose ricane.

— Alors tu ne connais pas Jul'. Je suis presque sûre qu'elle préférerait mourir que d'être sauvée publiquement par qui que ce soit. Surtout par un mec. Elle travaille dans un monde fortement dominé par la testostérone, Holt. Et puis, elle a une mauvaise presse étrange ces derniers temps. Ce n'était pas grand-chose et personne n'y faisait attention, mais maintenant ça ? Rose se racle sinistrement la gorge.

— Tu penses qu'elle veut donner l'impression qu'elle ne peut pas s'occuper d'elle-même ?

— Eh bien, évidemment, cela aurait été mieux si les journalistes n'avaient pas pris cette photo. Mais vraiment, elle ne peut pas rester en colère à vie, n'est-ce pas ?

Ma question est accueillie par le silence.

— Je veux dire, je pose seulement la question parce que Jul' et moi devons travailler ensemble pour organiser ce mariage. C'est tout. Ça ne me pose pas de problème si elle veut faire une crise par-dessus une image idiote.

— Oui oui.

Je déteste le fait que ma sœur puisse détecter qu'on lui raconte des conneries.

— As-tu même regardé la photo que je t'ai envoyée ? Je veux dire, c'est la plus flatteuse de vous deux, mais même là, tu peux voir le regard noir sur le visage de Jul'.

Je retire le téléphone de mon oreille et réussis à ouvrir mes SMS sans raccrocher au nez de ma sœur. Elle a raison. La photo, bien éclairée par le soleil déclinant de l'après-midi, a été prise juste après que j'ai réussi à tirer Jul' de sa selle. La lumière du soleil filtre à travers le nuage de poussière qui tourbillonne autour des sabots d'Angelo et mon bras est fermement bloqué sur l'abdomen de Jul', l'attirant plus près. C'est en fait un cliché assez fantastique.

Si on ne compte pas le regard noir de Jul', ses sourcils froncés et sa mâchoire crispée.

La voix de Rose est étouffée alors qu'elle pose une autre question à Trish en train de rire en arrière-plan.

— N'est-ce pas ? Alors, tu appelles pour avoir un aperçu de ton échec, ou as-tu besoin de quelque chose ?

Honnêtement, j'espérais que Rose me dirait qu'elle n'avait eu l'image que grâce à ses relations nombreuses et variées autour de Houston et que, en fait, cela n'était pas aussi viral que Jul' l'avait craint. Mais comme ce n'est pas le cas et que je me sens toujours mal d'avoir blâmé Jul' pour l'arrivée des journalistes en premier lieu, je pourrais aussi bien demander de l'aide à Rose pour savoir comment ramener la paix. Juste pour garder une relation amicale pour la planification du mariage.

Me souvenant de la demande de dîner de Jul', ou de son exigence, je demande plutôt :

— Je suppose que tu ne sais pas quel genre de plats à emporter Jul' aime ?

Mais le silence qui s'étend sur les ondes me fait bouger dans mon siège. Il n'y a rien de plus déconcertant qu'une Rose silencieuse.

— Rose ? Tu es là ?

— Oh, je suis là. Je suis juste en train de réfléchir.

— C'est bien ce dont j'avais peur, dis-je entre mes dents.

Il y a une conversation plus inintelligible entre elle et Trish avant que Rose ne me réponde enfin.

— Pizza. Tu ne peux pas te tromper avec de la pizza. Mais pas n'importe quelle pizza. La pizza Florentini de Boondogle's.

— Boondogle's ? Tu plaisantes j'espère ? C'est à une heure de route.

— Tout à fait. Petite question, cependant. À quel point Jul' est-elle en colère pour ce petit moment de relations publiques impromptu ? Parce que je pense que ça doit être quelque chose si tu me demandes de l'aide.

Rose rit de mon silence.

— Oui, c'est ce que je pensais.

La climatisation de ma vieille camionnette se met enfin en marche et je laisse tomber ma tête sur le volant, laissant l'air frais souffler sur mon cou. Téléphone toujours à l'oreille, je demande :

— C'est quoi le nom de cette pizza déjà ?

DOUZE
ONDES GRAVITATIONNELLES

Jul'

Quand les gens décident de déverser leur haine, il faut faire comme si on s'en fout.

C'est un concept assez simple auquel j'ai adhéré toute ma vie. Quand votre père est un général de l'Air Force qui voulait un garçon, et que vous grandissez en essayant de prouver que vous étiez plus intelligent, plus fort et meilleur que quelqu'un avec une queue, juste pour obtenir un grognement d'approbation de la part d'un type âgé, gondé et émotionnellement rabougri, vous apprenez vite à ne pas laisser transparaître de douleur.

Et à l'ère des réseaux sociaux, c'est utile. Non seulement les trolls profitent de la sécurité anonyme de leur domicile à la moindre occasion, mais les photos de Holt et moi se sont répandues comme une traînée de poudre grâce à diverses émissions télévisées.

Je suis prête à parier que personne ne trollerait Armstrong.

Je suis enfermée dans ma chambre depuis deux heures. Deux petites heures depuis le sauvetage regrettable de Holt, et la photo de nous sur Angelo est devenue virale. Mes comptes sur les réseaux sociaux explosent.

#SpaceCowgirl est désormais à la une.

J'ai appelé le service des relations publiques de la NASA pour les prévenir. J'ai dit que je voulais qu'ils sachent qu'il y avait un article sur moi, un cow-boy et un cheval. Ils ont ri, se sont exclamés « Ah, vous croyez ? » et m'ont raccroché au nez pour m'en occuper. L'histoire officielle sera que je suis toujours en vacances et que la photo n'est pas ce qu'elle paraît. Assez proche de la vérité, je suppose.

Mon téléphone continue de s'allumer avec divers messages texte de Jackie, de Trish et, ce qui est plus embêtant, de Rose. Tous demandent quelle est la *vraie* histoire. Elles sont pires que les tabloïds, ces trois-là. Je suis tentée d'éteindre ce foutu truc, mais je suis presque sûre que la NASA serait énervée s'ils devaient me joindre et que mon téléphone était mort.

Comme si je lisais dans mes pensées, ça sonne. Mais ce n'est pas la NASA.

Allongée sur le lit, je ferme les yeux un instant avant de répondre.

— Salut Maman.

— Salut chérie. Ça va ?

La voix de ma mère est douce et chantante, comme un oiseau chanteur devenu humain. En fait, cela pourrait tout à fait décrire ma mère. Elle est petite et maigre, à la limite de la fragilité et parfaitement proportionnée.

Évidemment, je tiens de mon père.

— Oui, Maman, je vais bien.

Il y a du bruit en arrière-plan, comme le cliquetis des casseroles. Ce qui est logique, elle prépare probablement le dîner pour elle et mon père. Que le ciel aide cet homme s'il avait besoin de cuisiner pour lui-même.

— Je ne savais pas que tu montais à cheval, ma chérie.

— Je ne monte pas. Je veux dire, eh bien, je ne le fais pas habituellement. J'ai juste décidé d'essayer aujourd'hui.

Ma mère est connue pour ses longs soupirs. Ils peuvent prendre des significations diverses, et celui que j'entends en ce moment est chargé de résignation.

— Je ne sais pas pourquoi tu dois faire des trucs dangereux tout le temps, Julie. Il y a des passe-temps parfaitement sûrs.

— Je n'étais pas...

— Tu savais que la fille de madame Gilman, Silvia, a créé un club de lecture en ligne ? Une si charmante jeune femme. Tu sais qu'elle vient d'avoir son troisième enfant ? Un adorable petit garçon.

Plus de cliquetis.

— Je pourrais lui en parler, t'obtenir une invitation ?

Idiote de Silvia.

— Maman, je n'ai pas vu Silvia depuis le lycée.

Et même alors, nous nous détestions. J'étais la Rizzo de sa Sandy.

— Si je voulais rejoindre un club de lecture, j'en créerais un avec mes amies ici.

En fait, ce n'est pas une mauvaise idée. Peut-être un club de lecture romantique. Je pourrais même en faire partie en orbite. Ces merveilles de livres électroniques font que je n'ai pas à alourdir mon sac avec de vrais livres. La NASA est assez stricte sur les limites de poids. Et les romans d'amour électroniques, cochons et sexy sont plus légers qu'un vibromasseur.

Enfin, je dis ça...

— Mais peut-être que si tu passais du temps avec des femmes qui étaient plus... eh bien, ce que je veux dire c'est... que tu pourrais peut-être...

Je lève les yeux au ciel si vite que ça fait mal.

— Quoi ? Me marier, pondre des bébés et vivre le rêve américain des années 1950 ?

Un autre soupir.

— Maman, je sais que tu ne comprends pas, mais ce n'est pas moi. Cela n'a jamais été, ne sera jamais.

— Et cet homme avec toi sur le cheval ? Le présentateur a dit que son nom était Holt. C'est ton chéri ?

— Maman, plus personne ne dit « ton chéri ». Vis avec ton temps. Je suis une femme de trente-cinq ans, je fais le travail de mes rêves, je suis astronaute. Je n'ai pas besoin d'un *chéri*, d'accord ?

— Je ne veux pas que tu te sentes seule, ma chérie.

Je l'entends régler un sablier. Mon Dieu, elle est tellement vieux jeu.

— Je ne suis pas solitaire. J'ai des amis. Un travail. Je suis heureuse.

Je me surprends à frotter l'endroit habituel sur ma poitrine.

— Tu as trop de ton père en toi, marmonne ma mère.

J'éclate de rire.

— Si tu le dis. Mais si c'était vrai, je suis presque sûre que nous nous entendrions mieux.

— Oh, Julie, tu sais que ton père t'aime. Il a juste certaines opinions sur...

Ma main se resserre sur le téléphone.

— La place des femmes ?

Parfois, je crains que ma mère n'hyperventile à cause de tous ses soupirs.

— Écoute Maman, je dois y aller.

— Oh. D'accord.

Je promets de l'appeler plus tard dans la semaine, raccroche et me blottis un peu plus dans le lit.

Je suis plus épuisée après son coup de fil qu'après ma course matinale. Mais malgré le lit confortable, et la chambre calme que j'ai réquisitionnée pour ma petite évasion loin de mon harceleur, mon esprit est agité.

Impossible de dormir. Même avec mes mantras de méditation.

Devant ma fenêtre, un groupe de travailleurs du ranch crient, se disant au revoir. Je me demande si Holt est là-bas, essayant toujours de faire en sorte que sa bouche forme le mot *foutre*.

Bon samaritain de mes deux.

Soupir.

D'accord. J'ai *peut-être* été trop dure avec lui. Je veux dire, il ne savait pas que j'aurais pu descendre de la vieille Bess toute seule, et *il* n'a pas amené les journalistes ici.

Si je veux être honnête avec moi-même (et ce n'est jamais le cas), les journalistes étaient là à cause de moi, même si je ne les ai pas appelés. J'aurais pu être plus gentille avec Perle et lui faire comprendre que ses créations étaient absolument immondes d'une manière plus diplomatique. Si je l'avais fait, peut-être qu'elle n'aurait pas ouvert sa grande bouche stupide.

Et si je suis *vraiment* honnête avec moi-même (Purée, Holt doit être en train de déteindre sur moi), la raison pour laquelle j'étais une telle garce avec cette femme répugnante était parce qu'elle avait littéralement ses serres peintes en rouge sur Holt. Et ça m'énerve encore plus que la stupide photo virale.

Il est temps de regarder les choses en face. J'ai vraiment envie de me faire ce bon petit cow-boy.

Pouah. Être honnête avec moi-même, c'est nul.

Une portière de voiture claque, suivie de près par le claquement de la porte moustiquaire. Vu que je viens d'entendre les travailleurs du ranch partir et que les ouvriers sont partis peu de temps avant avec la promesse de commencer tôt demain, ce doit être Holt.

Et si Holt est la moitié du gentleman que je pense qu'il est, il m'a apporté à manger même après ma réaction potentiellement excessive de tout à l'heure. Potentiellement.

On ne peut qu'aimer les mecs trop gentils.

HOLT

Auparavant, je n'avais jamais demandé à quelqu'un de faire la paix autour d'une pizza. Mais je suis presque sûr qu'il faut le faire sans laisser sa queue intervenir.

Question de courtoisie, tout ça.

Alors avant de sortir de la camionnette, je dois arrêter de penser à la façon dont les yeux de Jul' ont brillé lorsqu'elle a enfoncé son doigt dans ma poitrine. Ou au balancement séduisant de ses fesses en forme de cœur lorsqu'elle montait les escaliers d'un pas lourd. Et je ne devrais certainement pas penser à son commentaire sur le fait de s'asseoir sur mon visage.

Ma queue tressaute.

L'ignorant, ou essayant de le faire, j'attrape la boîte à pizza sur le siège passager, déterminé à être gentil avec Jul'. Surtout maintenant que je sais exactement à quel point Jul' *n'a pas* réagi de manière excessive.

Quand Rose a envoyé si vite la photo de Jul' et moi sur le cheval, j'ai su que l'incident était déjà public. Mais je me suis rendu compte de combien c'était devenu public lorsque le barman de Boondogle's m'a reconnu. Je ne sais pas si c'est à cause de la bagarre qui a eu lieu dans ce bar il y a quelques mois entre ma sœur et l'ex de mon frère, ou de la photo qui était diffusée à la télévision quand je suis allé chercher la pizza. Quoi qu'il en soit, les cinq minutes suivant la prise de la commande ont été gênantes.

— Holt ?

Je saute sur mon siège. Tucker s'est faufilé vers moi pendant que je réfléchissais. Je lui fais signe par la vitre du côté passager et me glisse dehors.

— Hé, Tuck. Qu'est-ce que tu fais encore ici ?

— Je voulais te parler avant de partir.

J'attrape la boîte à pizza et ferme la porte.

— À quel propos ?

— Je voulais juste m'excuser pour tout à l'heure. Pour avoir emmené Jul', je veux dire Miss Starr, faire un tour aujourd'hui.

Il attrape son chapeau de sa tête et passe sa main libre dans ses cheveux.

— Honnêtement, je n'ai jamais même imaginé que Bess se cabrerait comme ça.

Je donne une tape sur l'épaule du gamin, ses muscles me rappelant qu'il n'est plus vraiment un gamin. Il a vraiment grandi.

— Ce n'est pas de ta faute. Personne n'aurait pu prédire que les journalistes se pointeraient, ou que Bess avait encore l'énergie d'agir aussi vite. Elle aurait été mon premier choix pour une débutante, à moi aussi.

Il laisse échapper un profond soupir de soulagement.

— Bien. Et je suis content que mademoiselle Starr aille bien. Elle est cool.

Je grogne.

— Je détesterais voir une dame comme elle blessée.

— Une dame, hein ? dis-je narquois, en pensant aux jurons qu'elle a utilisés plus tôt.

— Ben oui, répond-il en fronçant les sourcils. Comment tu appellerais quelqu'un d'aussi accompli et une amie aussi fidèle ?

Me voilà bien remis à ma place.

— Euh, eh bien...

— Elle est vraiment sympa. Elle a pris un congé alors qu'elle espère une promotion pour s'assurer que le docteur Lee a le mariage de ses rêves. Et elle a veillé à ce que cette fille de Houston ne profite pas de toi.

Il rougit.

— Cette, euh... Mélissa, est bien sûr sympa aussi. Elle apprécie vraiment ce que Jul' a fait pour elle.

— Oui.

J'ai soudain profondément honte de toutes les manières dont j'ai jugé Jul'. J'ai été injuste dans mes opinions uniquement parce que j'ai été attiré par elle immédiatement et de manière inopportune.

— Elle a aussi pris le temps d'expliquer comment c'est de s'enrôler dans les forces armées. Tu savais que son père est un général ? Ce sont des choses sérieuses.

— Un général ?

Cela me ramène à l'instant présent.

— Attends, pourquoi te parlait-elle de s'enrôler ? Tu envisages de le faire ?

Il hausse les épaules.

— Je ne suis pas sûr. Je ne peux pas être un travailleur du ranch pour toujours. Et l'université n'est pas pour moi. Je n'ai jamais aimé l'école.

Je prends une profonde inspiration, espérant que ma poitrine va se desserrer.

— Si jamais tu pensais quitter le ranch un jour, ou si tu avais besoin de quoi que ce soit...

Je lui tape sur l'épaule.

— Tu sais que je suis là pour toi, n'est-ce pas ?

Il hoche la tête en souriant.

— Oui, mec. Je ne veux pas que tu penses que je suis ingrat ou quoi que ce soit. Je veux dire, si les choses se passaient comme je le voudrais, je travaillerais ici pour toujours. J'adore cet endroit. Mais je...

— Tu n'as pas besoin d'expliquer. Je comprends.

Nous restons tous les deux silencieux pendant un moment, chacun perdu dans nos pensées, avant que le cri aigu d'un oiseau n'intervienne.

— Rentre chez toi. Passe le bonjour à ta mère.

Tuck hoche la tête et remet son chapeau sur sa tête.

— Promis. Bonne nuit, Holt.

Je le regarde partir derrière la grange, où il gare habituellement sa camionnette. Il ne m'est jamais venu à l'esprit qu'il pourrait vouloir plus. Ce qui est stupide. La largeur de ses épaules et sa charge de travail quotidienne auraient dû me dire qu'il n'est plus un enfant. Les enfants grandissent, trouvent du travail. Fondent leur propre famille.

Boîte à pizza à la main, je regarde autour de la maison familiale West. Ce n'est qu'à présent que je me rends compte que je suis le seul à encore vivre ici. Tout le monde tourne la page.

Et je suis toujours là.

J'ai travaillé si dur pour que les choses soient d'une certaine manière que je ne pense pas m'être rendu compte qu'elles sont vouées à changer. Tucker ne sera pas toujours mon bras droit. Rose ne sera bientôt plus étudiante. Flynn ne rentrera pas à la maison.

Tout est silencieux lorsque j'entre dans la maison. Et en bordel. Le simple fait de voir de la sciure de bois partout me démange la nuque. Prenant une grande inspiration, j'enlève mon chapeau et pose mes clés sur le chevalet près de la porte. Je garde mes bottes. Garder mes bottes n'aide pas les démangeaisons à l'arrière de mon cou, mais je préfère ça à un clou dans le pied.

Traînant les pieds à travers la maison, je marche en crabe dans la cuisine, enjambant plus de désordre. Tout a presque été arraché, mais il y a une planche de contreplaqué sur ce que je crois être un nouvel îlot. J'y pose la pizza.

— C'est une pizza de Boondogle's ?

Jul' se tient dans l'entrée nouvellement agrandie, aussi aguicheuse que jamais, téléphone à la main. Mais ce n'est pas moi qu'elle regarde, c'est la boîte à pizza.

Je jure, si Jul' me regardait un jour avec la même convoitise dans les yeux, je deviendrais fou.

— Oh mon Dieu.

Elle s'approche de moi, jetant son téléphone sur le plan de travail, les yeux toujours rivés sur la boîte à pizza.

— C'en est vraiment une.

Elle touche la boîte avec révérence et j'ai soudainement atteint un niveau plus bas. Je suis jaloux d'un bout de carton.

— Florentini, n'est-ce pas ? C'est ce que Rose a dit que tu aimais.

Ma voix est plus rauque que je ne le voudrais.

Ses yeux se posent enfin sur moi.

— Tu m'as pris une pizza Florentini ?

Avec ses yeux écarquillés et sa bouche ouverte, son expression est assez séduisante. D'autant plus que je suis presque sûr qu'elle ne s'en rend même pas compte. Ce n'est pas un des sourires mûrement réfléchis de Jul'. En fait, elle ne sourit pas du tout. Elle se tient à côté de moi dans ma cuisine, pieds nus, vêtue d'un pantalon en coton à cordon et d'un débardeur qui rend évident qu'elle ne porte pas de soutien-gorge, et son expression est celle d'une enfant le matin de Noël.

Ce qui me fait me sentir encore plus comme un pervers quand ma queue arrête de tressauter pour la saluer à fond.

— Euh, oui. Ce n'est rien, dis-je en passant une main dans mes cheveux. Je voulais juste m'excuser.

— T'excuser ?

Elle penche la tête sur le côté, et j'ai la présence d'esprit de ne pas lui dire qu'elle est aussi mignonne qu'un petit chiot lorsqu'elle fait ça. Parce que même moi, je ne suis pas aussi stupide en matière de femmes.

— Oui. Je vous ai accusé d'avoir envoyé des journalistes ici et...

— Et donc tu as conduit deux heures pour m'apporter ma pizza préférée ?

Elle jette un coup d'œil à la boîte à pizza, puis revient vers moi, les lignes entre ses yeux se formant.

— Pour moi ?

Ma gêne se transforme en frustration. Parce que c'est à cause de moi que Jul' pense que je ne l'aime pas, que je ne ferais pas quelque chose de gentil pour elle. J'essaie de trouver des mots pour expliquer pourquoi j'agis comme je le fais et pourquoi je ressens ce que je ressens. À son sujet. À propos des femmes. À propos des relations de couple.

Mais je ne peux pas. Parce qu'il y a des mamelons.

Mes yeux sont rivés aux renflements rigides sous le coton fin et presque transparent. J'ai l'eau à la bouche tant je veux les goûter, les sucer.

Qu'est-ce que j'essayais de dire ? Je ne m'en souviens pas.

Je baisse les yeux vers les orteils qui pointent sous son large pantalon.

— Vous ne devriez pas marcher pieds nus en ce moment. Vous pourriez marcher sur un clou. Vous faire mal.

Je ramène mon regard vers le sien, avalant difficilement alors qu'il remonte sur sa poitrine. Il rencontre un sourcil arqué et un froncement de sourcils.

Personne ne m'a jamais accusé de savoir m'y prendre avec les dames.

Jul' souffle fort, les boucles autour de son visage s'envolant hors de ses yeux.

— D'abord tu veux que les gens enlèvent leurs chaussures, maintenant tu veux qu'ils les gardent.

Elle croise les bras sur sa poitrine, soulageant mon esprit de la tentation. Son pied tape sur le sol en linoléum.

Mon Dieu, sa colère monte vite. Sa colère et ma queue ont beaucoup en commun.

J'acquiesce, distrait par le vernis rose pâle sur ses orteils. J'aurais pensé qu'ils seraient rouges ou noirs, ou d'une autre couleur tape à l'œil. Mais d'une certaine manière, le rose pâle est plus provocateur, plus séduisant. Et il ne m'a pas échappé que je dois regarder par-dessus le renflement de mon pantalon pour voir ses pieds.

— Tu devrais envoyer des SMS de groupe, alerter les invités de la maison de toutes tes règles changeantes.

Un petit rire m'échappe, me surprenant.

— Est-ce juste une excuse pour avoir mon numéro de téléphone ?

Sa respiration s'accélère et je ne peux pas dire si c'est à cause de la colère ou du même désir que celui que j'ai en moi. Alors je lève les yeux. De ses orteils, jusqu'à la longue longueur de ses jambes, sur la courbe de sa hanche, le contour de ses mamelons durs, la longue colonne de sa gorge, jusqu'à ses grands yeux brillants. Je ne me suis jamais laissé regarder de trop près, ni trop longtemps. Je suppose que Jul' ressemble beaucoup au soleil, dont elle passe tellement de temps à proximité. Si vous le regardez trop longtemps, sa lumière vous aveuglera. Vous serez détruit à tout jamais. Mais j'ai l'impression que c'est déjà fait.

— Putain, tu es tellement belle.

Elle recule d'un pas, bouche ouverte. En me fixant dans les yeux, elle mordille sa lèvre inférieure avant de chuchoter :

— Tu as dit putain.

Et avant que je puisse m'excuser, Jul' me saute dessus.

SANS TITRE

En selle

Jul'

Je suis une mauvaise fille. Une très mauvaise fille.

C'est la seule raison pour laquelle je peux trouver à quel point je suis excitée lorsque ma sainte-nitouche de cow-boy jure.

Enroulant mes jambes autour de sa taille, je passe mes mains dans ses cheveux tout en fusionnant ma bouche avec la sienne. Et d'après l'aiguillon que je ressens dans son pantalon, on peut dire sans risque de se tromper que Holt est pleinement d'accord avec la nouvelle initiative que j'ai prise.

Après un moment de ce que je ne peux que supposer être un choc total de sa part, il incline la tête pour s'engager pleinement dans le baiser, saisissant mes fesses dans ses grandes mains puissantes. Et quand ses doigts s'enfoncent dans ma chair, tout mon corps se secoue contre lui.

Sa bouche se détache de la mienne pour parcourir mon cou, sa barbe raclant la colonne de peau sensible.

— Mon Dieu. Oui.

Nous ne sommes qu'à quelques secondes dans cet intermède et je suis déjà haletante, les prémices d'un orgasme s'agitant dans mon ventre.

— Ce corps, Jul'... tu n'as aucune idée de ce que je veux faire à ce corps.

Je veux lui demander, je veux entendre le désir dans sa voix, mais avant que je puisse le faire, il se jette sur ma poitrine à travers ma chemise, aspirant mes tétons déjà durs et tout ce que ma bouche peut produire est un long gémissement de satisfaction pendant que je continue à me frotter contre lui.

Vaguement, je m'interroge sur la force requise pour rester debout malgré mon assaut sexuel, mais surtout je me concentre sur la belle et merveilleuse chaleur qui se produit entre nous.

J'adore ce genre de friction.

La bouche de Holt se déplace vers mon autre mamelon tout en nous tournant simultanément de sorte que mes fesses se posent sur le plan de travail de fortune. Il tire encore une fois sur mon téton avant de faire passer ma chemise par-dessus ma tête.

Au lieu de replonger vers mes mamelons douloureux, Holt recule, passant sa main sur son visage. Les seuls bruits sont l'abrasion de sa main sur sa barbe et notre respiration haletante.

Ses yeux se dilatent à ma vue, torse nu, étalée et donc visiblement excitée. Lentement, il porte sa main à ma bouche, faisant glisser un doigt sur ma lèvre inférieure. J'enroule ma langue autour de lui, tirant son doigt dans ma bouche, le suçant comme je le ferais avec son membre. Il gémit avant de se retirer de la chaleur chaude et humide, glissant son doigt le long de mon cou, sous ma poitrine, faisant le tour de mon téton. La traînée humide se refroidit sur ma peau au fur et à mesure qu'il avance, répandant la chair de poule dans son sillage.

— Prends-moi.

C'est une demande, parce que je ne mendie pas. Bien que je puisse faire une exception pour Holt.

Mais heureusement, Holt n'aime pas jouer à ces petits jeux. Un côté de sa bouche se contracte et le coin de ses yeux se plisse.

— Oui, m'dame.

Je le jure devant John Glenn, ces deux mots me font jouir. Enfin, eux et la façon dont il entre dans le creux de mes cuisses, se frottant contre moi tout en saisissant et en tordant mes cheveux dans ses mains pour dominer ma bouche avec la sienne.

Quoi qu'il en soit, le bas de mon corps se tend et mes ongles s'enfoncent dans ses côtés, et j'ai l'un des orgasmes les plus intenses de mon expérience pas si limitée.

Avant que la chaleur de mon orgasme ne se soit complètement éteinte, Holt a à nouveau ses mains sous mes fesses et il sort de la cuisine à grands pas, me portant.

Encore sonnée par le plaisir, je me recule dans ses bras.

— Attends, quoi ?

— Chuuuuuut.

Il dépose un baiser sur mon front. J'ouvre à nouveau la bouche mais il me coupe la parole.

— Ne t'inquiète pas, je vais quand même te prendre.

La sonorité de ce mot se réverbère entre mes cuisses.

— Je ne vais pas risquer que ce cul parfait se retrouve plein d'échardes quand je le ferai.

L'opposition de ses jurons et de son comportement de gentleman me fait m'attaquer à nouveau à sa bouche. En un éclair, je suis poussée contre le mur le plus proche et nous nous embrassons jusqu'à ce que je sois à peu près sûre que son membre va sortir de son pantalon.

Il interrompt le baiser et soudain, d'une manière ou d'une autre, je me retrouve enroulée autour de son dos comme un singe araignée grimpant à un arbre.

En riant, je dis :

— Je peux marcher, tu sais, cow-boy.

— Je sais, cadet de l'espace, mais tes jolis orteils roses ne sont pas en sécurité dans ce bazar.

Ensuite, il manœuvre à travers le champ de mines en construction et monte les escaliers.

Secouant la tête devant une telle inquiétude, je me rends compte que je souris. Que je suis vraiment heureuse, et que c'est à cause de Holt.

Et qu'il me porte sur ses épaules pour me mener vers du sexe.

Cela ne pourrait pas être plus génial.

Mais ensuite, la douce flanelle de sa chemise frotte de haut en bas sur mes mamelons sensibles à chacun des pas de Holt, et je réalise que si, c'est possible. Quand il franchit la plus haute marche, il n'est même pas essoufflé, mais moi si.

Au bout du couloir, devant ma chambre, une porte s'ouvre à coups de pied. Je ne vois pas grand-chose d'autre car je tourne comme une centrifugeuse. Mon élan est entravé par un matelas. Avant que mon corps n'arrête de rebondir, Holt me fait retirer mon pantalon et ma culotte, donc je suis essentiellement allongée nue à la manière d'une étoile de mer sur sa couette.

Luttant sur mes coudes, je ne me plie pas aux caprices de la pudeur en fermant les jambes. Pas question. Au lieu de cela, le sourire toujours bien en place, je tends les genoux, élargissant mon exposition.

Holt me regarde fixement, sa respiration ne devenant que plus saccadée.

— Je pense à cet instant depuis longtemps.

— Tu vas y penser un peu plus ou tu vas faire quelque chose à ce sujet ?

Mon gentil cow-boy ne me répond pas. Au lieu de cela, il prouve que le dicton, selon lequel les actions parlent plus fort que les mots, ne ment pas en tombant à genoux. Il passe ses mains autour de mes chevilles et me fait glisser jusqu'au bord du lit. Ses paumes glissent le long de mes jambes, écartant encore plus mes cuisses.

Et puis il fait quelque chose que je n'aurais jamais pensé qu'Holt West ferait.

Il dit des obscénités.

— Ta chatte est parfaite. Tellement rose et humide.

Il se penche en prenant une longue et profonde inspiration.

— Elle sent si bon.

Je me lève sur mes coudes pour le regarder m'ouvrir avec ses pouces avant de me lécher de bas en haut, les yeux fermés, un air respectueux sur le visage.

— Elle a bon goût, aussi.

Ses lèvres se referment autour de mon clitoris, suçant légèrement avant de relâcher, puis de sucer à nouveau. La pointe de sa langue tourne et s'enfonce profondément avant de recommencer le processus. Je renonce à supporter mon poids et retombe sur le matelas, laissant sa révérence me submerger à coups de langue chauds, comme des éruptions solaires qui parcourent mes veines.

La pression monte à nouveau. Plus fort, plus profondément qu'avant. Mais je me sens si vide. J'ai mal à l'intérieur.

J'ai besoin d'être comblée.

— Oui m'dame.

Oh. Apparemment, j'ai dit cette dernière phrase à voix haute.

Les yeux ouverts, les jambes toujours écartées, je regarde Holt se tenir debout, tirant sur ses boutons, enlevant sa chemise. Sous sa peau dorée, les muscles se contractent et fléchissent alors qu'il attaque sa ceinture, et le son de l'ouverture de sa fermeture Éclair fait trembler mes cuisses.

La ceinture tombe avec un bruit sourd, puis son jean, laissant Holt avec sa poitrine glorieuse exposée, tout comme une paire de boxers patriotiques. Les rayures rouges et blanches sont légèrement déformées par le mât tentant de sortir.

Il passe ses pouces d'avant en arrière sous la ceinture, m'allumant. Je détourne le regard un instant pour voir le sourire narquois se répandre sur son visage, ses yeux sombres de séduction. C'est une toute nouvelle facette de Holt. Une facette que j'aime beaucoup.

Enfin, il pousse son boxer vers le bas et son membre apparaît devant moi.

— Dieu bénisse l'Amérique.

Un éclat de rire surpris le quitte alors qu'une rougeur lui monte au cou. Il est si *différent*. Dans le bon sens. D'une certaine manière, je le taquine, mais je l'admire vraiment. Sa façon d'agir, de vivre, de travailler. Je n'ai jamais rencontré quelqu'un comme lui et je n'ai certainement jamais embrassé quelqu'un comme lui. Je me surprends à frotter à nouveau cet endroit sur ma poitrine.

Je sais que j'ai dit que je ne me mettrais jamais à genoux pour un homme. Et je sais qu'il n'a pas demandé, et ne le ferait jamais, que je lui rende la pareille. Mais voir ce rougissement glisser sur sa peau tandis que son membre épais se contracte dans ma direction suscite des *sentiments*. Et comme j'évite à tout prix les sentiments, je me laisse tomber devant lui et avale sa grosse longueur avant de pouvoir y penser beaucoup.

En plus, je les veux, bon sang. Sa queue. Holt. Et peut-être les sentiments. Peut-être.

Mais d'abord sa queue.

Une profonde inspiration par le nez remplit ma tête d'une odeur de cuir et de foin alors que je l'attire profondément au fond de ma gorge.

De haut en bas, suçant, tirant sur son sexe avec ma langue

pendant que mes mains serrent ses fesses. Les sons sont rudes et charnels, tout comme les gémissements provenant de Holt.

C'est à son tour de passer ses mains dans mes cheveux, les boucles serrées lui permettant de saisir facilement ma tête pendant que je saute sur lui.

— Putain, Jul'. Oui, juste comme ça.

Je passe le bout de ma langue sous sa verge, l'effleurant de la racine à la pointe avant de tourner autour de la fente humide de son gland.

— Mon Dieu.

Je suis de nouveau en l'air et de retour sur le matelas.

— J'ai besoin de te baiser.

Ses yeux sont sauvages, sa mâchoire serrée et son corps nu et dur, rigide de tension.

— Maintenant.

Un frisson me parcourt le corps, déclenchant un petit feu d'artifice. Cet homme bien rangé et droit s'est défait. À cause de *moi*.

Il se penche sur moi, son sexe contre mon intimité humide, puis s'immobilise.

Il recule et s'assoit.

— Je ne peux pas y croire.

Sa tête est inclinée vers sa poitrine, donc je ne peux pas voir ses yeux, mais sa voix est maintenant dépourvue de la traînée sexy d'il y a un instant.

— Holt ?

Il secoue la tête.

— C'est pas vrai.

Il se parle encore à lui-même.

Je me redresse, lui prends la tête entre les mains et le force à me regarder.

— Hé là, cow-boy, qu'est-ce qui se passe ?

— Je n'ai pas de préservatif.

Il a l'air si désespéré, si complètement déprimé, que je ne peux m'empêcher de rire.

— Ce n'est pas drôle.

Non, ça ne l'est pas, parce que son membre est toujours dur, oscillant entre nous, et que je le veux. Mais à cause d'un mince morceau de latex, mes parties féminines pourraient ne pas l'obtenir.

Et cela me frappe, que cet homme magnifique, dans la fleur de l'âge, avec pas moins que toutes les femmes de la haute société qui réclament un morceau de lui, n'ait pas de préservatifs à portée de main.

— Attends, tu n'es pas comme un scout ? N'es-tu pas censé être préparé ?

Il passe ses mains dans ses cheveux.

— Ça fait un moment, d'accord ? Je ne savais pas que cela allait arriver.

— Qu'est-ce que ça veut dire, « un certain temps » ?

Il marmonne.

— Quoi ?

— Un peu plus d'un an.

Putain de merde.

— Putain de merde.

— Oui, je sais.

Ses yeux sont à nouveau baissés et son drapeau commence à vaciller. Je ne peux pas laisser ça arriver. Encore tremblante sous le choc, j'attaque le problème à portée de main. Littéralement.

Holt grogne quand j'attrape son membre.

— Et pendant tout ce temps, avez-vous été un bon garçon et êtes-vous allé chez le médecin, monsieur West ? je demande en le caressant.

— Euh, oui.

Ses hanches commencent à bouger en rythme avec ma

main, aidant ma paume à le baiser. Mon Dieu, il est tellement beau.

— Et j'espère que vous avez passé un bilan de santé complet ?

— Mmm-hmmm.

Je laisse retomber ma main.

— C'est sérieux, Holt. Tu n'as pas de maladie ?

Il cligne des yeux quelques fois, se concentrant sur mes yeux.

— Non, m'dame. Je suis propre comme un sou neuf.

— J'ai toujours aimé jouer avec l'argent mais je pense que j'ai attendu assez longtemps comme ça, pas toi ?

Et sur ces mots, je l'attire vers moi et roule jusqu'à ce qu'il soit sous moi, alignant son superbe membre avec mes parties intimes, faisant passer sa virilité autour de mon clitoris, laissant mon désir s'étaler sur lui.

— Jul', et le préservatif ?

Ses yeux sont fermés et bien que je puisse dire qu'il en a vraiment envie, cela me réchauffe le cœur qu'il s'en soucie encore, qu'il reste un mec bien qui essaie de faire les choses comme il faut.

— J'ai droit à un examen médical mandaté par le gouvernement avant chaque départ. Et je n'ai couché avec personne depuis le dernier.

Je tapote son gland contre mon clitoris une ou deux fois supplémentaires, juste pour le tenter. Enfin, le tenter lui ou me tenter moi, je ne sais pas.

— Et j'ai un stérilet.

Et sur ces mots, je le fais entrer là où nous avons tous les deux besoin qu'il soit et descends, devant me relever et redescendre à cause de sa taille. Lorsque mes fesses sont enfin posées sur ses cuisses et que je suis complètement assise, nous poussons tous les deux un grognement.

Avant que je ne commence à bouger, la main de Holt atterrit sur ma fesse.

— Prépare-toi, cow-girl.

C'est un peu embarrassant qu'une fessée et sa voix qui me donne des ordres soient tout ce qu'il me faut. Eh bien, ça et le mât sur lequel je suis empalée. Mais quand même. J'ai un orgasme.

Ce qui n'a pas l'air de déranger Holt.

— Putain, oui. Mon Dieu.

Ses grandes mains attrapent mes fesses et me propulsent vers le bas pendant que mes parois internes se contractent autour de son sexe, un second orgasme arrivant et préparant la voix pour son martèlement.

Holt passe au-dessus de moi et c'est à peu près aussi doux que d'être nue sur un taureau mécanique, mais dix fois plus drôle.

Une autre vague de plaisir me frappe et je ne peux pas dire si c'est le point culminant le plus long de tous les temps ou si j'ai recommencé à jouir. Dans tous les cas, je gagne.

Holt me tamponne une dernière fois, grognant, toujours sous moi. Je fais un cercle avec mes hanches, prolongeant notre plaisir. Lorsque les dernières montées de chaleur passent par nos corps, je retombe sur lui, ma tête posée sur la sienne. Nous restons ainsi jusqu'à ce que nos respirations se calment et que le monde se rappelle à moi.

Il y a un moment après le lancement d'une fusée, après que votre colonne vertébrale fusionne à votre siège à cause de la force combinée des moteurs principaux, des propulseurs de fusée et de la pression apparemment infinie de trois g, après que le propulseur externe se décolle avec un « boum » et que vous êtes enfin passé à travers. En ce moment, toute pression s'évanouit. Vos membres flottent librement, vos cheveux ressemblent à ceux d'une sirène dans l'eau et le silence de l'espace vous entoure d'une beauté envoûtante. En ce moment précis, avant que les communications ne s'allument pour exiger une mise à jour de votre statut, votre cœur et votre esprit se sentent aussi libres que votre corps expérimentant pour la première fois la merveille de l'apesanteur.

C'est fantastique.

Je n'ai jamais rien ressenti d'aussi proche de cette beauté jusqu'à ce que les bras de Holt s'enroulent autour de moi.

Je pourrais rester ainsi toute la nuit, ce qui serait une première pour moi. Je suis plus du genre à partir une fois mon affaire finie. Mais le désordre qui s'accumule rapidement entre nous va rendre les choses difficiles dans une minute.

Trouvant son torse dur avec mes paumes, je pousse, complètement préparée à faire une remarque sur l'apprivoisement de son cheval sauvage ou une telle absurdité qui atténuerait la tension que je ressens, quand j'aperçois le regard dans ses yeux.

Ses yeux sont sombres, attentifs et focalisés sur les miens comme des lasers. J'ai besoin de savoir ce qu'il pense en ce moment, mais cela me terrifie en même temps. Ce qui est ridicule. Je n'ai jamais peur.

— Salut, dit-il en prenant le côté de mon visage avec sa main.

Cela semble stupide de nous présenter à nouveau après avoir baisé comme des lapins. Mais ça paraît aussi approprié. Comme si nous ne nous connaissions pas vraiment jusqu'à maintenant.

Mes doigts s'agitent dans les poils noirs clairsemés qui saupoudrent ses pectoraux pendant que je soutiens son regard.

— Salut.

Un lent sourire se dessine sur son visage, les rides autour de ses yeux se plissant au fur et à mesure qu'il grandit.

Il est si beau.

Je frotte à nouveau cet endroit sur ma poitrine.

TREIZE
SENS DESSUS DESSOUS

HOLT

Vers 4 heures du matin, après une autre session de sexe torride, avoir un peu somnolé et fait une quantité surprenante de câlins, Jul' m'envoie en bas pour aller chercher la très convoitée pizza Florentini et de la bière.

— Ici, mec.

Je m'arrête sur le chemin du retour vers ma chambre, où je l'ai laissée nue et avide, pour la retrouver dans la chambre d'amis qu'elle a réquisitionnée à son arrivée. Toujours nue cependant, donc c'est quelque chose.

— Qu'est-ce que tu fais ici ?

Son sourire narquois est de retour.

— S'il te plaît, j'ai vu la façon dont tu as pâli comme une vierge dans un sex-shop quand j'ai dit que je voulais manger de la pizza au lit. J'ai pensé que tes tendances maniaques ne te permettraient pas de manger dans ton lit sans crise d'urticaire.

Je place la boîte à pizza et le pack de bières sur la table de chevet, essayant de ne pas sourire comme un crétin devant sa prévenance.

— Je ne suis pas si mal que ça.

Elle lève les yeux aux ciel. C'est d'ailleurs sa seule réponse avant de déplacer la boîte sur le lit et de l'ouvrir. Je ne l'admettrai jamais, mais lorsque le fond de la boîte a heurté le couvre-lit, mon œil a tremblé. Heureusement, elle était trop occupée à avaler la pizza les yeux fermés pour la voir.

— Oh mon Dieu, dit-elle, laissant échapper un soupir. C'est tellement bon.

Je secoue la tête. C'est toujours une nouveauté de la voir en mode joueur plutôt que dure à cuire.

— Je n'y ai pas pensé avant, mais je peux aller la réchauffer si tu veux.

— Tu plaisantes ? La pizza froide, c'est le meilleur petit déjeuner.

Elle frissonne et frotte ses paumes de haut en bas de ses bras.

— Mais la manger toute nue pourrait être un problème.

Mon œil n'est pas la seule chose à trembler à la vue de ses seins qui se balancent à chaque frottement de bras. Ses mamelons sont parfaits et durs.

— Je ne vois aucun problème à cela.

— Ha.

Elle se dirige vers le bord du lit.

— Laisse-moi trouver une chemise.

Je tends la main.

— Attends là.

Elle hausse un sourcil vers moi mais reste immobile, me laissant le temps de descendre dans ma chambre et d'attraper ma chemise par terre. Lorsque je reviens, elle a déjà dévoré deux tranches entières de pizza.

Je lui jette ma chemise en flanelle.

— Comment est-il possible de manger aussi vite ?

Elle me fait un doigt, probablement parce que sa bouche est trop pleine pour me dire d'aller me faire voir, puis enfile ma chemise.

— Mmmm.

— Est-ce que ce « mmmm » est pour moi ou la pizza ? dis-je en riant.

— Ce « mmmm » indique à quel point la flanelle est agréable contre mes tétons.

J'essaie de ne pas me mordre la langue alors que je m'assois en face d'elle sur le lit, mettant la boîte à pizza entre nous pour résister à l'envie de partir à la recherche desdits tétons avec ma bouche.

Un silence confortable nous entoure alors que nous nous servons de pizza et de bière. Après un moment, lorgnant sur l'assortiment intéressant de garnitures sur sa pizza préférée, je lui dis :

— Ce n'est pas vraiment de la pizza. Tu le sais, hein ?

— De quoi tu parles ?

Elle agite sa tranche vers moi, puis prend une grosse bouchée.

— Bien sûr que c'est de la pizza. Il y a du fromage, n'est-ce pas ? Et de la croûte, marmonne-t-elle, la bouche pleine, les joues gonflées comme un écureuil.

D'habitude, c'est Flynn ou Rose qui font ça, et je leur rappelle leurs manières. Mais avec Jul', c'est juste mignon.

Sans Jul', je ne serais pas si épuisé pour la journée qui m'attend, à moitié nu, en train de manger une pizza froide au lit. Certainement pas. Pourtant me voici. Étonnamment à l'aise.

Avec Jul', je peux *respirer*. Comme si le monde n'allait pas s'effondrer si je ne planifiais pas le programme du lendemain, ne vérifiais pas les comptes, ne répondais pas aux questions des membres du conseil d'administration de West Oil. Comme s'il était normal de se détendre, d'avoir un épuisant marathon de sexe et de faire le plein d'étranges pizzas artisanales. Autour d'elle je me sens moins raide, un peu plus détendu.

Enfin, la plus grande partie de mon corps est moins raide autour d'elle.

Un artichaut tombe de ma tranche et sur mon boxer.

— Ça, dis-je en désignant le légume tombé. Ça, c'est la raison pour laquelle ce n'est pas de la pizza. Quelle sorte de pizza a des artichauts dessus ? Et c'est aussi pour ça que les gens ne devraient pas manger au lit.

Je me maudis de ne pas avoir apporté de serviettes quand Jul' se penche en avant et retire l'artichaut avec ses dents, enroulant ses lèvres autour et le tirant dans sa bouche de manière à ce que mon boxer ressemble une fois de plus à une tente. Elle me fait un clin d'œil.

— Aie un peu de respect pour la Florentini, cow-boy, dit-elle. Et ne sois pas un tel crétin.

Elle m'envoie un baiser avant d'aspirer le reste de sa tranche.

Mon visage me fait mal à force de sourire autant.

Elle sourit en retour, et même si c'est déséquilibré à cause de toute la nourriture qui y est fourrée, elle n'a jamais été aussi belle. Ses cheveux, toujours un peu indisciplinés, sont en chignon, avec plus de boucles en tire-bouchon échappées puis capturées. Elle est assise en tailleur et porte ma chemise en flanelle, l'ombre sous les pans de la chemise étant la seule chose qui m'empêche de voir ses parties les plus intimes.

Elle a l'air étonnamment jeune en ce moment. La plupart du temps, il est difficile de se rappeler à quel point elle est jeune, compte tenu de tout ce qu'elle a accompli. Mais après quelques orgasmes, un câlin et une pizza, son côté tranchant habituel s'est adouci.

Je souris davantage, pensant que j'ai peut-être quelque

chose à voir avec ça. Que peut-être nous pourrions nous rendre heureux. Sur le long terme.

Je me moque de moi-même d'avoir été si têtu à propos du type de femme que je voulais à mes côtés. Je pensais qu'une femme calme avec un caractère égal, qui serait heureuse d'être une femme au foyer, était exactement ce que je voulais. Quelqu'un de très différent de ma mère, sauvage, indifférente et adultère.

Pourtant, je suis ici, prêt à tenter une relation avec une femme forte, séduisante et aventureuse. Il est vrai qu'en apparence, Jul' partage certains des traits les plus évidents de ma mère. Mais alors que Célia Luanne Bellerose West n'avait pas d'amis, ni travaillé un jour dans sa vie, mais voulait quand même que tout lui soit donné sur un plateau, Julie Starr a des amis pour lesquels elle mourrait tout en étant arrivée au sommet de son domaine parce qu'elle a travaillé sacrément dur pour y arriver.

C'est drôle, quand on essaie vraiment d'éviter quelque chose, on finit par ne pas voir ce qui est vraiment là. Parce qu'il faudrait être aveugle pour penser que Jul' est autre chose que loyale envers ceux qu'elle aime. Bon sang, elle est prête à supporter mon mauvais caractère et à s'absenter de sa carrière, le tout pour rendre son amie Jackie heureuse.

— Pourquoi tu ris ? demande Jul' après avoir bu une longue rasade de bière pour faire passer sa pizza.

Regarder son cou bouger pendant que ses lèvres sont autour du haut de la bouteille n'aide pas mes problèmes de boxer en forme de tente.

— Pour rien.

— C'est vrai, ça ?

Elle s'essuie la bouche avec le dos de sa main, puis se lèche les lèvres lorsqu'elle aperçoit mon érection.

— Tu vois quelque chose que tu aimes, cadet de l'espace ?

Elle prend un artichaut de la pizza et le met dans sa bouche avant de refermer le carton et de le repousser.

— Tu savais que j'avais été dans l'armée de l'air ? demande-t-elle, en se déplaçant sur le lit, en repliant les jambes sous ses fesses.

— Euh... euh oui.

Son changement de sujet et le léger aperçu du paradis entre ses jambes me font cligner des yeux.

— Tu savais aussi que j'avais grandi sur des bases militaires à travers tout le pays ?

— Non, je n'en avais aucune idée.

— Et maintenant, en tant qu'astronaute des États-Unis, je suis une employée fédérale.

C'est mon tour de me lécher les lèvres lorsqu'elle commence à déboutonner sa chemise.

— Oui oui.

Je fais généralement très attention lorsque Jul' révèle des informations sur son passé, mais avec chaque centimètre de peau révélé, mon cerveau meurt un peu.

— Je dirais que cela fait de moi l'une des personnes les plus patriotiques de ce pays. J'ai grandi autour du drapeau et ai fièrement porté le symbole de notre pays sur les uniformes et les combinaisons de vol.

Elle libère le dernier bouton et la chemise s'ouvre, exposant une longue ligne de peau et le renflement intérieur de ses seins. Elle se penche en avant, faisant courir ses mains le long de mes cuisses et sur mon boxer rouge, blanc et bleu.

— J'aime tellement le drapeau.

Sa voix basse et sensuelle fait se durcir encore plus ma queue.

Elle trouve l'ouverture sur le devant de mes sous-vêtements et y fait passer mon sexe. Heureux d'être dans ses mains à nouveau, ce dernier tressaute.

Jul' rit.

— Est-ce que ton pénis vient de sauter ?

— De tressauter, je corrige.

Elle incline la tête que j'aime tant et sourit.

— Tressauter ?

Je hausse les épaules.

— Oui. Elle a tendance à faire ça autour de toi.

Son air sournois s'adoucit, ses yeux s'arrondissent.

— C'est vrai, ça ? murmure-t-elle en secouant un peu la tête, ce qui fait se balancer ses seins, son sourire narquois revenant sur ses lèvres. Où en étais-je ?

La main qui ne tient pas ma queue trouve mon épaule et exerce une pression.

— Oh oui. Mes tendances patriotiques.

Je la laisse me pousser vers le bas, mes jambes tendues et écartées de chaque côté d'elle. La part de pizza dans ma main tombe sur le sol et je m'en fiche alors que Jul' passe sa main de haut en bas sur ma verge.

— J'aime ton patriotisme, je murmure, avant d'avoir le souffle coupé quand son poignet fait un petit mouvement de torsion au bout de ma verge.

Je me recroqueville, ma main passant sous ses bras pour la tirer plus près.

— Monte sur ma queue, cadet de l'espace.

Ses fesses nues se retrouvent sur mes cuisses.

— Maintenant.

Je m'allonge et attends qu'elle suive les ordres.

Ce qui est assez culotté de ma part, compte tenu de la position vulnérable dans laquelle je me trouve en ce moment, et du fait que Jul' ne semble pas du genre à recevoir des ordres de qui que ce soit.

Heureusement pour moi et ma queue, Jul' me répond « Oui, chef » avant de s'empaler dessus.

Elle s'appuie sur ma poitrine, faisant pivoter ses hanches jusqu'à ce qu'elle soit complètement assise.

Jul' est chaude et si sexy que je me retrouve à compter les quelques taches de rousseur éparpillées sur ses cuisses pour ne pas m'embarrasser.

Au milieu des pizzas grasses et des bouteilles de bière ouvertes, sans serviette en vue, nos regards se rencontrent et mes bourses ne sont pas les seules à se resserrer. Ce n'est pas le sentiment d'une femme au-dessus de moi, c'est le sentiment que j'ai de savoir que cette femme est Jul' qui rend ma cage thoracique trop petite pour l'organe qui pompe si fort à l'intérieur.

Quand elle commence à bouger, de manière lente et régulière, je ferme les yeux, essayant de me concentrer sur autre chose que son excitation pendant que je vais et viens en elle. D'avant en arrière. D'avant en arrière. Je pense aux chevaux. Aux droits pétroliers. Punaise, même à de la bouse de vache. Rien n'y fait.

Sachant que mon temps est compté, je me concentre sur le plaisir de Jul'. Me souvenant de la raison pour laquelle elle portait ma chemise, je frotte mes pouces sur la flanelle de la chemise, abrasant les points sensibles de ses mamelons à chaque passage. Son corps bégaie sur ma queue, ses ongles courts s'enfonçant dans mes pectoraux.

— Putain. Oui. Continue. N'arrête pas, halète Jul' alors qu'elle continue de me chevaucher, son rythme légèrement plus rapide, mais toujours d'une lenteur exaspérante.

Je pourrais planter mes pieds sur le matelas pour avoir un effet de levier et pousser comme j'ai fait avant. Mais j'aime ça, être à sa merci. Sa merci alléchante, dégoulinante. C'est l'enfer. C'est le paradis. Ma poitrine se resserre à chaque balancement de plaisir torturé.

Perdant la tête, et je pense aussi mon cœur, je pince fortement un mamelon pendant que mon autre main glisse vers le bas, mon pouce frottant son clitoris gonflé.

— Oh mon Dieu, oh mon Dieu, oh mon Dieu...

Le chant de Jul' se termine lorsque ses cuisses se bloquent sur mes côtés, ses genoux dans une punition meurtrière pour mes côtes. Mais la douleur est la bienvenue, me laissant tenir quelques secondes de plus alors que son apogée se resserre autour de moi. Et puis mes mains agrippent ses hanches, l'empalant sur moi alors que j'éjacule en elle.

Tout comme avant, le corps de Jul' se replie sur le mien, ses boucles chatouillent mon cou quand sa tête repose sur mon épaule et mes bras s'enroulent automatiquement autour d'elle, la tenant contre moi. Et tout comme avant, je suis étonné que cette femme forte et capable veuille être tenue, et qu'elle m'ait choisi pour le faire.

— Si j'étais encore dans l'armée de l'air, je serais traduite en cour martiale, dit Jul' après quelques minutes.

— Je ne comprends pas, dis-je en faisant courir mes doigts de haut en bas dans son dos sous la chemise en flanelle.

En se levant, Jul' regarde vers le bas où nous sommes rejoints, mon boxer toujours en place.

— J'ai profané le drapeau.

Mon rire me surprend. Et quand Jul' éclate de rire elle aussi, son visage s'illuminant, une vague de bonheur presque douloureuse me submerge. Entre les coups physiques et émotionnels que j'ai reçus ce soir, je n'ai jamais eu aussi mal de ma vie.

Quand le rire meurt, Jul' quitte mon sexe et saute du lit.

— Hé, attends. Je vais te chercher une serviette, bébé.

Son expression s'adoucit au petit mot qui m'a échappé. Je lutte, grimaçant alors que mon membre humide refroidit sans sa chaleur moite.

En me faisant signe de la main, elle me fait taire.

— Non, non, tu as déjà assez à faire, cow-boy. Pas besoin

d'autres actes de chevalerie. Je vais me nettoyer et *t'*apporter une serviette.

Je m'attends à ce qu'elle s'en aille en sautillant, les fesses nues se balançant au rythme sexy qui doit jouer dans sa tête. Et elle le fait. Mais avant cela, elle se penche, m'embrasse doucement sur les lèvres, s'attarde un instant avant de s'éloigner avec une expression sérieuse.

— Mais merci pour l'offre, euh... bébé.

Je souris au rougissement inhabituel qui accompagne ce dernier mot, ne pouvant m'empêcher d'espérer que celui-ci, accompagné du baiser chaste et du mot doux, signifie que la nuit dernière n'était que le début de quelque chose. Quelque chose de *génial*.

Jul'

— Bébé ?

Je répète devant le miroir une fois m'être nettoyée.

Je ne pense pas avoir jamais appelé un mec bébé avant. J'ai peut-être appelé Jackie comme ça, mais mon surnom préféré pour elle a toujours été prostituée.

Bébé est un nouveau territoire. Cela implique... des choses.

Je me surprends à frotter à nouveau cet endroit sur ma poitrine. J'ai vraiment besoin de prendre rendez-vous avec le docteur quand je rentrerai sur la base.

Mes doigts se coincent dans mes boucles lorsque je passe ma main dans mes cheveux. J'abandonne et les tapote, essayant d'apprivoiser les frisottis. Je ne perds pas de vue le fait que je me cache encore une fois dans une salle de bains à cause d'un mec. Le même mec. Monsieur sainte-Nitouche.

Cependant, quand je me souviens de la façon dont il m'a donné la fessée et pilonnée, le terme ne correspond tout simplement plus.

Mais bébé ?

Je voulais tellement voir Holt comme tous les coups d'un soir de mon passé, mais Holt refuse de rentrer dans le moule.

Je... l'aime bien. Genre, *bien* bien.

Dégoûtée de moi-même, je m'éloigne du lavabo en levant les yeux au ciel. *bien* bien ?

— Qu'est-ce que tu as, douze ans ? je demande au miroir.

D'accord, donc je n'ai jamais eu de petit ami, je ne suis jamais même sortie avec une même personne pendant un temps. C'est-à-dire plus d'une fois et à des fins autres que des besoins biologiques agréables. Cela ne veut pas dire que je ne peux pas commencer maintenant. Je veux dire, je suis Julie Starr. Tout ce que j'ai poursuivi dans ma vie, je l'ai accompli. Je voulais être pilote. Je suis pilote. Je voulais être astronaute. Je suis astronaute. Je voulais être l'amie de Jackie. Je l'ai fait boire et j'ai écouté pendant qu'elle parlait de son fétichisme sur les cow-boys. Maintenant, je suis sa demoiselle d'honneur. J'ai beau être encore maladroite avec les choses normales et banales, comme les sentiments et les trucs comme ça, mais je peux apprendre.

Putain de merde. Je veux en apprendre plus sur les relations pour Holt.

Je pose mes mains sur le lavabo sur pied et respire profondément.

O.K., j'ai besoin d'un plan. Habituellement, face à l'inconnu, je m'entraîne. Mais je doute sérieusement que sortir avec d'autres personnes dans le but de m'entraîner pour Holt lui enverra le bon message. Jackie effectuerait des recherches. Je pourrais effectuer des recherches. Ou je pourrais juste lui demander. Elle pourrait me dire comment faire.

Je veux dire, je *vais* porter une putain de robe pour elle, et je m'occupe de la planification de son mariage et de la redécoration de la maison pour ledit mariage. Le moins qu'elle puisse faire serait de m'expliquer comment être en couple. C'est à ça que servent les meilleures amies, non ? Les relations ne peuvent pas être si difficiles. Les gens sont en couple un peu partout. Ce n'est pas sorcier.

D'accord, il est temps de dresser une liste.

Premièrement, quitter la salle de bains. Sinon, Holt va se demander ce que je fous ici, et je préférerais qu'il pense que je faisais exploser sa commode plutôt que de lui avouer que je faisais le tri dans mes sentiments. Alors mieux vaut partir maintenant et ne pas être obligée d'avoir aucune de ces conversations.

Deuxièmement, garder la chemise déboutonnée. En cas de doute, montrer les tétons. Les hommes adorent ça. Ça, je le sais.

Troisièmement, suivre l'exemple de Holt. Il m'a appelé bébé en premier, donc il doit avoir une idée de la direction que cette histoire prend.

Quatrièmement, et le plus important pour mon amour-propre, prétendre que je n'ai pas simplement eu une réunion de crise avec moi-même à propos d'un mec dans la salle de bains.

Je pousse le lavabo, empêchant ma main de frotter ma poitrine. Un rapide coup d'œil sous la flanelle déboutonnée me montre la tache irritée, un peu rouge à cause de tous mes frottements.

Il faut vraiment que quelqu'un y jette un œil.

J'attrape un gant de toilette et le passe sous l'évier. En ouvrant la porte, je prends une autre profonde inspiration, rejette mes épaules en arrière, fixe un sourire désinvolte et insouciant sur mon visage et entre dans la chambre.

Vide.

Hum.

Peut-être qu'il a renoncé à ce que je lui apporte une serviette vu que j'ai pris mon temps et qu'il est allé en trouver une par lui-même ? Super. Même pas cinq minutes et j'échoue déjà dans toute cette histoire de relation.

Un bruit sourd et des marmonnements me parviennent par la porte de ma chambre à moitié fermée. Je sors la tête et le marmonnement devient plus fort. Enroulant la flanelle autour de moi à la manière d'un kimono, je descends le couloir sur la pointe des pieds et jette un coup d'œil dans les escaliers.

Tucker est debout dans le hall, chapeau à la main, un sourire amusé sur son jeune visage.

— Tu as trop dormi ? Encore ?

Le sourire en coin de Tucker rend ironique son ton choqué.

— Quel peut bien être le problème, patron ?

Holt me tourne le dos, donc je n'entends pas ce qu'il dit, mais à en juger par le sourire qui s'étend sur le visage de Tucker, je parie que ça ne ressemble pas à Holt.

Holt a réussi à enfiler un pantalon avant de saluer Tucker en bas des escaliers, mais c'est tout. En voyant les muscles de son dos onduler alors qu'il passe sa main dans ses cheveux, mes tétons se durcissent au point de risquer de transpercer la chemise en flanelle. Il se déplace sur ses pieds nus et fait un geste vers la porte d'entrée.

— Donne-moi cinq...

— Hé !

Je m'éloigne du mur, regardant Holt d'en haut.

— Pourquoi peux-tu marcher pieds nus et pas moi ?

Tucker manque de s'étouffer en me voyant. Les épaules de Holt s'affaissent en avant avec un lourd soupir avant qu'il ne se tourne dans ma direction.

— Parce que ça vaut la peine de risquer le tétanos en marchant sur un vieux clou si cela signifie que je peux t'épargner l'intrusion d'un tas de...

La porte d'entrée s'ouvre en claquant, rentrant presque dans Tucker. Le jeune homme bondit en avant, faisant reculer Holt.

— Monsieur West, monsieur West ! On est là !

Un groupe d'enfants, âgés d'une dizaine d'années, envahit le foyer.

— Pourquoi n'êtes-vous pas habillé ?
— Est-ce qu'on va à cheval aujourd'hui ?
— Je veux aller pêcher !
— Qu'est-ce qui prend si longtemps ?
— Du calme !

Holt lève les bras, ainsi que la voix. Le silence s'installe.

— Premièrement, faites attention ici, les gars. Nous effectuons des travaux et je ne veux pas que vous soyez blessés.

Inconscients du chaos jusque-là, les enfants regardent autour d'eux, remarquant les bâches, les outils et le matériel de construction. Le plancher est recouvert de papier bleu épais, mais des planches, de la sciure de bois et d'autres trucs sont éparpillés.

— Ooohhh, font-ils collectivement.

— C'est pour ça que tu es en retard ? demande un petit enfant avec une crête afro.

— Non.

Un autre plus âgé lui donne un coup de coude dans les côtes.

— Je parie que c'est à cause de ça.

Il pointe du doigt en haut des escaliers. Vers moi.

— Bonjour.

Je suis accueillie par un chœur de « ouah ». Keanu Reeves serait si fier.

— Je suis Julie Starr.

En m'assurant de tenir la chemise en flanelle bien fermée d'une main, je les salue de l'autre.

Tucker, le sourire toujours en place, ajoute :

— L'astronaute.

Tout enfant qui n'avait pas la bouche ouverte rejoint désormais le club.

Rouge comme la flanelle que je porte, Holt les ramène à la porte.

— D'accord, d'accord, il est temps de sortir.

— Oh, mince.

— Mais je veux rencontrer la dame astronaute !

— Cool, c'est l'heure de monter à cheval ?

Holt attrape Tucker par l'épaule et le fait sortir par la porte derrière les enfants.

— Tucker va vous installer au bord du lac jusqu'à ce que je puisse m'habiller et vous retrouver.

Le garçon à la crête lève le bras en l'air.

— Oui, on va pêcher !

Se déplaçant seul maintenant, Tucker continue le travail de faire descendre aux enfants les marches du porche.

— Je suppose que je te vois...

Holt claque la porte, coupant la parole à son second.

Le bruit des bavardages des enfants s'éloigne à mesure que Tucker les éloigne de la maison. Holt reste face à la porte, le cou toujours rouge vif.

— Alors... Je bascule sur mes talons, luttant contre un sourire.

Poussant encore un soupir, Holt se retourne et se dirige vers les marches.

— Euh, désolé à propos de tout ça.

Il frotte sa nuque rougie.

— J'avais oublié que... Punaise !

Voûté, il attrape un pied tout en sautant sur l'autre.

— Ça va ?

Je suis presque au bas des marches quand il lève la main.

— Arrête.

Mettant doucement le pied à terre, il boitille vers moi.

— Je n'ai pas besoin que tu te blesses aussi.

— Qu'est-ce qu'il s'est passé ? Un clou ?

Ma voix est bien trop haut perchée.

— Une écharde, je pense.

— Une écharde ?

Je lui donne coup du revers de la main sur la poitrine.

— Toute cette agitation pour une écharde ?

— Hé. C'est une grosse écharde.

Il retourne son pied et plisse les yeux.

— Probablement.

Je lui donne une autre gifle, celle-ci plus fort et peut-être en représailles de m'avoir fait paniquer.

— Très bien, ma petite dame. Allons te chercher un pansement Mickey Mouse, d'accord ?

QUATORZE
BIPHASÉ

Jul'

Un gamin hurle à pleins poumons avant de se jeter du quai :
— Boulet de canon !
Il faut toute ma volonté pour ne pas participer, mais vu que je n'ai pas apporté de maillot et que Holt froncerait probablement les sourcils en me voyant nager dans mes sous-vêtements, j'ai généreusement évité de montrer à ces enfants comment il faut s'y prendre.
— Doucement, Ryan, ne glisse pas sur le pont !
Holt appelle le gamin, qui est déjà sous l'eau et inconscient de son inquiétude.
— Du calme. Laisse les enfants s'amuser.
Il me regarde d'un air dubitatif.
— En outre, selon les mots immortels de Keanu Reeves, « les filles adorent les cicatrices ».
Sa lèvre se tord d'un côté.
— C'est vrai, ça ?

Je caresse le long de ses avant-bras musclés, glissant sur la cicatrice qui se trouve d'un côté.

— Oui. C'est vrai.

Il est sur le point de m'embrasser quand un gamin de dix ans me casse le coup.

— Tu viens, Holt ?

L'enfant a les dents tellement en avant qu'un castor n'aurait rien à lui envier, mais il parvient tout de même à être super mignon.

— Non, je vais tenir compagnie à madame Starr pendant que vous nagez.

Le gamin fronce les sourcils, trop jeune pour comprendre l'attrait de la forme féminine, avant de hausser les épaules et de se diriger vers le bord de l'eau.

J'entends le bruit d'un moteur derrière moi et je me retourne pour voir Tucker sauter d'un pick-up. Holt se lève et s'approche pour aider à décharger le matériel de pêche de la caisse de la camionnette.

Pendant les quinze minutes suivantes, les hommes discutent de leurs plans pour le ranch, mentionnant la rotation des champs, la qualité des aliments et toutes sortes de choses que je ne connais pas. Il n'y a pas d'expression sur le visage de Holt, son ton est sérieux, tandis que Tucker sourit à chaque tâche qui lui est confiée, semblant prêt à commencer la journée.

Holt, enfin assuré que les choses iront bien sans lui, fait signe à Tucker de se mettre au travail et se rassoit à côté de moi.

Les enfants crient, l'eau éclabousse et le soleil se lève plus haut sur le ranch. Le peu de temps que j'ai passé ici m'a un peu appris sur ce qu'il faut pour diriger une opération d'une telle envergure. Maintenant, quand je vois l'équipe et les hectares de terrain, je ne trouve pas seulement que c'est vraiment joli, mais je pense à tout le travail qui y est consacré.

— Alors c'était ton rêve, hein ?

Je plisse les yeux vers la lumière, regardant à travers les champs au-delà de l'étang.

— Travailler au ranch ?

— Mon rêve ? Peut-être, répond Holt en haussant les épaules.

Cela attire mon attention.

— Peut-être ? Pourquoi un baron du pétrole se tuerait-il à la tâche dans un ranch si ce n'était pas son rêve ?

Il est silencieux pendant un moment, et je me rends compte que j'ai posé une question qui pourrait conduire à des sentiments. Étonnamment, je veux encore la réponse. Je lui donne un coup d'épaule.

— Hein ?

Il soupire, l'air résigné.

— C'est là que j'étais le plus heureux.

— Le plus heureux ?

Il hoche la tête, ce qui me rend confuse. Tout ce que j'ai entendu jusqu'à présent des frères et sœurs West impliquait que leur enfance n'avait pas été la meilleure.

— Tu as grandi ici, n'est-ce pas ? N'est-ce pas ici que tu as élevé Flynn et Rose ?

— Je ne suis pas sûr de les avoir beaucoup élevés.

Son expression est triste.

— J'ai plutôt fait de la supervision. Et oui, c'est là que je les ai installés, mais ce n'est pas là que j'ai grandi.

Oh mon Dieu, ce type ne pourrait jamais travailler dans la communication. Et venant de moi, c'est dire quelque chose.

— Raconte-moi tout.

— Papa a grandi ici avec ses parents, mes grands-parents, mais quand il a épousé maman, elle lui a fait acheter un penthouse en ville. Elle a dit qu'elle aimait être dans le vif du sujet.

Son ton révèle ses sentiments sur cette décision.

— J'avais dix-huit ans quand ils sont morts dans une course de voitures. C'est à ce moment-là que j'ai installé Flynn et Rose au ranch pour de bon.

— Alors tu as grandi en ville ?

Il hoche la tête.

— *Toi ?*

Il hoche la tête à nouveau, cette fois avec un sourire.

— Holt West était un garçon de la ville ? Vraiment ?

Mon incrédulité le fait rire.

— Oui, je suppose que c'est difficile à voir maintenant, mais je suis allé dans toutes les écoles privées chics où ma mère a insisté pour m'envoyer en ville. J'ai eu droit à tout le bazar, y compris au blazer et à la cravate.

Ouah. Je le regarde de haut en bas.

— Ne te méprends pas, le look de cow-boy me convient parfaitement, mais oui, j'aimerais vraiment voir le stoïque Holt West porter son plus beau costume un jour.

— Punaise, tu parles de moi comme si j'étais une sorte de sosie de Rowdy Yates.

— Rowdy Yates ?

— Dans *Rawhide* ? La série western en noir et blanc avec Clint Eastwood ?

— Ça ne me dit rien. Peut-être parce que je n'ai pas grandi dans les années 1950, quand tout le monde se réunissait autour de la radio pour se divertir le soir.

Il bredouille.

— Tu sais que je suis plus jeune que toi, n'est-ce pas ?

— De deux ans, cow-boy. Et on ne le devinerait jamais à ta façon de parler et d'agir.

Il secoue la tête en riant à nouveau. C'est agréable de faire rire Holt West, normalement si sérieux.

— Je ne connais peut-être pas les westerns en noir et blanc, mais je connais Clint Eastwood.

— Ah oui ? Il fait signe à un gamin qui joue à chat. Tu es fan d'Eastwood ?

— Euh, allô ? *Space Cowboys* ? dis-je en pouffant.

— Qu'est-ce que c'est ?

Je le regarde.

— T'es sérieux ?

Il fronce les sourcils.

— Tu n'as *jamais* entendu parler de *Space Cowboys* ?

Il secoue la tête.

— Je te juge tellement en ce moment.

— Quoi ? Pourquoi ?

— Comment ne connais-tu pas le meilleur film sur l'espace jamais réalisé ?

— Je pensais que c'était *Apollo 13* ?

— Argh, le préféré de tout le monde. C'était juste un récit, bien que oui, assez impressionnant. Mais c'est tellement *sérieux*. Les gens ne croient pas que la NASA soit un lieu de travail qui puisse être sympa. Nous travaillons dur, mais nous savons aussi nous amuser.

Je m'allonge, les mains derrière la tête.

— *Space Cowboys*, ça c'est un film qui raconte les choses telles qu'elles sont.

Il s'allonge sur le côté à côté de moi.

— Eh bien, tu ne connaissais pas *Rawhide*, et c'est un classique.

— S'il te plaît. Au moins mon excuse pour ne pas connaître *Rawhide* était qu'il a été diffusé il y a quelques siècles. *Space Cowboys* est un film génial sur les astronautes plus âgés qui retournent dans l'espace, avec la NASA pour décor. Ils ont beaucoup filmé sur place, au centre spatial Lyndon B. Johnson. J'étais encore dans l'armée de l'air, mais étant donné que la

NASA est gérée par le gouvernement, cela veut dire qu'il y a peu de fonds pour les rénovations, et beaucoup de ces bâtiments ont le même aspect qu'aujourd'hui. Parfois, je marche là où Clint marchait juste pour m'amuser.

Il s'installe sur le dos, une main levée pour bloquer le soleil.

— Je n'ai peut-être pas regardé *Space Cowboys*, mais j'en connais un. Bien qu'elle soit plus une cow-*girl* de l'espace qu'un cow-boy.

Il a la décence de grincer des dents à sa propre blague.

— Mec. Tu fais des blagues de papa et tu n'as même pas d'enfant.

— C'est ce que dit Rose.

Nous restons assis en silence pendant un moment, les yeux fermés, écoutant les gamins jouer autour de nous.

— Tu sais je n'ai jamais vraiment pensé à ce que je ferais si le ranch n'était pas là.

Au loin, TJ rejette la tête en arrière et éclate de rire.

— C'est toujours là où je suis le plus heureux, mais pas de la manière que j'imaginais.

Mes yeux s'ouvrent, seulement pour plisser les yeux contre la lumière du soleil.

— Qu'est-ce que tu veux dire ?

Ses yeux sont toujours fermés.

— Les meilleurs jours sont ceux où les enfants viennent.

Sa bouche se tord en une grimace

— Ce qui me fait me sentir coupable, car mon grand-père a travaillé dur pour faire du ranch ce qu'il est. Il a eu du mal quand mon père s'est débiné après avoir épousé maman. Et même si je sais qu'aider ces enfants est important, je me sens coupable de m'absenter du travail au ranch.

Je me déplace sur le côté, m'appuyant sur mon coude pour lui faire face.

— Mais c'est pour ça que tu as Tucker, n'est-ce pas ? N'est-il pas, genre, ton contremaître ou quelque chose comme ça ?

— Ou quelque chose comme ça.

Il sourit.

— Dieu sait qu'il devrait l'être. Il est prêt à assumer plus de responsabilités depuis un an ou deux.

Ses cils noirs battent alors qu'il ouvre les yeux, s'adaptant au soleil éclatant. Quand il me regarde, il n'y a plus le cow-boy inébranlable, la figure paternelle responsable et l'attitude contrôlante. À sa place se trouvent la vulnérabilité, l'incertitude et l'inquiétude. Des choses que je n'ai jamais trouvées attirantes jusqu'à maintenant.

— Mais grand-père comptait sur moi. Il m'a laissé cet endroit, dit-il avant de s'éclaircir la gorge. Je suis responsable de tout cela. Je ne peux pas le laisser tomber.

S'il y a un moment où j'aurais besoin de savoir comment gérer les sentiments, c'est maintenant. J'ai dit que je laisserais Holt mener la danse dans ce qui se passe entre nous, mais je n'avais pas pensé qu'il s'ouvrirait comme ça.

Une partie de jambes en l'air avec cet homme et tous ses murs s'effondrent. Qui l'aurait cru ?

Ne sachant que dire, j'opte pour la vérité et j'espère le meilleur.

— Holt, ton grand-père a l'air d'avoir été un homme bien. Je suis sûre que tu as raison de dire qu'il travaillait au ranch parce qu'il aimait ce lieu.

Holt hoche la tête à mes mots, et je suis encouragée à continuer.

— Mais je suis presque sûre qu'il t'a légué le ranch quand il est mort non pas pour s'assurer que tu y travailles, mais plutôt pour te montrer qu'il t'aimait. Qu'il te faisait confiance avec ce qu'il aimait.

Heureusement, Holt ne semble pas ennuyé par mes pensées.

— Mais si c'est vrai, cela ne veut-il pas dire qu'il m'a fait confiance pour continuer son travail ?

— Pas forcément.

Je parle lentement, essayant de parcourir mes pensées.

— Je pense qu'il savait juste que tu aimais être ici.

Il regarde au-dessus de l'eau, regardant les enfants sauter du quai.

— Hummm.

— Es-tu en colère que Flynn et Rose ne travaillent pas au ranch ?

— Quoi ? Non. Bien sûr que non.

— Pourquoi pas ?

— Eh bien, ce n'est pas ce qu'ils voulaient. Flynn a toujours aimé les voitures, il tient de notre père de cette façon, et Rose... eh bien, Rose est Rose. Elle aimerait peut-être porter le chapeau et les bottes et peut probablement monter à cheval mieux que moi.

Il me regarde du coin de l'œil.

— Ne lui dis pas que j'ai dit ça. Mais elle n'est pas du genre à se salir les mains.

— Alors pourquoi ce que tu veux n'a pas d'importance ?

— Le ranch est ma responsabilité.

— Combien de responsabilités as-tu à assumer, cow-boy ?

Il fronce les sourcils encore plus.

— Bien sûr, tu es l'aîné, donc tu as dû prendre beaucoup de décisions. Et en regardant le ranch, et connaissant Rose et Flynn, tu as fait du bon travail. Mais ils sont adultes. Le ranch a du succès, mais tu as l'argent du pétrole pour t'en occuper même si ce n'était pas le cas. N'est-il pas temps que tu fasses ce que *tu* veux faire ?

Il ne répond pas, mais il ne semble pas contrarié, alors je vais marquer ce discours sur les sentiments comme un succès.

Bien joué, Jul'.

Je m'allonge pour me prélasser au soleil, moi et ma génialité générale, quand Holt me pose une question qui me laisse comme deux ronds de flan :

— Et toi ?

Surprise hors de mes auto-félicitations, je tends la main pour bloquer le soleil et le regarde.

— Que veux-tu dire par « et toi » ?

Il ramasse son chapeau et le pose sur sa tête avant de rapprocher son corps du mien. Le large bord du chapeau aide à bloquer le soleil de mes yeux alors qu'il se penche sur moi.

— Cela semble une question idiote, te connaissant, mais as-tu toujours voulu être astronaute ?

Ma réponse toujours prête en matière de relations publiques est « oui », mais pour une raison quelconque, je marque un temps d'arrêt.

C'est peut-être parce que Holt a été honnête avec moi il y a une minute, ou peut-être que je suis tout simplement douée pour cette histoire de relations et que je ne l'ai jamais su, mais j'y réfléchis.

— Je ne suis pas sûre.

Ses sourcils se dressent sous son chapeau.

— Vraiment ?

Je laisse échapper un petit rire.

— Oui, vraiment.

— Alors, que voulais-tu faire ?

Je me réinstalle sous son ombre, un profond soupir m'échappe.

— La vérité, c'est que je ne me souviens pas avoir voulu quelque chose qui n'était pas délibérément en opposition directe avec ce que le général voulait que je fasse.

— Quelqu'un a vraiment essayé de te dire quoi faire ?

Je ris, reconnaissante pour le ton léger de Holt.

— Fou, n'est-ce pas ?

La main de Holt repose sur ma hanche et une chaleur qui n'a rien à voir avec le soleil me submerge.

— Alors qu'est-ce que le général voulait que tu fasses ?

— Enseignante ou infirmière.

Mes lèvres se tordent sur le côté.

— Des métiers respectables pour les femmes.

— Tu te moques de moi, pas vrai ?

— Pourquoi une telle indignation ? Je pensais que ce serait ton genre de trucs. Tu sais, une petite femme qui attend à la maison que son homme en ait fini avec une dure journée de travail au ranch.

Sa main quitte ma hanche pour se frotter la nuque.

— Ah...

Regrettant de l'avoir taquiné, je reprends.

— Le général a une idée très années 1950 sur la façon dont la vie devrait être. Tu es peut-être Rowdy Yates, mais mon père est essentiellement monsieur Cleaver en uniforme.

Je fronce les sourcils en pensant à mon enfance.

— Je corrige, il n'était pas aussi papa poule que monsieur Cleaver.

Je ris, mais le son n'est pas très gai.

— Le général n'a jamais pu comprendre pourquoi sa petite fille ne portait pas de robes, jurait comme un charretier, et voulait non seulement jouer avec les garçons, mais aussi leur botter les fesses.

Sa main se pose sur ma hanche, et la chaleur dissipe la froideur que mes souvenirs avaient suscitée.

— Une fois que tu es entrée dans l'armée de l'air, est-ce que les choses ont changé ? Je veux dire, en tant que militaire, comment pourrait-il ne pas être fier de toi ?

Un autre rire qui n'en est pas vraiment.

— Oh, il le peut. Le jour où j'ai accepté ma bourse et rejoint l'AROTC était le dernier jour où nous nous sommes parlé.

— Et ta mère ?

— Elle m'appelle de temps en temps, me rappelant toutes leurs déceptions.

Mon Dieu, je suis en train de partir en spirale. Une fois que l'on ouvre la porte aux sentiments, ils veulent tous sortir.

— Tu es astronaute. Comment peuvent-ils être déçus ?

Mettant le holà à mon épanchement, je lui fais un sourire narquois.

— Les Starr sont obstinés, cow-boy.

Heureusement, il rit.

— C'est clair !

— Hé !

Je lui donne un petit coup sur l'épaule, mais je le fais en souriant.

— Quoi qu'il en soit, je ne suis pas sûre de ce que je voulais quand j'étais plus jeune, mais je peux honnêtement dire que j'aime ce que je fais maintenant. J'ai hâte de me lever le matin et de voir les nouvelles recherches que nous menons, les accords internationaux que nous concluons, ou l'équipement et la formation sur simulateurs.

Levant les bras, j'entoure son cou. Sa main agrippe ma hanche un peu plus fort.

— Être dans l'espace... eh bien, il n'y a rien de tel. Je suis née pour ça.

Un sourire lent et paresseux soulève ses lèvres. Des lèvres qui ont tracé tous les contours de mon corps hier soir. Je frissonne.

— Mais tu sais, cow-boy, c'est la première fois depuis longtemps que je ressens quelque chose d'aussi impressionnant que la micro-gravité ici sur Terre.

Alors que les yeux remplis de désir de Holt se rapprochent, alors que ses lèvres descendent sur les miennes, je me demande si l'un de nous deux a une attache suffisamment solide pour nous maintenir ensemble en toute sécurité.

— Beurk, crie TJ depuis l'étang, nous faisant sursauter, Holt et moi. Prenez une chambre !

QUINZE
ÉLECTRON LIBRE

HOLT

— Hé Jul', t'as rencontré des gens célèbres ?
— Jul', comment c'est, dans l'espace ?

Les enfants se moquent bien de moi, ils se sont rués sur Jul' au moment où nous sommes arrivés à l'étang. Jul' était prête à remonter sur Bess et à « dominer le monde de l'équitation », mais imaginer Jul' s'envolant comme une poupée de chiffon m'a fait l'éloigner des chevaux. Elle est peut-être prête, mais pas moi.

Enfin, leurs corps épuisés par la natation, à défaut de leurs bouches, les garçons sont prêts à s'essayer à attraper leur déjeuner.

Et c'est un bon jour pour la pêche. Un bon jour pour tout, vraiment. Une partie de moi se demande si mon nouvel optimisme a moins à voir avec le temps qu'avec la femme qui fait un exposé à un groupe de pré-adolescents autour d'un trou de baignade glorifié.

Jul', canne à pêche à la main, fait signe à l'un des plus jeunes de lui apporter des appâts. Ses aptitudes en commandement militaire sont présentes, même autour des enfants.

— J'ai rencontré le président.

— Vraiment ?

Elle hausse les épaules.

— Oui, il était pas mal, mais sa femme était beaucoup plus cool.

Elle jette un regard complice aux garçons.

— Les femmes sont bien plus cool. Souvenez-vous-en.

Quelques garçons ricanent tandis que d'autres semblent confus.

Avec un sourire narquois, elle surenchérit

— J'ai aussi rencontré Brad Pitt et Matt Damon.

— Ouah, vraiment ?

— Comment sont-ils ?

— Est-ce qu'ils avaient tout un entourage ?

— Est-ce qu'ils ont amené *leurs* femmes ?

Les plus jeunes, canne ou ver à la main, rebondissent sur la pointe des pieds sur le rivage. Même les enfants plus âgés, généralement trop cool pour montrer de l'enthousiasme, se redressent, attendant les réponses.

Je pense à ce dont Jul' parlait, à organiser ça plus souvent, et l'idée me rend heureux. Mais je me rappelle aussi que mon père s'est éloigné du ranch et de ses responsabilités à la suggestion d'une femme. Ma mère.

— Ils ne sont pas venus en même temps, à quelques années d'intervalle. Ils faisaient des recherches pour leurs rôles dans de futurs films.

Elle sourit aux gars plus âgés, qui s'empourprent.

— Et malheureusement non, ils n'étaient pas avec leurs femmes.

Le gamin revient avec le ver et Jul' s'accroupit pour le

regarder appâter l'hameçon. Quand il a fini, Jul' le regarde de haut en bas.

— Bon travail, gamin.

Il devient rouge pivoine. Cela devrait me faire sentir mieux de voir que je ne suis pas le seul à rougir autour de Jul', mais cela me mettrait dans le même panier que des pré-adolescents, alors ce n'est pas le cas.

Un gamin, avec des lunettes qui me rappellent celles de ma future belle-sœur, prend la parole.

— Qu'en est-il du casting de Big Bang Theory ? L'un de leurs personnages est devenu astronaute. Tu les as rencontrés ?

Jul' se lève. Ses longues jambes, vêtues d'un jean ample et échancré qui est rentré dans ses bottes de moto toujours présentes, se redressent. Elle remet la canne nouvellement appâtée à l'un des plus jeunes enfants.

— Non, c'était Mike Massamino. Il est hilarant. Vous l'aimeriez bien.

— Tu penses que ce serait possible ? De le rencontrer, tu veux dire ?

— Pourquoi pas ? Vous êtes géniaux.

Une vingtaine de poitrines se gonflent.

— Je vais passer un appel, voir si je peux organiser une visite. Mike a commencé à travailler à DC principalement en tant que conférencier et consultant. Mais je vais essayer de programmer ça pour quand il sera en ville.

Elle attrape une autre canne et fait signe à un autre enfant de l'appâter.

— Je pourrais vous faire voir le simulateur de l'ISS, vérifier si je peux demander à la direction de l'ingénierie de vous montrer comment fonctionne Robonaut et le nouvel atterrisseur sur Mars.

Encore une fois, elle remet l'hameçon appâté à un enfant.

Sous prétexte de s'assurer que tout le monde peut appâter

un hameçon, je suis presque sûr que Jul' a trouvé un moyen de ne pas toucher les vers.

— Voilà, mademoiselle Starr.

J'attrape une canne dans le grand saut qui nous sépare.

— Laissez-moi tenir une canne pour que vous puissiez appâter.

Ne manquant pas un battement, elle lève simplement un sourcil arqué vers moi.

— Et priver ces hommes d'une chance de me montrer ce qu'ils ont appris ici au Ranch West ?

À l'idée de ne pas pouvoir impressionner leur nouvelle héroïne, tous les enfants me fusillent du regard.

— Jamais.

Elle m'arrache la canne des mains et fait signe à un autre enfant de sortir un ver du seau.

Le sourire malicieux qu'elle me lance lorsqu'elle s'accroupit pour regarder le gamin appâter la ligne me dit de faire mieux la prochaine fois.

L'enfant avec la perche nouvellement appâtée la regarde sous une frange blonde.

— T'as déjà failli mourir ?

La question me coupe le souffle et j'essaie de cacher ma réaction en me penchant dans le seau à appâts installé le long du rivage.

Au lieu d'en rire, comme je pensais qu'elle le ferait, Jul' se calme et son sourire s'estompe.

— Dans l'armée de l'air, mes avions ont été touchés. J'ai même dû m'éjecter en territoire ennemi, une fois. Donc je suppose que vous pourriez dire oui, j'ai déjà failli mourir.

Son regard se fixe quelque part de l'autre côté de l'étang.

— Beaucoup de mes amis n'ont pas eu autant de chance. Beaucoup d'entre eux ne sont jamais revenus du déploiement.

Les lèvres, il y a quelques instants levées dans un sourire, se baissent.

Et j'ai vu des amis se faire abattre au-dessus des mers.

— Elle cligne des yeux plusieurs fois, revenant au présent.

Les yeux de tous les enfants restent rivés sur Jul', debout au bord des hautes herbes devant le talus, les bavardages habituels des jeunes maintenant silencieux. Une légère brise effleure l'eau, des ondulations émergent d'où sautent les grenouilles et nagent les vairons.

Le même gamin, canne en main, trop jeune pour comprendre la finalité de la mort, lance :

— Et partir dans l'espace ? C'est dangereux aussi, n'est-ce pas ?

Un sourire, celui-ci plus forcé qu'avant, se dessine sur son visage.

— Oui, vous pourriez dire ça. Il y a beaucoup de choses qu'on ne sait pas sur l'espace. Et même ce que l'on connaît peut être dangereux. Il peut y avoir des problèmes avec l'équipement, des erreurs humaines, ce genre de choses.

Elle ébouriffe la tête du gosse blond.

— C'est pourquoi nous avons besoin que des gens comme vous grandissent et soient des ingénieurs, des scientifiques, peut-être même des astronautes pour nous aider.

Un enfant plus grand demande, sarcastique :

— Tu penses que *nous* pourrions travailler à la NASA ?

— Oui, pourquoi pas ?

La confusion réelle dans le regard de Jul' fait s'arrêter le gamin.

— Eh bien, je veux dire, nous sommes *pauvres*. Nous n'avons pas d'argent pour des écoles de luxe et tout ça.

Un haussement d'épaules.

— Et alors ? Moi non plus, je n'en avais pas.

— Vous n'en aviez pas ?

— Non. Mon père pensait que les femmes n'avaient pas

besoin d'aller dans une université chic. Il a refusé de payer pour cela.

— Vous êtes sérieuse ?

Ses lèvres se plissent en un sourire ironique alors qu'elle hoche la tête.

— Oui, on pourrait dire que mon père est un peu vieux jeu. Il m'a dit qu'il me *permettrait* d'aller à la fac de la région et d'obtenir mon diplôme de professeur ou d'infirmière.

Sachant d'après notre conversation d'il y a quelques minutes que ces souvenirs ne sont pas aussi légers qu'elle les évoque à présent, mes poings se serrent. Mais Jul' fait juste un clin d'œil au gamin.

— Je lui ai répondu en acceptant une bourse complète à l'Université aéronautique Embry-Riddle, une université pour laquelle il ne savait même pas que j'avais postulé.

— Ouah.

Elle attire l'enfant pour une brève étreinte latérale avant de le repousser, jouant avec ses cheveux. Le petit geste de réconfort me dit que la question de l'enfant l'a touchée plus qu'elle ne le laisse entendre.

Si aujourd'hui m'a appris quelque chose, c'est qu'il y a beaucoup plus chez cette femme que ce que l'on voit.

— Vous n'avez peut-être pas d'argent, mais vous avez tous un cerveau.

Jul' regarde chaque enfant, son expression plus sérieuse qu'avant.

— Utilisez-le.

Et ils hochent tous la tête solennellement. Ces enfants à qui l'on dit constamment qu'ils ne sont bons à rien, qu'ils ne représenteront pas grand-chose, dont la vie familiale est brisée et les quartiers dangereux, hochent tous la tête à son ordre. Certains d'entre eux ont probablement envie de faire un salut militaire et ne savent pas pourquoi.

Je ne serai pas surpris si la semaine prochaine, ils commencent à avoir de meilleures notes à l'école.

Toutes les cannes appâtées et distribuées, Jul' s'essuie les mains sur son jean. Des mains qui ont réussi à ne pas avoir d'entrailles de ver sur elles pendant tout le processus.

— Alors.

Elle pose les mains sur ses hanches, regardant son nouvel équipage.

— Qui va attraper le plus gros poisson ?

La main de tout le monde se lève. Y compris la mienne.

―――

Jul'

Holt est resté silencieux depuis notre discussion. Je ne sais pas s'il est ennuyé que j'aie réquisitionné son équipe hétéroclite de pré-adolescents, ou s'il réfléchit à ce dont nous avons parlé.

Bien que, calme ou bavard, il soit toujours aussi beau. Je n'ai jamais beaucoup pensé que les cow-boys étaient guindés, mais la façon dont Holt rentre ses chemises dans son pantalon, boucle sa ceinture et se tient bien droit, il est vraiment la princesse des cow-boys.

Rowdy Yates, en effet.

— Holt, ma ligne est emmêlée !

L'un des enfants les plus âgés tire sur sa canne, la faisant plier. Holt se dirige vers l'endroit où il se trouve et l'aide patiemment à démêler la ligne. Il sait y faire avec ces enfants. Vraiment. Et il est évident qu'ils le respectent. Le programme qu'il a créé contient des feuilles d'inscription pour les enfants qui souhaitent faire un voyage au Ranch West. Les enfants apprennent à monter à cheval, à pêcher et profitent d'une journée sans avoir à se soucier d'être harcelés à l'école, d'être battus à la maison ou d'être chassés hors des parcs de leurs quartiers par des trafiquants de drogue. Holt paie le bus et l'essence. Leur sert de quoi déjeuner. Les enfants n'ont qu'à se présenter.

— Mademoiselle Starr, regarde celui-ci !

Un petit poisson, pas plus gros que la paume de ma main, pend à la canne de TJ. L'enfant n'est pas beaucoup plus grand que le poisson. J'ai été hyper choquée quand il a dit qu'il avait dix ans. Il a besoin de boissons protéinées.

— Il est superbe, TJ. Bien joué ! Je pense que cela te met dans la course pour le plus gros poisson.

— Cool ! Il sautille, les orteils de ses pieds nus s'enfoncent dans le sable mouillé au bord de l'étang.

Et je ne mentais pas. Cela le met dans la course. Je n'ai pas vu des petits poissons si petits depuis que j'ai regardé Le *Monde de Nemo* lors d'un rare temps libre au cours de mon dernier passage sur la Station spatiale internationale.

Quoi ? Ne vous moquez pas de moi ! *Le Monde de Nemo* est vraiment génial.

Une ombre tombe sur moi. Inclinant la tête en arrière, je lève les yeux pour voir Holt se tenir là, la lumière du soleil créant un halo autour de lui, les mains sur ses puissantes hanches fines.

— Tu vas pêcher ou rester allongée toute la journée, cadet de l'espace ?

Je fronce les sourcils à son froncement de sourcils.

— Hé, je supervise.

— Oui, elle supervise, monsieur West.

TJ reprend mon combat. Il est tellement mignon, ce gosse. Son T-shirt, au moins deux tailles trop grandes, a un col étiré. Je devrais lui en offrir un de la NASA. Demander à l'équipage de le signer ou quelque chose comme ça.

Je jette un coup d'œil au tas de baskets usées que tous les

enfants ont laissées dans l'herbe avant de plonger dans l'eau. Éraflées, déchirées et sales. Je devrais aussi acheter de nouvelles chaussures aux enfants. Jackie ne jure que par ses Chuck Taylor. Peut-être que les gamins en aimeraient.

— Vous avez entendu ce jeune homme, monsieur West.

Je baisse un peu plus la tête en arrière, cognant ses tibias.

— Maintenant, soyez gentil, voulez-vous, et allez me chercher de la limonade.

Son visage sérieux laisse place à un sourire, même si je peux dire qu'il essaie de le combattre.

— Soyez gentil, hein ?

Je hausse les épaules et relève la tête pour regarder les enfants. Ils sont éparpillés le long du rivage, certains debout, d'autres les fesses dans la terre, chacun avec une canne à pêche à la main et le sourire aux lèvres.

Je peux voir pourquoi Holt aime ces jours-là. Il n'a pas vraiment dit cela, mais il est facile de voir à quel point ses épaules sont détendues, à quel point il est plus prompt à sourire et à rire. Plus que je ne l'ai jamais vu lorsqu'il travaillait au ranch.

Il aime ces garçons.

Ce qui me rappelle quelque chose.

— Hé, pourquoi n'y a-t-il que des garçons, ici ?

Le gamin à gauche de TJ, Brian, je pense, se moque.

— Pourquoi les filles voudraient-elles venir ici ? Elles se saliraient.

Cela me fait me redresser.

— Hum, c'est quoi cette histoire ?

Semblant comprendre que je ne suis pas contente de la réponse de Brian, tous les enfants baissent leurs cannes à pêche, leurs regards passant de Brian à moi.

Je ne peux pas dire si mon attention focalisée le fait rougir, ou s'il est resté trop longtemps au soleil. Holt ne fournit-il pas de crème solaire ? Je vais devoir lui en parler. De la crème solaire et des nouvelles chaussures. Il faut que je dresse une liste.

— Bah, tu sais, dit-il en haussant les épaules. Les filles n'aiment pas se salir.

Il regarde ses amis autour de lui, qui évitent tous soigneusement son regard.

— Pas vrai ?

— Faux, gamin.

Je fais signe à mon corps allongé, soutenu par mes coudes dans la terre.

— J'en suis un parfait exemple.

Ne voulant pas passer pour un imbécile devant ses amis, Brian surenchérit :

— Oui, mais tu es juste allongée là. Tu n'as pas appâté une canne à pêche ou pêché un poisson ou quoi que ce soit. Les filles n'aiment pas ce genre de choses, c'est tout. Ou elles ne peuvent pas le faire.

Mes yeux se plissent sur mon nouvel ennemi juré. Tout bavardage cesse. Holt lutte toujours contre son sourire mais perd la bataille de manière spectaculaire.

— TJ ? je demande, les yeux toujours rivés sur Brian.

Mon petit pote se redresse, son T-shirt ample bougeant sur ses frêles épaules.

— Oui, mademoiselle Starr ?

— Passe-moi cette canne à pêche, veux-tu ?

Mon nouvel ami se précipite, canne en main. Avant que je ne l'attrape, ma poche arrière bourdonne. Sans réfléchir, je sors mon téléphone et regarde l'écran.

Punaise.

— Mademoiselle Starr, ça va ?

TJ me regarde en fronçant les sourcils, tendant la canne.

— Qu'est-ce qui se passe ?

Holt arrive derrière moi et je cache rapidement mon téléphone.

— Rien.

Si on peut dire qu'un gif de la navette Columbia explosant en rentrant dans l'atmosphère n'est rien. C'est l'une des pires craintes de tous les astronautes. Le pays tout entier a pleuré la perte de ses héros. Et ce connard l'utilise pour me faire peur. Comment ce con ose-t-il déshonorer leur mémoire ? Ma main se resserre autour de mon téléphone jusqu'à ce que je pense que l'écran pourrait se fissurer.

— Tu n'as pas l'air si bien.

— Hum ?

Je cligne des yeux, me concentrant sur TJ. L'inquiétude du gamin me détend la main.

— Tu vois, je te l'avais dit.

Brian croise les bras, l'air content de lui.

— Les filles n'aiment pas se salir.

Fusillant le gamin du regard, je place mon harceleur dans une boîte et ferme le couvercle hermétiquement. Je fais ce que j'ai appris à faire dans le service. Compartimenter.

— La ferme, Brian.

Je remets mon téléphone dans ma poche et attrape la canne.

— C'est parti.

J'ignore le regard de Holt. Je ne sais pas s'il est dû au fait que je cachais bien évidemment mon téléphone de lui, ou parce que je dis à un de ses enfants de la fermer, mais je l'ignore et me concentre sur la tâche à accomplir. C'est bien mieux que de se concentrer sur les menaces croissantes enregistrées sur mon téléphone.

Redressant mes épaules, je leur fais à tous mon plus beau sourire de relations publiques.

— Laissez-moi vous montrer, les garçons, comment on pêche comme une pro.

SEIZE
MODULATION

HOLT

Elle a attrapé le plus gros poisson.

Je n'arrive toujours pas à y croire. J'ai rempli cet étang d'un assortiment décent de poissons, bien qu'aucun d'entre eux n'ait été gros, et Jul' se lance et ramène la plus grosse truite que j'ai jamais vue.

Du premier coup.

Les garçons sont devenus fous, bien sûr, promettant d'amener leurs sœurs et de dire aux autres filles du programme de s'inscrire. Ce qui est génial, mais maintenant je suis en train de programmer les choses dans ma tête et j'essaie de savoir quand j'aurai le temps de gérer le ranch et le programme de croissance. Mon esprit cale également sur cet incident téléphonique et sur la raison pour laquelle Jul' avait l'air coupable et secrète.

— Au revoir, mademoiselle Starr !
— Dis-nous quand nous pourrons venir à la NASA !
— Je dirai à mon amie Sara de venir la prochaine fois !

Jul' fait signe jusqu'à ce que le nuage de terre de la route rattrape enfin le bus et que les enfants rentrent la tête à l'intérieur des fenêtres.

Une fois hors de vue, je me débarrasse de mes mauvaises pensées et passe mon bras autour de Jul', content de ne pas avoir à me baisser pour le faire.

— Merci d'avoir passé la journée avec eux.

— C'était fun.

Elle se penche plus près de moi.

— En plus, tu avais besoin de moi là-bas. J'ai des remarques.

— Des remarques ?

Je me penche et frotte son cou. Elle sent la fumée du feu sur lequel nous avons cuisiné nos prises.

La chair de poule se répand dans son cou et elle frissonne.

— Bon, c'est plus une liste.

— Une liste ?

Je me demande si je pourrais suivre cette chair de poule vers le bas.

Jul' s'écarte en haussant un sourcil vers moi.

— Pourquoi tu répètes tout ce que je dis ?

Abandonnant l'exploration de la chair de poule, ce qui est probablement pour le mieux vu que nous nous tenons au milieu de l'allée, devant la maison, je soupire.

— Parce que j'espère qu'en le faisant, les choses commenceront à avoir un sens.

Levant les yeux au ciel, elle me sourit et commence à se diriger vers la maison.

— Tu as des cookies ?

— Des cookies ?

Son cul est superbe dans ce jean.

Elle me lance un regard par-dessus son épaule.

— Arrête, cow-boy. Ça n'était pas difficile à comprendre.

En riant, je la suis, essayant de calmer mon sexe.

— Je pense que c'est possible. Mais je ne peux pas croire que tu aies encore faim après avoir mangé cette monstrueuse truite que tu as attrapée.

— Eh. Le poisson n'est pas ce que je préfère, surtout celui cuit au feu de bois, dit-elle en plissant le nez. Mais les garçons étaient excités et je ne pouvais pas les décevoir.

Elle m'attend pour monter les marches avant d'ouvrir la porte.

— En plus, j'en ai donné la moitié à TJ.

Il ne m'avait pas échappé qu'elle et le plus jeune des gamins avaient sympathisé. Et vu la maigreur de TJ, il avait probablement besoin de protéines supplémentaires.

— Eh bien, si nous n'avons pas de cookies, je suis presque sûr que nous avons les ingrédients pour les faire. De temps en temps, je fais des cookies pour Rose selon la recette aux pépites de chocolat de notre grand-mère. Une fois la cuisine réparée, je t'en ferai.

Jul' s'arrête à mi-chemin de la porte.

— Ouah, attends, cow-boy. Tu me dis que tu peux *faire des gâteaux* ?

Je hausse les épaules.

— Seulement des cookies ?

Comme je me sens légèrement gêné, mon visage ne peut s'empêcher de chauffer.

— *Seulement* n'a rien à voir là-dedans.

Elle accroche son bras au mien et nous nous dirigeons vers la cuisine.

— Tu n'as aucune idée de ce que je ferais pour des biscuits fraîchement sortis du four.

Son sourire se fait séducteur.

— Pour *te* voir me faire des cookies.

Elle se penche plus près, baissant la voix comme nous passons à côté d'ouvriers.

— Des choses... sexuelles.

Essayant d'ignorer ce que les paroles de Jul' provoquent sous ma ceinture, je vois notre entrepreneur inspecter les armoires nouvellement installées.

— Hé, Ray !

L'homme plus âgé me regarde, et sourit quand il voit Jul' à côté de moi.

— Oui, chef ?

Je ne sais pas s'il parle à Jul' ou à moi.

— Quand est-ce que vous aurez fini pour que je puisse utiliser mon four ?

Le ricanement de Jul' est la chose la plus folle qui m'ait jamais rendu heureux.

S'arrêtant pour jeter un regard étrange à Jul', Ray referme son mètre ruban.

— Il ne faut que quelques jours de plus. D'abord les plans de travail, puis les appareils électroménagers.

— Et les comptoirs arriveront à temps, n'est-ce pas ? J'ai failli avoir une écharde dans les fesses à cause du contreplaqué, dit Jul' en frappant des doigts la couverture provisoire posée sur la nouvelle île.

— Que faisiez-vous assise là-dessus ?

Jul' me jette un regard qui, je le sais, fait instantanément chauffer mon visage comme si j'étais dans le Sahara.

— Ne t'en fais pas, Ray. Dis-moi juste qu'il y aura bientôt des comptoirs. *De vrais* comptoirs.

Ray rit en se penchant pour prendre une note sur son bloc-notes.

— Oui, Jul'. De vrais comptoirs sans écharde dans les fesses devraient être installés après-demain.

Jul' me fait un clin d'œil.

— Bon à savoir.

— Oh, fait Ray en relevant les yeux. J'ai presque oublié. Un colis a été livré pour vous.

Tout le corps de Jul' s'immobilise. Elle ne cligne même pas des yeux.

Fronçant les sourcils devant sa réaction, je demande :
— Pour moi ?

Ray secoue la tête et pointe son crayon sur Jul', qui n'a toujours pas cligné des yeux.
— Non, pour cette petite mademoiselle-ci.

La réaction de Jul' est d'autant plus visible qu'elle ne castre pas Ray sur-le-champ pour l'avoir appelée « petite mademoiselle ».
— Jul' ?

Sortie de sa transe, Jul' s'éclaircit la gorge.
— Euh, alors où est-il ?
— Je pense que Mélissa l'a mis dans votre bureau.
— Une minute, dis-je, la regardant et remarquant que ses joues sont toujours pâles. Depuis quand tu as un bureau ?

Sans répondre, Jul' se retourne et se dirige de l'autre côté de la cuisine. Même ses mouvements sont bizarres. Il n'y a pas de balancement dans ses hanches, pas de sautillement dans ses pas. Elle semble... timide ?

Je lance un regard inquiet à Ray, mais il en est inconscient, il continue de mesurer et de prendre des notes. Il ne me faut que quelques pas pour être derrière elle, la suivant dans le petit couloir, devant la salle de bains jusqu'à la buanderie.

Une buanderie qui a également vu une mise à jour. Cette fois, pas du côté des revêtements de sol ou des armoires, mais au niveau de la décoration murale. Des listes, comme j'en ai vu dans son appartement, traînent dans la pièce. Un mini-ventilateur bourdonne à côté de son ordinateur portable sur le petit plan de travail en face de la laveuse et de la sécheuse, les listes qui ne sont pas complètement scotchées flottant dans la légère brise.

Mais les yeux de Jul' ne se baladent pas dans la pièce. Elle se concentre uniquement sur une petite boîte en carton posée sur la sécheuse.

— Ça va ?

Elle regarde nerveusement par-dessus son épaule.

— Oui. Bien sûr. Ça va.

— Alors, je demande lorsqu'elle n'avance pas, tu allais l'ouvrir ?

— Oui.

— Elle hoche la tête distraitement, se mordant la lèvre inférieure.

Elle continue de se tenir là.

— Tu veux que *je l'*ouvre ?

— Non !

Cela la fait bouger, et elle fait un grand pas vers le sèche-linge. Puis, presque violemment, elle saisit la boîte, déchirant un côté, arrachant le scotch avant de la jeter à nouveau sur le comptoir. Prenant une profonde inspiration, Jul' utilise un doigt pour soulever le rabat ouvert, regardant à l'intérieur.

— Oh.

— Oh quoi ?

Je ne sais même pas pourquoi, mais toutes les pointes des pieds et les hésitations de Jul' me font nouer le ventre. Qu'est-ce qu'il y a dans cette boîte ? Et qui l'a envoyée ?

Le sourire aux lèvres, Jul' met la main à l'intérieur de la boîte et en sort quelque chose.

— Le collier de Cookie !

Une respiration que je ne savais pas que je retenais m'échappe.

— Le collier de Cookie ?

Elle me lance un regard.

— Est-ce que tu recommences à répéter ?

— Comme je te l'ai dit. Je continue à espérer que les choses que tu dis auront un sens. Et je suis aussi un peu confus par toute l'anticipation.

À deux mains, elle tend ce qui ressemble à un collier de chien trop grand. Si un chien appartenait à une princesse motarde.

L'épais collier noir est recouvert de clous en métal, et il est suspendu au pendentif le plus grand et le plus éclatant que j'aie jamais vu. Et cela inclut le moment où Rose m'a fait regarder les MTV Music Awards, lorsqu'un groupe de rappeurs avec de lourdes chaînes de diamants ont sauté sur scène.

Le fond de l'étiquette de nom est tout en strass blancs, avec *Cookie* écrit dans une police imitant l'écriture manuscrite, composée de cristaux rose foncé.

— C'est pour Cookie.

— Cookie.

Jul' soupire.

— Tu recommences.

Je croise les bras.

— Ce que tu dis n'as toujours pas de sens.

Elle m'imite, croisant les bras sur sa poitrine, mais au lieu d'avoir l'air agacée, elle ne fait que souligner ses seins.

Je force mes yeux à quitter sa poitrine et à revenir à l'objet problématique.

— Si tu envisages de mettre *ça*, dis-je en pointant le collier du doigt, sur une vache, alors ça n'a toujours pas de sens.

Ses lèvres se pincent.

— Eh bien, cow-boy, puisque tu ne peux pas me faire de cookies, je vais aller jouer avec la mienne.

Nous clignons tous les deux des yeux, répétant ce qu'elle vient de dire dans nos esprits.

Et puis on éclate de rire.

— Oh mon Dieu, parvient à dire Jul' entre deux rires. Pour une fois, je ne voulais pas faire de sous-entendus.

Prenant une profonde inspiration, j'apprécie de voir Jul' légère, insouciante, en contraste total avec ce qui s'est passé quelques instants avant qu'elle n'ouvre la boîte.

— Dommage.

L'amusement prenant fin, Jul' hausse un sourcil.

— Dommage, hein ?

Elle laisse tomber le collier et se redresse, passant ses mains le long de ses cuisses, juste sous ses seins, puis le long de son abdomen jusqu'à ce que le bout de ses doigts glisse sous la ceinture de son jean.

Mon sourire s'évanouit alors que ma queue se redresse.

— Jul' ?

Je voulais que cela soit une question, mais ça ressemble plus à une supplique.

Elle ouvre le bouton à sa taille, tirant sur les côtés jusqu'à ce que la fermeture Éclair s'abaisse, le bruit résonnant dans la petite pièce carrelée.

Son sourire diabolique, le sourire narquois qui me lie la langue et fait tressauter ma queue, apparaît lentement sur ses lèvres.

— Oui, cow-boy ?

— Et Ray ?

Elle cligne des yeux.

— Je pense qu'avec toi, un homme est tout ce dont j'ai besoin au lit. Et puis, je ne suis pas vraiment sûre que Ray soit intéressé par ce genre de chose.

Cela me fait secouer la tête à toute vitesse.

— Attends, quoi ? Non. Mon Dieu.

Je passe ma main dans mes cheveux.

— Je veux dire qu'il est juste là, dans la cuisine.

— Oh.

Elle souffle longuement.

— Dieu merci. Tu m'as inquiétée un instant.

Elle abaisse son jean jusqu'à ce qu'il se décolle de ses hanches et s'enroule autour de ses pieds, révélant un string noir en dentelle. Le même string avec lequel je me souviens qu'elle s'est frottée contre moi lors de son strip-tease ce soir-là, après le bar.

— Putain.

Elle gémit. Bruyamment.

—J'adore quand tu jures pour moi.

Une main se déplace vers le haut et sous son débardeur, agrippant sa poitrine.

— Juste pour moi.

Rapidement, je ferme la porte et m'appuie contre elle.

— Chut, il va entendre.

— Et ?

À mon regard, elle lève les yeux au ciel.

— D'accord, princesse, je vais arranger ça.

Elle se penche sur le sèche-linge et appuie sur un bouton. Un carillon fort et aigu retentit, puis le moteur démarre, les fortes vibrations de la sécheuse résonnent dans toute la pièce.

— Mieux ?

Elle ramène sa main à sa taille, la fait courir sur son décolleté en V en soie, se frottant lentement et doucement.

Tout ce que j'arrive à émettre, c'est un grognement.

— Est-ce que je vais jouer avec mon cookie tout seul ?

Son sourire narquois s'agrandit.

— Ou vas-tu être un gentleman et m'aider ?

Il n'y a vraiment aucun doute sur ce qui va se passer, ce que Jul' sait, comme en témoigne l'érection qui essaie de percer mon jean. Mais je ne peux pas céder si facilement. Jul' aime les défis.

— Je pense que je vais m'aider... moi-même.

Ma boucle de ceinture tinte lorsque je la décroche, à peine audible avec les coups du sèche-linge.

Les mains de Jul' se figent sur son corps alors qu'elle me regarde baisser mon jean, juste assez pour que ma queue se libère.

— Des cœurs.

— Hum ?

Je suis son regard vers mes boxers blancs avec des cœurs roses, visibles sous mon sexe. Ce ne sont pas mes sous-vêtements les plus masculins, mais la chaleur dans les yeux de Jul' me dit qu'ils l'excitent tout de même.

J'exerce une pression de la main, une fois, puis deux. Jul', toujours hébétée, m'observe, les yeux rivés sur mes gestes.

— Je pensais que tu voulais jouer avec ton cookie ?

Sans bouger ses yeux de ma main, Jul' glisse l'une des siennes sous le bord de sa culotte, une bande de boucles sombres et élastiques maintenant visible. Je peux dire quand elle atteint sa cible, alors que ses yeux papillonnent et qu'elle se bat pour les garder ouverts sur moi. J'agis comme si je la taquinais, montant et descendant lentement ma main, mais vraiment j'essaie de me calmer.

Son autre main revient sous son débardeur, les mouvements montrant clairement qu'elle ne se contente pas de caresser sa poitrine, elle pince son téton.

Le gémissement qui lui échappe cette fois est encore plus fort que le précédent. Cela résonne plus encore que le bruit de la sécheuse, mais je ne m'en préoccupe plus. La lumière du soleil traverse la fenêtre, le papier bruisse dans la brise du ventilateur et les ouvriers du bâtiment ne sont qu'à quelques pas, mais seule la femme en face de moi a de l'importance.

— Holt.

Ses doigts bougent plus vite sous sa culotte et ses yeux se

ferment enfin. J'attrape ma queue plus fort, presque douloureusement, me rappelant de ne pas perdre le contrôle.

— Plus vite, cadet de l'espace.

— Aaahh, putain...

Je ne sais pas si c'est mon ordre qui l'excite ou si elle était déjà proche de l'orgasme, mais son corps se bloque, la main sur sa poitrine se serre, celle entre ses cuisses bougeant avec des mouvements plus lents et saccadés alors qu'elle atteint son point culminant. Le doux sanglot qu'elle émet à ce moment-là me fait réduire la distance entre nous, plaçant un pied sur le jean autour de ses jambes et la soulevant sous ses bras. Ses chevilles, maintenant libérées de son pantalon, s'enroulent autour de moi et je nous propulse tous les deux vers le sèche-linge.

— Je vais te baiser si fort.

— S'il te plaît, s'il te plaît, s'il te plaît...

Elle profite toujours de son plaisir, les yeux fermés.

Dans un mouvement qui me surprend moi-même, j'arrache le string de son corps, faisant brusquement s'ouvrir les yeux de Jul'.

— Holt...

Je me glisse à l'intérieur.

— Putain ! hurle Jul', la tête renversée.

Je n'attends pas qu'elle s'adapte ou rattrape son retard. Je la pilonne.

Chaque main empoigne ses fesses délicieuses en forme de cœur et je la tiens au rythme des vibrations pendant que je libère une bestialité dont je ne me savais pas capable.

— Oh. Mon. Dieu.

Chaque mot est ponctué d'un coup de hanche. Les mains de Jul' s'enfoncent dans mes épaules, essayant de trouver prise.

— Oh. Mon. Putain. De. Dieu.

Je suis perdu, incapable de parler, émettant juste des grognements et me forçant à aller de plus en plus fort. Je me retire légèrement, écartant ses fesses, trouvant plus d'espace pour marteler. Le mouvement doit aussi l'installer plus complètement contre le métal vibrant, car tout d'un coup Jul' se bloque sur moi, ses muscles internes comme un étau me tenant en place alors qu'elle atteint l'orgasme, attirant le mien comme un aimant.

— PUUUTTTAAIIN !

Le rugissement s'échappe de ma gorge alors que le plaisir palpite sous ma peau, la chaleur se répandant le long de ma colonne vertébrale. Mais je ne peux pas arrêter de bouger. Mes hanches pivotent une fois, deux fois, trois fois jusqu'à ce que le plaisir frise la douleur, ma queue hyper sensible et épuisée.

Trois autres carillons retentissent et le sèche-linge s'arrête. Il ne reste plus que le petit bourdonnement du ventilateur et nos respirations lourdes. L'odeur du sexe se répand et mon membre continue de se contracter à l'intérieur de Jul'.

Jul', drapée langoureusement sur moi, murmure de manière incohérente, et de temps en temps elle frissonne avec une réplique d'orgasme.

Dans la fenêtre, j'aperçois un reflet partiel de moi-même, toujours habillé, entièrement assis dans une femme, alors que la journée de travail se poursuit au-dehors. Et ce n'est pas n'importe quelle femme. Depuis le moment où j'ai vu Jul' flotter dans l'espace il y a tous ces mois, ma vie a changé d'une manière que je n'aurais jamais imaginée. Jamais pensé que je voudrais.

Le changement est ce que ma mère voulait. Toujours quelque chose de nouveau. Toujours quelque chose de différent. Toujours *plus*.

Une liste voltige contre le mur, passant devant l'épaule de Jul'. Je l'attrape.

L'écriture de Jul' lui ressemble « Minimum pour le mariage ». Une longue liste numérotée suit en dessous, chaque ligne rayée à l'encre rouge.

— Hmmm ? Jul' lève la tête, ses boucles normalement sauvages bien plus folles. Ses yeux se posent sur la liste dans ma main.

— Oh. Ce ne sont que des choses de base que j'ai recherchées sur les mariages en général, avant de concentrer mon attention sur des informations de mariage plus spécifiques à Jackie.

— Au risque de t'ennuyer une fois de plus, spécifiques à Jackie ?

Elle sourit paresseusement. Je pense que c'est ce sourire que j'aime le plus. Il est ivre de plaisir et concentré uniquement sur moi.

— Des options viables pour les mariages se passant dans une grange.

Elle désigne une autre liste, celle-ci toujours accrochée au mur.

— Celle-ci est une liste de tous les produits de nettoyage qui peuvent être utilisés et qui ne feront pas de mal aux animaux une fois qu'ils seront réinstallés dans leurs stalles, explique-t-elle avant de pointer plus bas. Celle-là répertorie les éléments rustiques viables que l'on trouve généralement dans les mariages de grange qui *ne* seront *pas* utilisés dans celui de Jackie.

Son regard devient sérieux.

— Pour info, nous n'utiliserons pas de balles de foin comme siège pendant ce mariage. Les gens ont des tonnes d'allergies, et d'après mes recherches sur les robes de demoiselle d'honneur, je suis presque sûre que des pointes de foin raides peuvent déchirer n'importe laquelle de ces matières féminines en lambeaux.

Tout ce que je peux faire, c'est cligner des yeux vers elle.

— Tu as effectué des recherches sur tout ça ?

— Eh bien, je suis le témoin de la mariée. C'est mon travail.

Je suis sur le point de remettre en question cette déclaration lorsque nous sommes interrompus par la voix de mon frère, très choqué ou très énervé, qui claque la porte d'entrée.

— Putain de merde !

L'un des sourcils de Jul' se soulève.

— Je pense qu'on peut de dire que Flynn est là.

Je soupire. Mon frère a le pire des timings.

Le bruit des pas se rapproche.

— Qu'est-ce qui se passe ici ?

— Combien de fois dois-je lui dire d'enlever ses punaises de bottes ?

Jul' se mord la lèvre, comme si elle essayait de ne pas rire.

— Hum, tu ne lui as pas parlé de la rénovation ?

— Euh non. Cela m'a sans doute échappé.

Honnêtement, j'avais été trop occupé à penser à l'astronaute devant moi et à pas grand-chose d'autre.

— Holt !

Flynn semble *beaucoup* plus proche.

À regret, je me retire et aide Jul' à descendre du sèche-linge. Une voix plus légère et plus féminine marmonne entre les exclamations de mon frère.

Jul' s'immobilise.

— Jackie.

Maintenant, elle a l'air paniquée. Elle saute du sèche-linge et arrache son jean du sol.

Je prends une serviette dans la petite armoire à linge et la lui tends.

— Merci.

Ne perdant pas une minute, elle se nettoie et enfonce la serviette dans le fond du panier à linge sale avant d'enfiler son pantalon.

En quelques secondes, nous avons tous les deux l'air présentable. Enfin, quelque peu.

Jul' tend son string déchiré.

— Grâce à toi, on dirait que je ne vais pas porter de culotte.

— Quoi ? dis-je en chuchotant. Il y a des travailleurs dehors.

Elle fourre la lingerie déchiquetée dans ma poche avant.

— Et ?

— Et tu vas juste te balader sans culotte ?

— Du calme, c'est pas comme s'ils avaient une vision à rayons X. *Tu es* le seul qui le saura.

Le sourire narquois qu'elle me lance est carrément diabolique.

— Tu penses pouvoir gérer ça, cow-boy ?

— Holt ! Où es-tu ?

D'après le son de sa voix, Flynn doit être dans la cuisine.

Jul' met un doigt sur ses lèvres.

Maintenant, elle veut être silencieuse.

— Sors et dirige-les vers la salle à manger, murmure-t-elle. Je vais me faufiler par l'arrière de la grange.

— Te faufiler ?

Jul' lève les yeux au ciel avant d'ouvrir la porte pour jeter un coup d'œil.

— D'accord, la voie est libre. Vas-y.

Quand je ne bouge pas, elle attrape mon bras et me pousse à l'extérieur.

Elle m'envoie un baiser. C'est la dernière chose que je vois avant que la porte ne se ferme.

— Putain de merde.

J'entre dans la cuisine pour voir Flynn debout dans l'arche nouvellement taillée entre la salle à manger et la cuisine, la tête pivotante.

— Putain de bordel de merde.

Je soupire.

— Oui, tu l'as dit.

C'est comme si mes frères et sœurs faisaient exprès de jurer autour de moi.

Il passe une main sur le comptoir de fortune, la bouche ouverte.

— Je suis dans la bonne maison, hein ?

La réaction de Flynn à la rénovation en cours est suffisante pour m'aider à me débarrasser de mon irritation soudaine envers Jul'.

En quelque sorte.

Je veux dire, elle se fiche que les ouvriers du bâtiment l'entendent venir, mais Flynn et Jackie nous voir sortir ensemble de la buanderie, c'est trop ?

Essayant de me débarrasser de la tempête d'émotions qui me submerge, je fais un sourire forcé à mon petit frère.

— Ne me dis pas que tu n'aimes pas ça, parce que je vais te botter les fesses.

Je me penche et je lui tape sur l'épaule. Peut-être un peu plus durement que je n'aurais dû.

— Vous ne pouviez pas organiser votre mariage dans un décor des années 1980, n'est-ce pas ?

Flynn me lance un regard vide.

— Tu as fait tout ça...

Sa tête pivote une fois de plus

— Pour moi ?

— Non, crétin. Je l'ai fait pour Jackie.

Je le pousse dans la salle à manger.

— Je ne pouvais pas lui laisser une raison de s'enfuir. Dieu sait que tu lui en donnes probablement assez.

— Hey, dis donc.

Son air étonné a disparu, remplacé par un sourire arrogant.

Je jette un coup d'œil par-dessus mon épaule, à la recherche de Jackie.

— À propos, où est ta bien meilleure moitié ?

En regardant par les fenêtres de devant, Flynn se dirige vers la grange.

— Jackie est là-bas avec l'organisatrice du mariage.

Cela attire mon attention.

— L'organisatrice du mariage ? Tu veux dire Jul' ?

— Euh non.

L'expression perplexe de mon petit frère me rend méfiant.

— Pourquoi est-ce que tu crois que Jul' est l'organisatrice du mariage ?

Je pense à la clé USB, aux appels téléphoniques, aux listes interminables accrochées dans ma buanderie et je grince des dents.

— Peut-être parce que *Jul'* pense qu'elle est l'organisatrice du mariage ?

Flynn me regarde d'un air absent.

Je le fixe intensément.

— N'est-ce pas ce que Jackie lui a dit ?

— Non, dit-il lentement. Je pensais que Jackie lui avait dit qu'elle était son témoin.

— Eh bien, oui, mais ensuite elle a donné à Jul' cette clé USB avec toutes les photos et tout dessus.

— Oui, elle m'en a donné une aussi, et une à l'organisatrice de mariage qu'elle a engagée.

Nous restons là à nous regarder, aucun de nous n'appréciant la conclusion que nous tirons.

— Vous êtes foutus les mecs.

Flynn et moi sursautons à l'interjection de Ray. Il n'était pas là quand je suis sorti pour trouver Flynn, et j'ai supposé qu'il était rentré chez lui. Mais son sourire narquois quand il me regarde me dit qu'il est peut-être juste sorti une fois que Jul' et moi sommes devenus plus bruyants que la sécheuse.

Il secoue la tête, ses pieds chaussés effleurant les sols nouvellement posés.

— Je ne veux *pas* être là quand vous allez dire à cette petite demoiselle que ce n'est plus elle qui commande.

Je ne sais pas s'il faut être amusé ou impressionné qu'il ose à nouveau appeler Jul' une petite demoiselle.

— Ha ha. Pas moyen.

Il glisse sa planche à pince sous son bras et range son mètre ruban.

— Bonne chance avec *ça*.

Il souligne le dernier mot dans ma direction.

Je tire sur les cheveux au-dessus de ma tête.

— Merde.

Flynn recule comme si je l'avais frappé.

— Attends, tu viens de dire merde, là ?

DIX-SEPT
DE TRAVERS

Jul'

— Non.

Je croise les bras sur ma poitrine et fixe une petite brune au visage effilé, ressemblant à une souris.

D'accord, elle ne ressemble pas vraiment à une souris, c'est méchant. Mais elle a ce qu'on pourrait appeler un *nez aquilin,* et elle essaie de me relever de mes fonctions.

— Jul'...

Les yeux de Jackie clignent vers moi derrière ses montures épaisses.

Je suis immunisée contre les supplications de ma meilleure amie. Enfin, en quelque sorte.

— Tu as dit que j'étais responsable.

Je résiste à peine au besoin de taper du pied. Punaise, cette journée avait *si bien* commencé. Bon sang, je suis toujours dans une rémanence post-orgasmique, et il a fallu que je me faufile dans la grange pour y trouver mon usurpatrice en train de prendre des mesures pendant que mon esprit bloquait sur le regard de Holt lorsque je l'ai chassé de la buanderie. Est-ce que j'ai fait quelque chose de mal ? Voulait-il *que* son frère nous voie sortir ensemble ?

Ne parlons même pas de la mini crise de nerfs que j'ai failli avoir à cause d'une stupide boîte.

Ma meilleure amie rit nerveusement en poussant ses montures le long de son nez.

— Euh, eh bien, non, je n'ai pas dit ça. Pas vraiment.

Mon regard se tourne vers Jackie, qui recule.

— Si, tu l'as dit. Au téléphone, le lendemain de mon évanouissement.

La pseudo-organisatrice de mariage se fait entendre.

— Vous vous êtes évanouie ?

Le regard que je lui lance la fait taire.

— Quand j'ai appelé, je t'ai demandée d'être mon témoin, dit lentement Jackie.

— Oui. Et j'ai accepté.

J'acquiesce, ajoutant :

— Voilà. La confusion s'est dissipée.

Je regarde l'intruse.

— Vous êtes renvoyée.

Poussant ce que je considère comme un soupir assez dramatique, Jackie prend mon bras et me conduit hors de la grange.

— Nous revenons tout de suite, lance-t-elle par-dessus son épaule à l'aspirante usurpatrice.

Une fois éloignées de la porte de la grange, Jackie se met en face de moi et place ses mains sur mes épaules.

— Jul'.

C'est plutôt mignon, sa manière d'essayer de me regarder dans les yeux, mais elle doit lever la tête pour le faire.

— Jackie.

Un autre soupir. Je suis soudainement frappée que, pour tous les soupirs autour de moi, ceux de ma mère, de Holt et de

Jackie, *je suis* le dénominateur commun. Hum. Voilà une chose à laquelle il faut que je réfléchisse. Ultérieurement.

Les doigts fins de Jackie palpitent sur mes épaules.

— Tu ne pensais pas honnêtement que j'allais te refiler mon mariage à organiser alors que tu as un travail à temps plein à la NASA et que tu es candidate pour une promotion, n'est-ce pas ?

Huuummm. Maintenant que j'y pense...

— Je ne mettrais jamais autant de pression sur toi. Je sais que tu as beaucoup de choses à faire.

Eh bien, elle ne sait pas *tout*. Comme les textes quotidiens pleins d'insinuations et de menaces.

Argh, il faut que je me concentre sur la tâche à accomplir. Baissant le menton plus bas, je fais de mon mieux la moue.

— Mais *je suis* ton témoin.

Un côté des lèvres de Jackie s'incline, ses lunettes se décalant.

— Sais-tu vraiment *ce* que fait le témoin de la mariée ?

Non, non, je ne le sais pas. Mais je ne vais pas lui dire ça.

— À en juger par la clé USB que tu m'as donnée, je dirais que c'est planifier le mariage.

— Je vois.

Jackie lève ses mains et recule.

— J'ai peut-être été un peu trop zélée après la demande en mariage de Flynn et je n'ai pas pensé à la clé USB. Je l'ai constituée il y a un moment, après que Flynn et moi, euh, tu sais...

— Après que vous avez commencé à baiser comme des lapins ?

— Jul' !

Elle frappe mon bras, ses joues roses.

— Mais oui.

Nous rions toutes les deux jusqu'à ce que Jackie s'immobilise soudainement, attrapant mes épaules, les yeux écarquillés.

— Par Mercure. Tu ne peux pas dire à Flynn que j'ai fait ça il y a si longtemps, j'aurais l'air... j'aurais l'air...

— D'être super excitée d'être avec lui et de ne pas pouvoir attendre pour planifier la prochaine étape ?

Elle se mord la lèvre.

— Tu penses que Flynn le verra de cette façon ?

Je hausse les épaules.

— Honnêtement, je ne pense pas que Flynn s'en inquiétera. C'est lui qui t'a demandée en mariage, après tout, donc il a dû y penser depuis aussi longtemps que toi. La seule différence, c'est que tu es accro aux recherches, alors tu as tout mis sur une clé USB.

— Hum.

Elle laisse retomber ses mains et remonte ses lunettes sur son nez.

— Oui, je suppose que tu as raison.

— J'ai toujours raison.

— Jul'...

Son exaspération est si amusante.

Putain, ça m'a manqué de la taquiner.

— Écoute, allons simplement sur Pinterest et...

— *Pinterest ?*

Mes sourcils se froncèrent à l'expression abasourdie de Jackie.

— *Toi, tu* as un compte Pinterest ?

Elle parle avec lenteur à nouveau, mais je pense que cette fois, cela a plus à voir avec la confusion que la frustration.

Je fronce un peu plus les sourcils.

— Ben oui. *Évidemment.* Sinon, comment allais-je gérer ce mariage ?

— Euh...

Des sourcils marron clair se courbent sur le dessus de ses lunettes.

— Je ne pensais pas que tu t'occuperais du mariage.

Ignorant son ton, je détaille mes efforts :

— J'ai tout un tableau de robes de demoiselles d'honneur.

Je fronce les sourcils vers Jackie, me souvenant de toutes les recherches que j'ai effectuées pour ce tableau en particulier.

— Tu me dois *beaucoup* juste pour avoir eu à comprendre la différence entre le tulle et la mousseline et ce qui tiendrait mieux pour une cérémonie dans la grange.

— Tu as fait ça ?

Les yeux de Jackie s'écarquillent derrière ses lunettes. Elle ressemble un peu à une chouette.

— Pour moi ?

Une chouette qui est sur le point de pleurer.

Mes bottes s'agitent dans la terre alors que je cherche quelqu'un pour intervenir. J'ai déjà eu une discussion sur les sentiments aujourd'hui. Je ne peux pas supporter les larmes de ma meilleure amie. Surtout sans culotte. Il semble y avoir quelque chose de mal à réconforter quelqu'un lorsqu'on est nue sous son jean.

Je dois déléguer la situation. Parce que c'est ce que fait un bon commandant.

Je scanne le porche de la maison. Vide.

Le champ à ma gauche. Vide.

Derrière moi, dans la grange, il y a une organisatrice de mariage indésirable et des chevaux.

J'envisage sérieusement de conduire Jackie dans l'une des stalles de la grange et de la laisser caresser un cheval jusqu'à ce qu'elle se soit calmée. Ça existe, n'est-ce pas ? L'équithérapie ?

— Mais... renifle-t-elle. Cela ne fait qu'une semaine.

Cette fois, je soupire.

— Du calme, meuf.

Je tire sur sa longue queue de cheval.

— Tu ferais la même chose pour moi.

Elle prend une profonde inspiration et hoche la tête.

— Merci. Nous n'avons pas beaucoup de temps.

Elle penche la tête comme elle le fait lorsqu'elle réfléchit.

— Je suppose que j'aurais dû dire non à Flynn pour le voyage de célébration.

Je pense à la manière dont Flynn se comporte avec Jackie et éclate de rire.

— D'une manière ou d'une autre, je ne pense pas que tu aurais gagné sur ce coup-là.

Ses joues deviennent écarlates.

Ma meilleure amie est si mignonne quand elle couche régulièrement.

— Tu es une si bonne amie. Tu sais que je n'aurais jamais rencontré Flynn sans toi.

Ses yeux recommencent à briller.

— Merde.

Je soupire, ne voulant pas parler de tout ce que j'ai fait, mais connaître les détails annulera toute émotion persistante que ressent Jackie. Les faits l'aident à regagner le contrôle. Et aussi, mon obsession avec les listes est étrangement alimentée par la capacité de Pinterest à cataloguer des idées et j'en suis assez fière.

— D'accord, premièrement, j'ai dressé des listes pour chaque partie du mariage qui devait être exécutée, classées par importance et selon le calendrier.

Jackie hoche la tête

— Deuxièmement, j'ai passé des appels et réservé les lieux avec les meilleurs avis, après avoir transmis à chaque fournisseur des photos spécifiques de ce que vous vouliez et reçu l'assurance individuelle qu'ils pourraient arriver au résultat escompté à temps.

Un autre hochement de tête, celui-ci avec ses yeux un peu plus larges que d'habitude.

— Et troisièmement, j'ai pris rendez-vous pour nous à la pâtisserie et chez le traiteur afin que tu puisses choisir votre menu.

Elle me regarde fixement.

— Je veux dire, Flynn peut venir lui aussi, je suppose.

Cela la fait sourire.

— Tu as adoré faire toutes ces listes, n'est-ce pas ?

Je fais briller mes ongles avec ma chemise, les inspectant au soleil.

— Tu me connais, je suis la pro des listes.

— Oui, dit-elle doucement, s'approchant et me prenant dans ses bras. Je te connais.

Un câlin. Une autre chose que je ne connais pas particulièrement. J'ai l'habitude des tapes sur les épaules, des bravos ou des saluts. Un câlin latéral est mon choix habituel si un contact personnel est nécessaire. Jackie me serre plus fort.

— Ce n'est pas désagréable.

Et puis je me souviens que je suis sans culotte.

Me raclant la gorge, j'essaie de me redresser.

— Donc, comme tu peux le voir, tout est sous contrôle. Pas besoin d'organisatrice de mariage.

Elle souffle un rire contre mon épaule avant de reculer.

— Mais Jul', une organisatrice de mariage peut prendre le relais à partir d'ici, s'assurer que tout se passe bien. Elle peut contacter les fournisseurs, vérifier les livraisons et effectuer les paiements afin que...

Elle s'interrompt en fronçant les sourcils.

— Hé, attends une minute. Comment *as*-tu réservé les fournisseurs ? Je ne t'ai pas donné d'argent pour les cautions.

— Eh, ne t'en fais pas pour ça, dis-je en haussant les épaules.

Jackie tape du pied.

— Jul' ! Tu en fais trop. Tu ne peux pas *payer* pour mon mariage !

Je suis en partie surprise par le ton de la voix de ma meilleure amie, habituellement si réservée, et en partie amusée. Mais je sens que rire n'arrangera pas la situation.

— Elle a raison. Tu ne le peux pas, interrompt une voix familière. Mais j'espère que vous me laisserez le faire, Flynn et toi.

Holt arrive sans être détecté juste au moment où Jackie atteint son point d'ébullition. Flynn est juste derrière lui. Où étaient-ils quand j'ai été menacée par ses larmes ?

Le mécanicien nouvellement fiancé passe un bras autour de Jackie.

— Merci, mec, mais...

— J'insiste.

Holt se rapproche de moi, comme s'il voulait passer son bras autour de moi comme son frère l'a fait avec Jackie, mais il ne le fait pas.

Je me demande si c'est parce que je me suis faufilée hors de la buanderie.

Il garde sa main à ses côtés, mais je vois son poing se serrer.

— Je sais que maman et papa ne sont pas là, mais s'ils l'étaient...

Flynn ricane.

— Ils ne seraient probablement pas venus.

Holt fronce les sourcils mais concède la déclaration de Flynn avec un hochement de tête.

— Tu as peut-être raison. Mais nos parents auraient au moins *payé* pour le mariage de leur fils, dit-il avec un rictus. La société l'exigerait.

Flynn fronce les sourcils mais ne discute pas. Mon cerveau, auparavant bloqué sur le fait de me demander si *je* devrais mettre le bras de Holt autour de moi ou non, s'arrête sur le fait que leurs parents ne seraient pas venus au mariage de leur fils. Quels connards.

— Eh, les mecs, appelle Jackie en agitant sa main entre les frères. Vous vous souvenez de moi ? La mariée ? J'ai aussi de l'argent de côté pour ça, vous savez.

Elle croise les bras sur son T-shirt Old Dominion usé.

Cette fille est devenue fan de musique country moderne ces derniers temps. Elle est vraiment à fond sur ce fétiche de cow-boy.

Je regarde Holt dans son jean moulant et sa chemise rentrée. Je ne peux pas lui en vouloir.

— Et je suis presque sûre que mon père aurait quelque chose à dire à ce sujet, lui aussi. L'une de ses Converse tapote la terre en dessous de nous.

Flynn la serre dans ses bras, les bras croisés et tout.

— Je sais, chérie. Nous n'avions pas l'intention de t'exclure.

Il l'embrasse en faisant la moue jusqu'à ce qu'elle éclate de rire.

Mon Dieu, ils sont tellement mignons que cela me fait mal aux dents.

— *Quoi qu'il en soit*, continue Holt, ignorant le couple qui s'embrasse, j'ai déjà mis de côté des fonds pour cela.

Flynn s'écarte d'une Jackie au visage rose en clignant des yeux.

— Pardon, quoi ?

Je raille :

— Tu as un véritable fonds de *mariage*.

Holt hoche la tête.

— Pour *Flynn* ?

— Oui. Comme pour Rose, déclare Holt, comme si c'était une chose courante pour les hommes célibataires de créer des fonds de mariage pour leurs frères et sœurs orphelins. Après la mort de maman et papa, cela semblait être une bonne idée de s'assurer que tout était prévu et pris en charge.

Flynn, Jackie et moi nous regardons dans un moment de silence réfléchi.

Puis on éclate de rire.

— Tu avais dix-huit ans, Holt ! finit par dire Flynn, son ton abasourdi reflétant mon propre choc amusé. Tu es en train de me dire que tu as pensé à créer des fonds de mariage quand tu avais *dix-huit* ans ?

Holt hausse les épaules, l'air légèrement mal à l'aise maintenant qu'il réalise que sa planification financière n'était peut-être pas si normale.

Les mains sur mes hanches, j'examine l'homme que j'ai chevauché quelques heures plus tôt, un énorme sourire sur le visage.

— Tu es donc un scout *et* un cow-boy ?

Il rougit, passant une main dans ses cheveux. Lorsqu'il l'abaisse, elle retombe derrière moi, reposant sur le bas de mon dos.

Des picotements me traversent tout le corps.

— Rose a aussi un fonds de mariage ? demande Flynn en souriant.

Et sans remarquer la manœuvre de Holt.

Les yeux de Jackie sont rivés sur mon ventre comme si ses lunettes lui donnaient une vision à rayons X.

Holt hoche la tête, ses doigts effleurant le haut de mes fesses

— Bien que ce soit le double du tien. Il fait un clin d'œil.

Tout le monde rit à nouveau, le moment soulageant la douleur dans ma poitrine. Il me vient à l'esprit que ça n'a pas fait mal de toute la journée jusqu'à ce que Holt hésite à me toucher. Bizarre.

— Hé, je n'en demande pas tant que ça !

Nous nous retournons tous les quatre pour voir Rose débarquer dans ses bottes de cow-boy à franges.

— Rose ! s'écrie Flynn en prenant sa sœur dans ses bras. Qu'est-ce que tu fais ici ?

Elle fait un geste du doigt.

— Je suis venue avec Trish.

Nous regardons tous par-dessus l'épaule de Rose pour voir Trish faire les cent pas à côté de la voiture de sport de Rose. Elle a l'air furieuse, et je me demande qui a autant contrarié la douce dame du Sud.

Rose regarde Flynn et Jackie avant de poser ses mains sur ses hanches.

— Vous pensiez que je vous laisserais commencer à planifier un mariage sans moi ?

Holt imite sa position, attirant son attention.

— Euh, je crois que c'est *exactement* ce que tu m'as dit de faire la dernière fois que je t'ai vue.

— J'avais mes raisons.

Elle hausse les épaules et regarde entre Holt et moi, en particulier là où se trouve la main de Holt.

— Et ces raisons ont payé, je vois.

Holt rougit et recule, le froid soudain dans le bas de mon dos me faisant frotter l'endroit sur ma poitrine.

— Excusez-moi, puis-je dire quelque chose ?

La stupide organisatrice de mariage, que j'avais complètement oubliée jusqu'à présent, passe la tête par la porte de la grange.

— Je suis vraiment désolée, madame Waguespack.

Jackie se précipite vers la femme.

— Je ne pensais pas vous quitter si longtemps. Jul' et moi étions juste... Euh...

— C'est pas grave.

La femme lui tapote la main comme une mère, bien qu'elle ne puisse pas avoir plus de quelques années de plus que Jackie.

— Je sais que les mariages peuvent être stressants. Même pour les amis.

— Les *meilleures* amies, dis-je, fusillant la femme du regard tout en ignorant le rire de Rose et le soupir de Jackie.

La femme sourit simplement.

— Oui, même pour les meilleures amies.

Rose s'avance à côté de moi et me donne un coup de coude sur les côtes.

— Je ne sais pas dans quoi je mets les pieds mais pourquoi n'écoutons-nous pas ce que la professionnelle a à dire avant que tu ne la tues d'un regard ?

Je dirige mon regard vers la traîtresse blonde. Rose se contente de battre des cils.

Je ne sais pas pourquoi je suis si opposée à faire appel à une organisatrice de mariage. Honnêtement, c'est la réponse à beaucoup de mes problèmes. Comme Jackie l'a dit, je *suis* occupée à déléguer la formation à de nouveaux astronautes, à revoir les plans d'expériences futures à bord de l'ISS, les relations publiques, la planification des vols... et, évidemment, à éviter un harceleur.

Je me demande si Cookie aimerait manger des myosotis ? Les vaches mangent des fleurs, non ?

Rose me donne un coup de coude.

En regardant autour de moi, je prends conscience que tout le monde attend ma réponse. Je devrais dire d'accord. Je devrais céder. Mais, et si cette madame Waguespack ne comprenait pas ce que veut Jackie ? Et si elle essayait de la convaincre qu'il lui faut un mariage à l'église et non dans une grange ? Et si elle ne connaissait pas la différence entre le tulle et la mousseline ? C'est important, ces trucs, bon sang.

— Aïe.

Je retire ma main de mon sternum.

— Ça va ? me demande Jackie en jetant un coup d'œil à l'endroit où j'ai frotté ma peau à vif.

— Oui, ça va.

Je force ma main à retomber sur mon côté et regarde à nouveau l'organisatrice de mariage.

— Tu es sûre de ton coup ?

— Est-ce que les chefs ne sont pas censés savoir déléguer ? me demande Rose en battant des cils.

On dirait qu'elle essaie de faire voler ses yeux.

Jackie se mord la lèvre et hoche la tête, Flynn et Holt regardent partout sauf dans ma direction, même si je peux dire que Flynn combat un sourire. Madame Waguespack établit un contact visuel avec moi. Cela demande du cran.

Je soupire.

— Bien.

Tout le monde laisse échapper un souffle de soulagement, même Jackie, ce qui me fait me sentir comme une gamine.

Peu importe.

— D'abord s'il vous plaît, appelez-moi Samantha, demande l'organisatrice du mariage en me tendant la main.

Je la prends et lui donne une ferme poignée de main. Elle ne bronche pas et sa main n'est pas molle dans la mienne, mais secoue fermement également. Un autre point pour elle.

— Et ensuite, je n'ai pas pu m'empêcher d'entendre que vous avez fait un excellent travail de base pour que le mariage commence.

Je gère un grognement.

Les lèvres de Samantha se contractent.

— Pourquoi ne regardons-nous pas ce que vous avez fait afin de voir comment je peux vous aider ?

En regardant le visage plein d'espoir de Jackie, je cède.

— Bien. Je vais chercher mon ordinateur portable et mes tableaux d'idées.

— Tu as des tableaux d'idées ?

Jackie ressemble à nouveau à une chouette. Rose n'a pas l'air très différente.

— Ma chère, dit l'organisatrice de mariage avec sérieux, toute organisatrice de mariage qui se respecte a des tableaux d'idées.

Je sais qu'on me manipule, mais je m'en fiche. Ma poitrine se gonfle tout de même de fierté.

— C'est vrai.

Rose lève les yeux au ciel.

Je me rapproche de la petite femme.

— Allez, Sam. Allons voir ces tableaux.

Nous ignorons tous les deux le groupe qui rit derrière nous.

DIX-HUIT
ENTRAVE

Jul'

— C'est à toi, tout ça ? demande Rose. Meuf, tu es aussi folle que Jackie.
— Hé !

Je suis de retour dans la buanderie, heureusement aucune preuve de Holt et de mes *sexcapades* visibles. Mais mon œil continue d'aller vers le panier de linge sale.

— Hum, bonjour ?

Rose fait signe à toutes mes listes affichées sur les murs et rit.

— Tu ne peux pas me dire que tu n'aimes pas tout ça, Jackie. C'est tout à fait ton truc, avec ton ordre d'opérations, tes recherches compulsives et ton côté intello en général.

Mes yeux se tournent vers Rose.

— Ouah. Je peux accepter la remarque folle et même le côté compulsif...

— Parce que c'est vrai, murmure Rose.

Mon regard se rétrécit.

— Mais je trace la ligne au mot « intello ».

Flynn, debout dans l'embrasure de la porte, tire Jackie contre lui, inclinant ses lunettes.

— Les intellos sont canons.

Rose et moi levons les yeux simultanément les yeux au ciel. Trish éclate de rire.

— Oui oui… nous savons tous que tu bandes pour cette intello en particulier.

Mes mots rendent le visage de Jackie écarlate.

— Mais c'est son truc. Je suis…

— Efficace, lance l'organisatrice de mariage devant mon ordinateur portable. Elle et moi savons toutes les deux qu'elle me caresse dans le sens du poil, mais aucune de nous ne s'en soucie. Je pourrais m'habituer à sa présence.

J'acquiesce.

— Oui. Efficace. Je suis une dure à cuire efficace.

Trish, qui a, sans plaisanter, étudié ses ongles tout ce temps, sourit.

— Tu n'avais qu'à jeter « dure à cuire » là-dedans, n'est-ce pas, ma puce ?

— Chut, la Schtroumpfette, les adultes parlent.

Lesdits ongles disparaissent lorsqu'elle serre les poings.

— Eh, dis donc…

— Du calme.

Je lève les mains et recule d'un pas en riant. Je bute contre le sèche-linge.

— Je plaisantais. Pas besoin de charger ton fusil.

— Attends, tu as une arme à feu ? demande Jackie.

— C'est le Texas, raille Rose. Qui n'en a pas ?

Le regard de Jackie va de l'une à l'autre de ses amies.

— Euh, moi ?

Trish tapote l'épaule qui n'est pas écrasée par le côté de Flynn.

— Je vais t'emmener au champ de tir.

Flynn gémit et rapproche Jackie encore plus près.

— Et si nous ne donnions pas une arme à ma future femme juste avant qu'elle ne commence à s'entraîner pour devenir astronaute ?

Rose ricane.

— Ne sois pas un tel...

— Assez.

La voix de Holt coupe net les chamailleries. Je ne le vois pas, car la buanderie n'est pas assez grande pour tout le monde, mais j'imagine son expression sévère.

— Nous étions censés regarder les trucs pour le mariage. Alors pourquoi sommes-nous dans la buanderie ? demande Rose.

— Parce que c'est là que je fais mon meilleur travail, dis-je.

Holt éclate de rire et essaie de le couvrir d'une toux. Heureusement que personne ne peut le voir, parce que je suis sûre que ce fichu mec est rouge vif.

— Pourquoi la buanderie ? demande Jackie.

Tout le monde se tourne vers moi. Même l'organisatrice de mariage.

— J'aime le bruit, je marmonne.

— C'est-à-dire ?

Trish me regarde innocemment. Je sais qu'elle m'a entendue, mais elle se venge sans doute pour mon commentaire sur sa taille. Je dois faire gaffe autour d'elle.

— Ça ne fait rien.

Je regarde l'organisatrice de mariage.

— Allez-y.

Je fais un geste vers le mur de listes et mon ordinateur. Les filles essaient de se rassembler autour de ce dernier, mais l'espace est étroit. Je me hisse sur le sèche-linge pour faire plus de place.

Les filles font des ooh et des aah, Jackie fait même un saut en regardant une photo pendant que l'organisatrice de mariage prend des notes et des photos de mes listes avec son téléphone. J'essaie de ne pas penser à la façon dont la sécheuse est encore chaude depuis son dernier cycle.

— Flynn, regarde ça !

Jackie montre une photo que j'ai trouvée d'un marié portant des Converse et une autre de la mariée portant des bottes de cow-girl.

— Ne serait-ce pas adorable ?

— Quoi ?

Bien que plus grand que tout le monde, Flynn se penche d'un côté puis de l'autre en essayant de voir au-dessus de la tête des filles. Je recule plus loin sur la sécheuse pour lui laisser plus de place pour s'approcher, et appuie accidentellement sur le bouton marche avec mon mollet.

Cela sonne, puis des vibrations secouent mes fesses sur la surface lisse de l'appareil. Je jure que mon corps a presque atteint l'orgasme rien qu'avec la mémoire musculaire. Rapidement, j'appuie sur le bouton d'arrêt, me sentant plus agitée que je ne voudrais l'admettre. Quand je lève les yeux, Jackie me sourit.

— Quoi ?

Je baisse les yeux sur mes perfides tétons, pensant que je nous ai en quelque sorte trahis, Holt et moi.

— Je sais pourquoi tu aimes travailler dans la buanderie, déclare ma meilleure amie avec l'air fière d'elle-même.

Elle ne me trahirait pas vraiment, n'est-ce pas ? Je jette un coup d'œil à la porte, où je peux juste voir l'épaule de Holt.

— Ça te rappelle le bruit de la Station spatiale internationale, n'est-ce pas ?

Je cligne des yeux, à la fois surprise que Jackie puisse comprendre cela et reconnaissante qu'elle *n'ait pas* compris pourquoi mon jean est probablement mouillé.

— Alors j'avais raison, tu es une intello ! s'esclaffe Rose avant de se pencher pour attraper quelque chose sous le comptoir. Une intello qui aime aussi le BDSM ?

Elle se redresse, le collier clouté et strass de Cookie à la main.

Holt ne prend pas la peine de retenir son rire cette fois.

HOLT

— ALLEZ, ne vous inquiétez pas, elle est vraiment douce.

Rose regarde Jul', qui caresse Cookie avec méfiance.

— Tu réalises que j'ai grandi avec des vaches, n'est-ce pas ?

Elle regarde autour de l'étal.

— Bien que je ne me souvienne pas qu'aucune d'entre elles ait eu droit à un logement comme celui-ci.

Cookie et sa mère, qui l'allaite toujours, vivent dans un luxe rustique, dans une stalle à chevaux de double largeur avec des couvertures, des lumières de Noël blanches accrochées au plafond et une petite radio jouant du Mozart.

Quand et comment Jul' a réussi à arranger ça, je n'en ai aucune idée. Mais étant donné qu'elle a récemment rassemblé et conquis un groupe de garçons prépubères, je suis sûr que mes travailleurs n'étaient pas trop difficiles à convaincre.

Trish ramasse un talon haut, puis l'autre.

— Je ne me suis pas habillée pour rendre visite à des vaches.

— Non, tu es habillée pour faire des strip-teases, dit Jul' sans regarder.

Trish se renfrogne.

— Le simple fait de porter les talons que Rose et toi m'avez achetés me demande beaucoup de concentration pour réaligner mon équilibre naturel, dit Jackie en penchant la tête et en examinant les chaussures de Trish. Et ce sont des bottes qui soutiennent mieux le pied que tes talons aiguilles.

Trish hausse les épaules.

— Je les mets depuis si longtemps que je n'y pense même pas.

— Vraiment ?

Jackie remonte ses lunettes.

— Ma mère m'a fait participer à des concours très jeune.

— Tu as été une reine de concours de beauté ? demande Jul', sa voix faisant penser que Trish vient de la blesser mortellement.

Rose se redresse.

— Est-ce que tu viens de parler de ta famille ?

L'expression habituellement amusée de Trish se relâche, et j'ai l'impression qu'elle regrette d'avoir dit ça.

— Pardon ? s'écrie Jul' en indiquant Cookie. Il y a une vache de compagnie dont il faut s'occuper ici.

Les épaules de Trish se détendent et elle lance un sourire reconnaissant à Jul', qui en profite pour la traîner, talons aiguilles et tout, dans la stalle, pour caresser Cookie.

Jul' est une bonne amie.

— Les vaches font-elles de bons animaux de compagnie ?

Jackie, toujours curieuse, s'avance pour inspecter Cookie. Il me faut une minute pour réaliser qu'elle me parle.

— Euh... Je me frotte la nuque. Eh bien...

— Cookie est un *super* animal de compagnie, dit Jul', les yeux plissés vers moi.

— Oui, pour sûr.

Je ne pourrais pas enlever le sarcasme de ma voix si j'essayais. Ce que je n'ai pas fait.

M'ignorant, Jul' fait signe à Jackie de se rapprocher.

— Regarde ça.

Elle montre le sol devant Cookie.

— Pas bouger.

Elle recule. Lorsque Cookie reste immobile, Jul' me jette un regard triomphant.

— Tu vois, je te l'avais dit.

Rose ricane mais s'arrête lorsque Jul' fait un pas dans sa direction.

— Ouah, du calme. Je prenais juste un moment pour apprécier à quel point tu t'intègres bien au ranch.

Jul' hausse les épaules, mais je ne rate pas son regard dans ma direction.

— Ce n'est pas un endroit difficile à intégrer.

— Vraiment ? Rose me lance un regard narquois, ce qui, je le sais d'expérience, n'annonce rien de bon.

— Oui, même les enfants du centre-ville adorent venir ici.

Distraite, Rose se concentre de nouveau sur Jul'.

— Qui ?

— Tu ne le savais pas ?

Jul' donne une dernière tape à Cookie avant de s'appuyer sur la rambarde près de Rose.

— Holt a développé un programme qui amène les enfants défavorisés de la ville ici au ranch. Nous avons passé la journée au bord de l'étang à nager et à pêcher.

Les yeux maintenant dardés sur moi, la bouche de Rose s'ouvre.

— Pourquoi est-ce que je n'étais pas au courant ?

— Je ne pensais pas...

Flynn arrive en courant dans la grange, apparemment de retour après être allé chercher le dîner.

— Qu'est-ce que j'ai raté ?

Le regard de Rose devient accusateur.

— Il semblerait que notre frère dirige une œuvre de charité secrète.

Flynn me fait un signe de tête avant d'enrouler ses bras autour de Jackie par derrière.

— Cool.

— N'est-ce pas ?

Le sourire de Jul' est nettement suffisant.

— Il devrait commencer à le diriger à temps plein.

— Tu aimerais ça ? me demande Rose.

Je hausse les épaules en me frottant la nuque.

— Je n'en ai pas vraiment le temps, avec le ranch...

— C'est n'importe quoi.

Jul' écarte mes mots de la main.

— Tucker peut gérer les opérations quotidiennes.

Elle tape joyeusement le bras de Jackie.

— Tu le crois, toi, qu'il n'y avait pas de filles dans le programme ? Je vais régler *ça* très vite.

— Oui, acquiesce Jackie. Bonne idée.

Jul' claque des doigts.

— Hé, je pourrais même mettre Holt en contact avec l'équipe des relations publiques de la NASA et...

La conversation s'obscurcit dans mon esprit et j'ai du mal à respirer. Je me souviens que ma mère faisait la même chose à mon père. En lui disant à quel point ce serait facile s'ils arrêtaient de travailler dans le ranch et profitaient des millions de droits pétroliers. S'ils achetaient un appart en ville, s'ils commençaient à faire des courses de voitures. Avant qu'il ait pu dire ouf, tout ce que mon père avait aimé à propos d'être ici a disparu, ainsi que sa famille. Il y a déjà eu tellement de changements.

— Assez.

Tout le monde sursaute, ma voix est beaucoup plus dure que je ne le pensais.

— Allons manger.

Sans un mot, je me retourne et commence à marcher vers la maison.

JUL'

— Putain de merde.

Rose place l'un des plats préparés sur la grande table, regardant autour de la salle à manger.

Je ris.

— C'est exactement ce que Flynn a dit quand il a vu la rénovation en cours.

Jackie, Trish et moi continuons de déposer les boîtes, les filles poussant des exclamations devant la nouvelle peinture et les planchers rénovés, mais mon esprit est tourné vers Holt. Est-il en colère contre moi ? En y réfléchissant, il est étrange qu'il n'ait jamais parlé du programme à sa famille. Je ne vois pas pourquoi il ne l'a pas fait. C'est quelque chose dont il devrait être fier. Mais peut-être qu'il est fâché que j'en aie parlé ?

— En regardant bien, je ne pense pas que tu as changé tant de choses que ça, mais ça a quand même l'air tout neuf.

Rose touche les rideaux bleus et blancs de la double fenêtre.

— Oui, cette pièce n'avait besoin que d'un léger rafraîchissement.

Je dépose la dernière boîte.

— Mélissa a dit que comme tous les meubles étaient des antiquités et en bon état, il n'y avait pas vraiment grand-chose à faire.

— C'était ceux de Mamie.

La voix de Rose prend un ton sentimental.

Flynn marche en portant des assiettes.

— Je me souviens de beaucoup de repas ici.

La fratrie West, heureuse et nostalgique, permet de repousser plus facilement mes pensées troublantes.

— Ah oui ?

— Oh oui.

Flynn hoche la tête, plaçant soigneusement la porcelaine devant chaque chaise.

J'avais essayé de prendre des assiettes en papier dans le garde-manger, mais Rose m'a claqué la main et a exigé de la porcelaine. Nous allons sérieusement manger des plats à emporter chinois sur de la porcelaine de prix. J'ai presque eu une migraine en levant les yeux au ciel.

— Quand nos parents sont décédés et que Holt nous a installés ici, il s'est toujours assuré que nous dînions ensemble. Tous les jours à 19 heures pétantes.

Flynn imite Holt en disant cette dernière phrase, ce qui nous fait tous rire de bon cœur.

Rose suit son frère, corrigeant le placement des plats selon ses normes.

— Oui. Même si Holt était toujours occupé à travailler au ranch, et à s'assurer que les membres du conseil d'administration de West Oil ne merdent pas, il veillait à ce que nous dînions tous ensemble.

Elle fronce les sourcils, comme si elle réalisait soudain à quel point cela avait été difficile pour son frère aîné.

— Tous les soirs.

— Oui, eh bien, il y avait beaucoup de repas basiques et de plats à emporter.

Holt entre, les bras chargés d'argenterie et de serviettes en tissu.

— Tu étais occupé à organiser des fonds de mariage, dis-je en lui donnant un coup de coude. Je suis sûre que personne ne s'attendait à ce que tu deviennes également un grand cuisinier.

Heureusement, il sourit en retour. Peut-être que je n'ai pas foiré après tout.

— Nous ne t'avons certainement pas facilité la tâche, s'esclaffe Rose. Avec toutes les écoles privées dont j'ai été expulsée.

— Et toutes les fêtes auxquelles je suis allé, ajoute Flynn.

— Ah, qui s'en soucie ?

Holt se place entre les deux, un bras autour de chacun.

— Regardez-vous, maintenant, dit-il en serrant Flynn plus fort. Tu as une entreprise prospère et as réussi à ce qu'un véritable génie accepte de t'épouser.

C'est ensuite au tour de Rose de se faire presser contre lui.

— Et celle-ci est sur le point d'obtenir son diplôme universitaire plus tôt que prévu.

— Attends, quoi ?

Flynn se penche en avant, regardant Rose.

— Depuis quand ?

Des félicitations pleuvent sur Rose, qui essaie de faire comme si de rien n'était mais qui ne peut pas non plus empêcher le grand sourire qui illumine son visage. Holt se réinstalle, souriant également, appréciant manifestement d'avoir à nouveau ses frères et sœurs sous le même toit.

Holt West est vraiment un mec bien.

Et je veux lui sauter dessus. Genre, tout de suite.

Il croise mon regard et il doit être équivoque car il devient rouge.

Trish arrive avec deux pichets de bière, provenant du fût que Flynn a apporté de Clear Lake. Un spécialiste des fusées de la NASA, des développeurs de combinaisons spatiales et des chefs de mission se sont lancés dans la fabrication de bière, et leur entreprise, True Anomaly, fait de la bonne bière.

Pendant ce temps, Holt s'étouffe presque en jetant un coup d'œil aux talons hauts de Trish, qui est en train de marcher sur le plancher de la salle à manger.

— Allez, les gens. Mangeons !

Elle se glisse gracieusement sur une chaise et place une serviette sur ses genoux.

— Je meurs de faim.

Je doute fortement que ce petit brin de femme mange plus que cet équivalent d'un encas, mais je m'assieds et commence à ouvrir les boîtes. Tout le monde s'installe à table.

La bière coule à flots alors que nous vidons plusieurs boîtes de cuisine chinoise. Nous rions tous alors quand ils se moquent de moi pour être une témoin hyper zélée. Holt se fait taquiner pour avoir vécu si longtemps dans un musée dédié aux années 1970. Et nous taquinons tous Rose juste pour parce que c'est Rose.

C'est l'un des meilleurs repas que j'aie jamais fait. Et je n'ai même pas eu de rouleau de printemps.

Trish se lève, s'en va et revient, réussissant d'une manière ou d'une autre à marcher comme une dame dans ses chaussures de strip-teaseuse, tandis que les yeux de Holt se plissent à nouveau sur ses talons.

— N'oublions pas les biscuits chinois !

— Miam, donne !

Je tends la main mais Trish tire le sac hors de ma portée. Furieuse, je pointe mon doigt vers son petit cul.

— Écoute, Schtroumpfette. J'ai eu une journée difficile. Et comme Holt n'a pas pu me faire des cookies aux pépites de chocolat vu que la cuisine n'est pas encore opérationnelle et que quelqu'un a volé mon rouleau de printemps, je vais sérieusement devenir folle si je n'ai pas de biscuit chinois. Et tout de suite, dis-je en plissant les yeux.

— Mince.

Trish me lance le sac et recule, les mains en l'air.

— Sers-toi.

— Attends un peu.

Rose penche la tête vers son frère.

— Tu allais faire les cookies aux pépites de chocolat de Mamie pour Jul' ?

Holt remue sur son siège. Le pauvre. Je ne voulais pas lui taper l'affiche comme ça.

— Du calme, meuf. Il n'y a rien de mal pour un homme à savoir cuisiner.

Je retire le film plastique autour du cookie.

— Pas de honte à faire de la pâtisserie.

Jackie rit.

— Tu es tellement bizarre.

Je hausse les épaules, mais Rose ne quitte pas Holt des yeux.

— J'ai raison ? C'était la recette de Mamie ?

L'intensité de Rose me fait réévaluer ses raisons de poser la question. En regardant Flynn, je vois qu'il attend également la réponse de Holt.

Holt se contente de remuer les restes de riz dans son assiette.

— Qu'est-ce qui se passe avec les cookies de la grand-mère West ?

Mes yeux font du ping-pong entre les frères et sœur West.

— Ils sont aphrodisiaques ou quelque chose comme ça ?

Rose détourne enfin le regard de Holt et me sourit narquoisement.

— On pourrait dire ça comme ça.

— Rose...

Il y a une note d'avertissement dans la voix de Holt qui semble n'amuser que Flynn.

— Mamie a dit que tu ne devais faire ses cookies aux pépites de chocolat que pour les gens que...

— Allez, c'est assez.

Holt se redresse sur son siège.

— Jul', fais passer les biscuits chinois, veux-tu ?

Je ne sais peut-être pas exactement ce que grand-mère West a dit à propos de ses cookies, mais j'ai suffisamment confiance en mon instinct pour savoir que je ne suis pas prête à l'entendre. Surtout que je ne sais toujours pas si Holt est en colère contre moi.

— Bien sûr, cow-boy.

Je distribue les biscuits, jetant les délices emballés en plastique un par un, impatiente de passer à autre chose.

Heureusement, Rose cède et lit sa prédiction :

— Une rencontre fortuite ouvre de nouvelles portes vers le succès et l'amitié.

— Au lit, conclus-je, contente de me retrouver dans une atmosphère moins gênante.

Les filles rient.

— Pouah, fait Flynn en passant une main sur son visage. N'ajoute pas *au lit* à la prédiction de ma sœur.

Rose lève les yeux au ciel.

— Eh bien, je suppose que nous ne pouvons pas non plus l'ajouter à celui de Jackie, du coup.

Flynn la regarde et elle s'empourpre en lisant silencieusement la petite bande de papier devant elle.

— Humm, ça dépend, répondit-il, essayant de regarder par-dessus son épaule. Qu'est-ce que ça dit, Chérie ?

Maintenant couleur pivoine, Jackie se penche loin de lui.

— Euh...

J'arrache la petite bande de papier de ses mains.

— Hé !

— Trop lente, Chérie. Trop lente.

Je lis en m'esclaffant.

— Oh, c'en est une bonne.

Jackie glisse sur sa chaise pendant que je me racle la gorge.

— Il est temps d'essayer quelque chose de nouveau.

— *Au lit*, ajoutons Rose, Trish et moi d'une seule voix, éclatant de rire pendant que Jackie couvre son visage rouge. Mon Dieu, ça doit être épuisant de toujours montrer ses sentiments comme ça. Heureusement que je ne rougis pas.

Flynn se penche en arrière sur sa chaise, un sourire satisfait sur le visage.

— Bon, allez...

— D'accord, d'accord, Jackie lui tape les bras en riant. Trish, à ton tour.

Toujours souriante, Trish ouvre son cookie.

— Rien n'étonne plus les hommes que le bon sens et la simplicité. Au lit.

— Ha ! Rose donne un coup sur la table. N'est-ce pas la vérité !

Holt ferme les yeux et secoue la tête. Flynn ignore sa sœur et se blottit dans le cou de Jackie. Elle fait semblant de le repousser.

Le visage douloureux à force de sourire, je lis ma prédiction :

— Vous avez beaucoup de talent, à bien des égards. Je marque une pause pour effet. *Au lit*. Évidemment, conclus-je en m'époussetant l'épaule.

Plus de rires.

Jackie, cette fouine, regarde Holt, dont le regard dans ma direction est devenu étrangement contemplatif.

— Et qu'en est-il de la tienne, Holt ?

Toujours en me regardant, Holt déclare :

— Arrêtez de chercher. L'amour est juste devant vous.

Tout le monde hulule et se déchaîne, lançant des insinuations peu subtiles.

Comme je l'ai dit, je ne rougis jamais. Mais bon sang s'il ne fait pas dix degrés de plus tout d'un coup.

———

— Vous êtes tous en état de conduire ?

Holt tient Rose par les épaules et la regarde dans les yeux.

— Combien tu as bu ?

Rose le rabroue.

— Détends-toi, *Papa*. Je n'ai bu qu'une seule bière. Et j'ai mangé beaucoup de plats chinois.

— Oui, eh bien, on ne peut jamais être trop prudent.

Flynn les sépare, se penchant pour embrasser la joue de Rose.

— Tu viens bientôt nous rendre visite à Clear Lake ?

Rose hoche la tête.

— J'y serai. Mais je resterai chez Trish.

Jackie fronce les sourcils.

— Pourquoi ? Nous venons d'installer un jacuzzi et...

— Oui, non. Vous baisez comme des lapins. Je n'entre pas dans ce truc.

— Rose, voyons.

Le ton de Holt me fait beaucoup penser au général.

Je secoue la tête.

— Holt, laisse tomber. C'est une adulte. Elle peut dire merde et baiser si elle le veut.

— Non, crie Flynn en se redressant et en mettant ses mains sur ses oreilles. Lalalala.

Il marche à reculons vers sa Mustang vintage dans l'allée.

— Je m'en vais.

En riant, Jackie le suit.

— Tu sais, pour être honnête, Rose doit beaucoup entendre parler de *toi*...

Leur conversation s'éloigne, puis la Mustang rugit, noyant tout bruit jusqu'à ce que leurs feux arrière s'éteignent sur la route.

— D'accord, dit Rose, se dirigeant vers sa voiture. Nous ferions mieux de prendre la route.

Je regarde Trish.

— Tu vas en ville avec Rose ?

— Oui, j'ai pris des vacances, fait-elle en haussant ses fines épaules. Je pensais les passer en ville.

— Bien sûr, des vacances.

Rose lui donne un coup de coude.

— Nous savons tous que tu te caches de...

Le coude de Trish part.

— Putain !

Rose se frotte le sein, regardant Trish. Un sein que Trish vient de frapper.

— C'est quoi ce bordel ?

Holt soupire. Trish hausse simplement les épaules et se regarde les ongles.

— Je pense que je t'adore, toi, dis-je à Trish, qui me fait un sourire avant de se diriger vers la voiture de sport de Rose sur ses talons.

Rose, la main toujours sur son sein, embrasse Holt sur la joue.

— Conduis prudemment.

— Oui oui. Rose suit Trish, en murmurant « Sale naine ».

En riant, je me tiens près du porche et les regarde s'éloigner. Trish fait un signe du petit doigt au passage.

Et ensuite, il n'y a plus que nous. Pas de gens, pas de bruit.

Le silence s'étend juste un peu trop longtemps pour être vraiment confortable.

— Alors... Holt se balance sur ses talons.

— C'était super sympa, ce dîner.

Mon Dieu, je crains.

— Oui. C'était sympa.

Il n'a pas l'air moins maladroit que moi. Alors au moins on craint ensemble.

Merde. Je vais juste être honnête.

— Holt, je...

Un bourdonnement rompt le silence.

— C'est ton téléphone ?

Le visage de Holt a l'air plus dur qu'il y a une minute.

— Euh, oui. Probablement juste l'une des filles.

— Mais elles viennent de partir.

— Tu connais ces idiotes.

Il ouvre la bouche pour parler, mais je le coupe.

— Je vais aller dire bonsoir à Cookie. Je te vois à l'intérieur dans une minute, d'accord ?

Holt est calme, me fixant si intensément avec ses yeux couleur whisky que pendant un instant j'ai envie de lui dire ce qui se passe. Je veux me décharger de toute la douleur et la peur que j'ai gardées à l'intérieur, enfermées. Mais je ne sais pas comment. Ces sentiments me sont si étrangers que je n'attends même pas la réponse de Holt : je me retourne et m'éloigne.

J'ai peur d'admettre que j'ai peur, peur d'admettre que j'ai peut-être besoin d'aide, peur d'admettre que cela m'importe.

Enfin seule dans la grange, j'entre dans la stalle de Cookie et sors mon téléphone.

— Putain de merde.

L'image se grave dans mon cerveau et je me penche en arrière pour glisser le long du mur de la stalle, m'asseyant sur mes fesses.

Cookie, comme le bon animal de compagnie qu'elle est, s'accroupit à côté de moi, posant sa tête géante et lourde sur mes genoux. Mais même le soutien du bovin le plus intelligent du monde ne peut pas me faire oublier la photo sur mon téléphone.

Bien qu'évidemment tirée d'un vieux western, si l'on se fie au grain et à la couleur de l'image, l'image d'un cow-boy mort pendu à un arbre suffit à me donner la nausée, à moi, la personne qui peut supporter huit g sans cligner des yeux.

C'était déjà assez grave quand cette personne, quelle qu'elle soit, qui a dirigé sa colère contre moi, m'a menacée. Mais Holt ne sera pas impliqué dans tout ça. Il a dit que le ranch était l'endroit où il se sentait en sécurité, là où il se sentait le plus heureux. Je ne suis pas sur le point de lui enlever ça.

Je caresse la tête de Cookie, me réconfortant un instant avant de faire ce que je dois faire.

DIX-NEUF
ALPHA MIKE FOXTROT

HOLT

Quelque chose ne va pas.

Je me suis dit de ne pas tirer de mauvaises conclusions chaque fois que Jul' fronce les sourcils devant son téléphone, ou le cache de ma vue, ou, comme il y a un instant, s'enfuit pour ne pas avoir à répondre devant moi.

Elle mérite son intimité. Elle ne me doit rien. Elle n'est pas maman.

Mais dans le calme de ma chambre, des voix du passé remplissent ma tête.

Avec qui tu étais ? Pourquoi une fille ne peut-elle pas simplement s'amuser ? D'où vient ce bracelet ? Quand es-tu devenu si ennuyeux ? Pourquoi tu me mens ? Que veux-tu de plus de moi ? Je regrette le jour où nous nous sommes mariés.

Je me souviens que ma mère quittait la pièce quand elle recevait un appel. Mon père serrait le poing, la suivait souvent en criant.

Essayant physiquement de me libérer de ces pensées, je

commence à me déshabiller pour aller me coucher. Les appels et les SMS de Jul' pourraient juste être des trucs secrets de la NASA. Ils ont toujours des projets classés en cours, selon Jackie et Jul'.

Mais ce raisonnement me met mal à l'aise. Si c'était la NASA, elle le dirait. Elle me dirait que c'est confidentiel. Je le respecterais.

Alors pourquoi ces cachotteries ? Elle m'a pratiquement poussé hors de la porte de la buanderie tout à l'heure. Ne veut-elle pas que ses amis sachent que nous sommes ensemble ? Ne suis-je qu'un coup d'un soir ? Elle a laissé ma main reposer sur son dos pendant un moment près de la grange, mais elle a ensuite gardé une distance entre nous le reste de la soirée.

Non que je l'aie beaucoup aidée, en lui criant dessus dans la grange tout à l'heure.

Frustré, je tire un bouton trop fort et il s'arrache.

— Merde.

En regardant dans le miroir, je me reconnais à peine. J'étais stable. Rassurant. Calme. Et maintenant, je déchire des vêtements et jure de frustration.

Ma maison est en train d'être éventrée, j'ai à peine travaillé une journée complète au ranch depuis que mon frère s'est fiancé, et maintenant me voilà soudainement anxieux à cause d'une femme. Je me remets en question.

Purée. Je retire ma chemise tout en haussant les épaules. Pourquoi ne puis-je pas être attiré par quelqu'un de facile ? Quelqu'un sans secret, sans travail dangereux, ou sans affinité pour les gros mots ?

La réaction de Jul' à la dernière fois que j'ai dit le mot « foutre » me traverse l'esprit, ce qui rend enlever mon jean d'autant plus difficile. Des pingouins. C'est ce qui est imprimé sur mes boxers aujourd'hui.

Je soupire et m'assois sur le bord de mon lit, libérant mes

chevilles du jean. Jul' peut être excitée par des jurons, mais elle aime aussi avec les boxers à imprimés ridicules.

Elle est une contradiction ambulante.

Elle porte un pantalon en cuir. Mais aussi des jeans amples et usés. C'est un bourreau de travail. Mais elle abandonne tout pour aider ses amis. Elle appelle un chat un chat. Mais elle fait de faux sourires. Elle aime baiser sauvagement. Elle aime faire des câlins.

Passant une main sur mon visage, je gémis et retombe sur le lit.

La porte du porche claque. Je n'entends pas de bruit de pas dans les escaliers, ce qui veut dire que Jul' a pris le temps de les enlever même si elle pense que cette règle est ridicule. La réalisation calme une partie de mes émotions.

La porte de sa chambre s'ouvre et se ferme. Hum. Je pensais qu'elle viendrait directement ici.

Pensant qu'elle va prendre une douche, je me pose sur le lit et m'allonge en attendant. Quelques minutes s'écoulent, mais le bruit de l'eau courante ne se fait jamais entendre.

Je lui donne cinq minutes de plus puis je sors de la chambre, me dirigeant vers elle.

— Jul' ? dis-je en frappant à la porte.

Elle ne répond pas. Je frappe à nouveau, puis ouvre lentement la porte.

— Jul', tu es là ?

Et elle est là, debout au pied de son lit, sac à dos ouvert, vêtements éparpillés. Elle ne lève pas les yeux. Au lieu de cela, elle met une chemise en boule et la fourre dans son sac. Mes doigts se contractent, voulant la sortir et la plier correctement.

Même si c'est évident, je ne peux m'empêcher de le lui demander.

— Qu'est-ce que tu fais ?

— Je retourne à Clear Lake.

Sa voix est sèche.

Je déglutis, essayant de contenir les émotions que j'avais combattues il y a quelques instants. Elle fourre une paire de leggings dans son sac. Sur le bureau, son ordinateur portable est fermé, le cordon d'alimentation enroulé à côté. Au-dessus se trouve une pile de papiers. Ses listes.

— Est-ce que cela a quelque chose à voir avec le fait que ton téléphone sonne tout le temps ?

Son corps s'immobilise, juste le temps d'une seconde, mais c'est une réponse suffisante.

Toujours dans l'embrasure de la porte, je n'arrive pas à me résoudre à m'approcher d'elle

— C'est pour ça que tu pars ?

— Ce...

Ses narines se dilatent, et je peux presque voir le mur qu'elle a construit entre nous.

— Cela n'a pas d'importance. J'ai juste besoin d'y aller. Ne t'en fais pas.

Elle tend la main pour attraper son ordinateur portable, le glissant dans le compartiment arrière de son sac.

Cela n'a pas d'importance. Ne t'en fais pas.

J'ai entendu ma mère dire à mon père les mêmes choses plusieurs fois en grandissant. Jusqu'à ce que j'aie enfin l'âge de m'échapper pour venir au ranch. Et même après le décès de Papy, j'ai continué à venir ici, au seul endroit qui ferait taire le son du chagrin de mon père et l'indifférence de ma mère.

— Qui t'a envoyé ces textos, Jul' ?

Je déteste devoir lui poser la question. Je déteste la façon dont l'ordre dans ma voix fait encore plus se raidir Jul'.

— Personne d'important.

Jul' parle en serrant les dents, fourrant maintenant tout ce qu'elle voit dans son sac.

— Oh, vraiment ?

— Oui.

Elle enfonce ses vêtements à l'intérieur de son sac.

— Vraiment.

Je croise les bras sur ma poitrine, me sentant un peu ridicule d'être énervé et blessé alors que je porte un boxer avec des animaux dessus.

— Alors, pourquoi ne peux-tu pas me le dire ?

Rien. Bien qu'elle ne soit qu'à quelques pas, l'espace entre nous semble s'élargir et devenir infranchissable.

Avec le bruit de chaque fermeture Éclair de son sac, mon rythme cardiaque s'accélère.

— *Qui* n'arrête pas de t'envoyer des SMS ?

Enfin, Jul' arrête de préparer frénétiquement son sac. Ses mains fléchissent et se relâchent, sa respiration se fait difficile alors qu'elle fixe un trou dans la couette devant elle. Le silence s'étend sur l'abîme entre nous. Cela me tape sur les nerfs.

— J'étais juste un coup d'un soir, alors ? Je suppose que c'est en accord avec ta façon de faire.

Surprise, Jul' recule, se tourne vers moi, les yeux écarquillés par le choc.

— Bon sang, Holt. Quand es-tu devenu un connard ?

— Probablement à la seconde où je t'ai rencontrée.

Je déteste les mots qui sortent de ma bouche. Je me déteste encore plus car je suis en train de les prononcer.

— Va te faire foutre.

— Déjà fait.

Seigneur, je ne sais même plus ce que je dis, sauf que je ressens le besoin de la blesser, de la blesser comme elle me blesse.

Elle s'immobilise une fois de plus, me regardant comme si j'étais un étranger. Puis, sans prononcer un seul mot, elle accroche son blouson de cuir accroché au fauteuil d'angle.

La pièce résonne de mon rire malade.

— C'est tout ? Après tout ce que tu as fait ?

Fronçant les sourcils, la posture de Jul' s'adoucit.

— Qu'est-ce que j'ai fait ?

Mes émotions sont surchargées. Tous les doutes et la panique, à propos de tout ce qui se passe, bouillonnent.

— Le mariage, les rénovations, la promesse à ces enfants d'un voyage à la NASA, me dire que je devrais abandonner le ranch et faire autre chose.

Elle ouvre la bouche mais je la coupe.

— Jusqu'à ce que tu arrives, flirtant avec tout ce qui bouge et me faisant perdre la tête, j'étais parfaitement heureux.

Elle cligne d'abord des yeux, abasourdie, puis éclate de rire. Un rire plus dur et plus méchant que le mien, et une partie de moi sait que je le mérite.

— Tu me donnes trop de crédit, cow-boy.

Souriante, elle enfile sa veste.

— Et tu dois délirer si tu penses que tu étais heureux.

Elle attrape sa pile de listes sur la table et je regarde l'une d'elles s'envoler vers le sol.

— Je t'ai *suggéré de* travailler davantage avec les enfants parce que n'importe quel imbécile peut voir qu'ils te rendent heureux. Bien plus heureux que de t'occuper du bétail sur le ranch ne le fait.

J'émets un bruit de gorge dédaigneux.

— Tu sors tes riches fesses du lit à l'aube tous les matins et travailles dans un ranch dans lequel tu ne veux pas bosser.

— Que...

— Tu as passé chaque année depuis la mort de tes parents à pousser ton frère et ta sœur à trouver leur bonheur, mais tu as trop peur de te pousser toi-même.

Elle glisse ses listes dans une poche latérale.

— La première fois que je t'ai vu sourire là-bas, dans les champs West, c'était quand ces gamins étaient là.

Elle ferme la dernière fermeture Éclair finale.

— Et ce n'était pas un faux sourire pour les caméras.

Son regard est dur lorsqu'elle me fait face.

— Je m'y connais.

Elle se redresse après avoir fait ses valises, les mains sur le côté, l'air détendu et indifférent pendant que je brûle à l'intérieur.

— Tu t'es construit un joli petit endroit bien sûr, n'est-ce pas, Holt ? Une responsabilité après l'autre empilée si haut, que tu pourrais te construire ta propre grange avec.

— C'est riche venant de quelqu'un qui n'a *aucune* responsabilité familiale.

Son menton se soulève comme si je l'avais giflée. Je voulais obtenir une réaction, mais elle ne me satisfait pas comme je le pensais.

— Tu as raison, je n'en ai pas. *Ma* famille avait ses propres idées sur la façon dont je devais vivre et qui et ce que je devais être. *Tu es* le seul à avoir des attentes envers toi-même. Rose et Flynn te soutiendraient même si tu brûlais tout tant que ça te fait sourire, mais tu es tellement occupé à fuir ce que tes parents ont fait que tu ne sais même pas que tes jambes bougent.

Une autre vibration, forte cette fois, alors que son téléphone est sur la table de chevet. Sans réfléchir, je fais deux pas rapides et l'attrape.

— Hé !

Jul' se précipite, mais elle est trop lente.

Bien que l'écran soit verrouillé, la notification apparaît claire comme le jour. *J'ai hâte de te voir…*

Elle m'arrache le téléphone des mains et lit l'écran.

— Merde.

Elle soupire, passant la main dans ses cheveux.

— Ce n'est pas ce que tu penses.

Mon rire est jaune.

— Tu sais combien de fois j'ai entendu ma mère dire ça à mon père ?

— Putain, Holt. Je ne suis pas ta punaise de mère.

Elle inspire comme si elle était sur le point de crier, mais soupire ensuite, ses épaules s'affaissant légèrement.

— Ne peux-tu pas juste... me faire confiance ?

— Te faire confiance ? Ah. Ça, c'est drôle. Faire confiance au flirt. À celle qui sait toujours manipuler les gens pour obtenir ce qu'elle veut. À celle qui a un million de sourires et aucun d'eux n'est vrai.

Je ne sais même pas ce que je dis maintenant, les mots quittant ma bouche comme des échos lointains des tirades de mon père. À chaque accusation, le dos de Jul' se redresse jusqu'à ce qu'elle soit si raide qu'elle pourrait se tenir devant un peloton d'exécution. Ce qui est essentiellement ce que je suis en ce moment.

— Est-ce que cela t'a fait te sentir mieux ?

Son expression s'est éclaircie, ses yeux, habituellement brillants d'intelligence et de malice, ternes.

Non, ce n'est pas le cas. Mais je ne l'admets pas. Je ne dis rien.

Elle hoche la tête, prenant mon silence pour une affirmation.

— Donc, juste parce que je suis attirante et que j'ai une personnalité amicale, je suis un flirt ? Juste parce que je sais comment m'assurer que les choses soient faites, je suis manipulatrice ? Et juste parce que je ne suis pas assez suicidaire pour dire aux journalistes d'aller se faire foutre, je suis fourbe ?

Sa tête se secoue lentement d'un côté à l'autre. Comme si elle était déçue de moi. Et cela fait plus mal que sa colère.

— Si j'étais un homme, je serais quelqu'un qui sait se créer un réseau. Un chef d'équipe. Un beau parleur. Mais non. Je suis un flirt. Je suis une manipulatrice Je suis fausse. Je...

Elle s'arrête, fronçant les sourcils, puis un rire amer s'échappe du sourire déchirant sur ses lèvres.

— N'allons-nous pas bien ensemble, tous les deux ?

Pas sûr de ce qu'elle veut dire, je reste immobile.

Elle attrape son sac en passant ses bras dans les bretelles.

— Je pense que j'ai eu la même conversation avec mon père avant de partir pour l'université et l'Air Force.

Elle redresse le bas de sa veste.

— Je me suis dit que je ne m'autoriserais jamais à être dans une situation où je devrais l'avoir avec quelqu'un qui compte vraiment pour moi.

Et à ces mots, mon souffle me quitte.

— Bébé, je...

— Non.

Sa voix est inflexible, comme l'officier qu'elle était autrefois.

— Il n'y a pas de *bébé* qui tienne. J'ai passé mon enfance à m'entendre dire par un homme que j'étais trop bruyante, trop impétueuse, trop tout ce qu'une fille ne devrait pas être. Que j'étais la raison pour laquelle sa vie n'était pas l'image parfaite dont il avait rêvé.

Je veux parler, mais je suis trop choqué par les larmes qui lui montent aux yeux. Je l'ai brisée.

— Il m'a fallu du temps pour réaliser que les choses pour lesquelles le général me méprisait n'étaient pas des faiblesses : ce sont des *forces*.

Elle cligne des yeux, une fois, deux fois, refoulant ses larmes. En quelques secondes, son plus beau sourire est en place. Elle pourrait presque être une statue, à l'exception d'une main qui frotte l'endroit au-dessus de son cœur.

— Et il est hors de question que je laisse un petit garçon déçu par sa maman me faire me sentir mal dans ma peau.

Et sur ce, la voilà partie, ses pas étouffés par la moquette. Je reste là, la laissant s'en aller. Je l'écouter piétiner dans ses bottes dans l'entrée, je tressaille lorsque la porte d'entrée claque et sens mon ventre se creuser de regrets lorsque sa moto prend vie.

Les vibrations du moteur font trembler les vitres, et le bruit de la moto s'estompe au fur et à mesure qu'elle dévale la route. Et ensuite, il n'y a plus rien.

Je suis seul, et tout est calme. Comme avant. Mais pire, étrangement.

VINGT
L'ATOUT

Jul'

Je suis au pays des Schtroumpfs.

Ou du moins, c'est l'impression que j'ai.

Dans la Station spatiale internationale, je suis habituée à dormir dans de petits coins et recoins. Mais sans apesanteur pour soulager mes articulations, dormir dans le petit lit double de Trish est vraiment nul.

Mon genou heurte le mur, *encore une fois*, alors que j'essaie de me mettre à l'aise.

— Bon sang.

Je ne suis pas faite pour cette boîte de conserve.

Après m'être tournée et retournée dans le lit et avoir bien plus juré que ce que j'aurais voulu, j'abandonne. Entre planifier les différentes manières de potentiellement castrer un certain cow-boy, et rejouer toutes les choses que j'aurais pu dire ou faire différemment entre nous, le sommeil n'est pas près de venir facilement. Surtout quand toute cette remise en question m'amène à vouloir frapper Holt, et que ma colère fait à nouveau bouillir mon sang.

Ce soir, outre les logements exigus, je suis aussi hyper consciente de chaque bruit à l'extérieur de ces murs métalliques. Du bruit lointain de la circulation de minuit sur la route 96 au gazouillis plus proche des nombreux grillons qui semblent se trouver juste devant la porte.

Toute la journée, le harceleur est resté silencieux. Pas de menaces, pas d'images ou de gifs, rien.

Et cela me rend incroyablement nerveuse.

La douleur me monte dans le pied lorsque je me cogne l'orteil sur le bureau qui touche le pied du lit. Son lit est coincé dans le coin de la pièce, un mur abouté le long de son côté, l'autre agissant comme pseudo tête de lit. Comment Trish dort dans ce lieu ressemblant à un cercueil me dépasse.

— D'accord.

Je rejette les couvertures, frappant ma main contre le mur.

— Y'en a marre, putain.

En gémissant, je m'assieds, en faisant attention à ne rien heurter d'autre, et je m'éloigne du côté ouvert du lit. Avant de me diriger vers le salon, j'attrape le fusil de chasse que j'ai appuyé contre le mur et que, selon les instructions de Trish, je garde chargé et à proximité la nuit.

Probablement pour se défendre contre la méchante sorcière de l'Ouest au cas où elle arriverait avec ses singes.

Pencher les épaules pendant que je marche m'empêche de me cogner la tête contre le plafond incurvé, à moins que je ne m'éloigne trop du centre, mais dans mon étourdissement épuisé, mon pied renverse un panier à moitié rempli sous son bureau.

Fils de pute. Avec un mélange de soupir et de gémissement, j'allume la lampe de bureau et je me mets à genoux pour ramasser les cahiers éparpillés. Pourquoi Trish a un panier de cahiers, je n'en ai aucune idée. Elle choisit de vivre dans ce purgatoire de métal, peut-être que les cahiers font partie du charme du lieu.

Cette fille est tarée.

Un titre, griffonné au Sharpie rose, attire mon attention. *Chaleur géorgienne.*

Voyons voir. Qu'avons-nous là ?

Quelqu'un à surveiller, Le charme du cow-boy, L'amant d'une nuit...

J'attrape *Chaleur géorgienne* et le feuillette.

Oh, Trish, sale petite coquine.

Je remets les cahiers à leur place, amusée par l'interrogatoire que je lui ferai subir. D'un pas, je suis dans la cuisine et je m'arrête pour sortir la chaise pliante d'entre les armoires. Deux pas de plus m'amènent au canapé.

Je sais que le canapé est un canapé-lit, mais je ne m'en soucie même pas. Je m'y laisse tomber comme si j'allais regarder la télévision (il n'y en a pas, donc ce serait impossible même si je le voulais), pose un coussin derrière ma tête et utilise la chaise comme pouf, étirant enfin mes jambes.

Une barre de métal s'enfonce dans mon postérieur même à travers le coussin du siège.

— Dites-moi que c'est une blague.

Je ne reconnais même pas ma propre voix tant elle est pleurnicharde.

Mon appartement, bien que clairement connu de mon harceleur, n'a pas l'air si mal à ce stade. Faire face à un psychopathe ne peut pas être pire que cet endroit. Et si je pouvais juste faire en sorte que mon cerveau prétende être stupide, je pourrais me leurrer en pensant que son silence signifie que le harceleur a abandonné.

En soupirant pour la énième fois, je commence mes techniques de méditation. Mais chaque fois que je ferme les yeux, je vois Holt. Ses yeux écarquillés quand il me pénètre. Son doux sourire quand il me regarde caresser Cookie. Son expression dure quand il me traite de flirt.

Boum ! Boum ! Boum !

De surprise, mes jambes glissent de la chaise pliante, s'écrasant sur le sol et secouant mes os.

Qu'est-ce que c'est que ce bordel ?

— Police ! Ouvrez la porte ! crie un homme de l'extérieur.

Un instant plus tard, je suis alerte, l'esprit clair, le fusil chargé et en main. Cela fait peut-être un certain temps que j'ai quitté l'armée, mais il y a certaines choses que vous n'oubliez pas.

Avec précaution, je remonte l'une des lamelles des stores de la fenêtre avant. De mon angle, je peux voir un homme de taille moyenne vêtu d'une chemisette à manches courtes et d'un pantalon kaki. Pas de voiture, pas de badge.

C'est le harceleur. C'est le moment. Ma main se resserre sur le pistolet. Je peux *sentir* la montée d'adrénaline qui inonde mon corps.

Je fais un pas vers la porte.

Boum ! Boum !

— Je sais que tu es là-dedans, Patty. Il est temps de rentrer à la maison, ma p'tite dame.

Une minute, quoi ? Ma main, tendue vers la poignée de la porte, s'arrête. Il a dit Patty ?

Là où l'adrénaline coulait, il y a maintenant la colère. Comment ce type en kaki ose-t-il me faire peur ?

Enfin, pas que j'ai eu si peur que ça. Juste un peu. C'était plus de la surprise que de la peur.

La main maintenant posée sur la poignée tremble.

Agacée contre moi-même, ainsi que contre quiconque est dehors, j'ouvre la porte et j'enfonce le canon du fusil de chasse jusqu'à la moustiquaire métallique.

— Qui êtes-vous, bordel ?

Le connard saute en arrière, les mains en l'air.

— Ouah, ouah.

Ses petits yeux s'écarquillent sous l'effet du choc.

— Pas besoin de fusil.

Il déglutit.

— On se calme, d'accord ?

— Venant du type qui était en train d'essayer de défoncer ma porte en se faisant passer pour un policier.

Je fusille le type du regard. Il est mou, sans tonus musculaire, avec une peau blanche et pâteuse qui brille dans le proche réverbère. Une énorme moustache marron foncé, qui ne correspond en rien aux quelques mèches de cheveux châtain clair sur sa tête, pend lourdement sur ses lèvres. Pourquoi est-ce que lorsque les hommes commencent à devenir chauves, ils pensent qu'ils peuvent compenser en se faisant pousser les poils ?

Surprise : ta caboche est toujours nue, mec.

Le mec fait claquer ses lèvres sous son attrape-morve.

— Je suis désolé, je pensais que vous étiez Miss Patty.

— Il n'y a pas de Miss Patty, ici.

Mon regard glisse sur les côtés, s'assurant qu'il est seul.

— Même s'il y en avait une, cela n'expliquerait pas pourquoi vous avez dit que vous étiez un policier.

— Eh bien, je ne suis pas un policier en soi...

Sa langue sort, léchant le dessous de sa moustache.

Je manque de vomir.

Il baisse une main mais s'arrête lorsque j'enfonce à nouveau le pistolet dans la moustiquaire.

— Laissez-moi attraper mon badge.

Gardant les yeux sur l'arme, ce qui montre qu'il n'est pas complètement idiot, il met lentement la main dans sa poche arrière et en sort un portefeuille à rabat. Il le laisse s'ouvrir, me montrant une pièce d'identité.

— Gary Ranos, enquêteur privé.

Un drapeau de l'état de Géorgie est estampé dans le coin.

— Ça ne fait pas de vous un flic.

Mais je baisse un peu mon arme, intriguée.

Soupirant lourdement, il remet son badge et fait un geste vers la vieille camionnette de Trish.

— Non, mais ceci est le véhicule de Patricia Lorraine Garret. Et elle *est* recherchée par la police de Géorgie.

Patricia. Patty. *Trish*.

Les déménagements. Le fait de vivre dans une caravane. Le passé secret. Le fait qu'elle ait sorti son arme quand je suis arrivée sans prévenir.

Entre ceci et les cahiers, la Schtroumpfette a de sérieuses explications à donner.

Le connard fait à nouveau claquer ses lèvres.

— Il est très important que je parle avec elle.

Je suis presque sûr que le sourire que je lui fais est plus une grimace qu'autre chose. Le service de relations publiques ne serait pas content.

— Je suis sûre que c'est le cas.

— Oui, m'dame, acquiesce-t-il, se balançant sur ses pieds, de fines mèches de cheveux tombant sur les côtés de sa tête. Donc, si vous pouviez avoir la gentillesse de me dire où se trouve Miss Patty, je pourrais repartir.

— Oh, vous allez effectivement repartir.

Je lève le pistolet une fois de plus.

— Parce que, que cette camionnette appartienne ou non à Patricia Machin-chose, dis-je en levant le fusil à hauteur de ses yeux, ceci est un fusil à double canon superposé Browning. Et *il* me dit que vous allez repartir de toute façon.

Ses mains se lèvent à nouveau et il fait un grand pas en arrière.

— Écoutez, madame...

— Et si cela ne motive pas tout à fait vos pieds pour y aller, il y a toujours l'appel à la *vraie* police, que j'ai passé dès que vous avez commencé à frapper à ma porte.

Je penche la tête comme si j'écoutais.

— En fait, nous devrions entendre des sirènes d'une minute à l'autre. Je me demande si votre badge est autorisé en dehors de l'État de Géorgie ?

Il ne dit rien, mais son regard fuyant répond à sa place et il recule encore d'un pas.

— Je, euh...

En m'assurant de garder mon doigt hors de la détente, je plante le pistolet contre la moustiquaire métallique, le bruit fort faisant sursauter ce pleutre. Il se retourne et se précipite vers sa voiture, que je vois maintenant garée un peu plus loin. C'est une de ces voitures électriques aux allures de jouet. Pas étonnant que je n'ai rien entendu.

Une fois qu'il est à l'intérieur et qu'il est sorti du parc de camping-cars aussi vite que son petit moteur électrique le lui permet, je m'autorise à me détendre et à faire le point. La porte de sécurité de Trish a une grosse bosse, et je pense que j'ai rayé le canon de son arme.

Mais étant donné qu'elle est apparemment recherchée par la loi, je ne pense pas qu'elle m'en tiendra rigueur ou me demandera de payer pour les dommages.

En fermant la porte principale, je m'assure de verrouiller et de tourner toutes les serrures avant de reculer vers le canapé de l'enfer.

J'envisage d'appeler *Miss Patty*, mais elle est en sécurité dans la tour d'ivoire de Rose, donc il est inutile qu'elle ne dorme pas non plus. Parfois, l'ignorance est une chance. Au moins jusqu'à ce qu'on ait huit heures de sommeil.

Seigneur, je me contenterais d'une heure maintenant.

Une notification allume mon téléphone. Encore un numéro inconnu. En ouvrant l'écran, je suis accueillie avec ma photo officielle de la NASA. Mon harceleur est devenu créatif et l'a transformée en gif. Je regarde les yeux de mon image barrés de x clignotants, comme un personnage de dessin animé qui meurt encore et encore. En soupirant, j'éteins l'écran.

Vous savez que votre vie a pris une tournure sombre lorsqu'une menace de mort implicite de votre harceleur vous semble rassurante. Je laisse ma tête retomber en arrière, résignée à avoir un bleu correspondant à ceux de mes fesses demain.

Des heures plus tard, juste au moment où le soleil commence à cuire ce four sur roues, le sommeil me trouve.

Il me trouve avec un fusil de chasse calé sur mes genoux, mais il me trouve.

HOLT

— Les appareils sont en place !

Alors que Mélissa entre dans la grange, Cookie souffle en entendant la voix chantante de la jeune femme.

Je gratte la tête du veau.

— C'est bon, ma fille.

La petite décoratrice d'intérieur s'approche de Cookie et lui frotte la tête.

— Vous voulez venir voir ?

Je la regarde avec méfiance. Elle a l'air étrangement enthousiaste à propos d'un réfrigérateur et de fours, même pour une décoratrice.

— Si vous pensez qu'ils ont l'air bien, alors je suis sûr que c'est le cas.

Vraiment, j'ai passé mon temps à éviter la maison. Le matin

après le départ de Jul', le sentiment de quiétude que j'avais l'habitude de ressentir au ranch était étrangement absent.

Encore une chose à reprocher à Jul'.

Mélissa rebondit sur ses orteils, les mains jointes devant elle.

— Je pense *vraiment* que vous pourriez venir voir les nouveautés.

Son énergie ne semble pas susceptible de faiblir, alors je donne à Cookie une dernière gratouille et le dernier bouquet de trèfle que je lui ai apporté.

Oui, je suis allé dans les champs et j'ai cueilli du trèfle pour une vache.

Non, je ne prévois pas d'admettre cela à qui que ce soit. Et surtout pas à Rose.

— D'accord, dis-je dans un soupir. Passez devant.

Elle danse pratiquement hors de la grange.

Quand je me dirige enfin vers la porte d'entrée, Mélissa est déjà là et attend, la tenant ouverte.

— Hum.

Le chaos auquel je m'attends désormais n'est pas visible. Pas de planches, pas d'outils, pas de poussière.

Mélissa me fait signe d'entrer et quand je franchis le seuil, je dois en fait faire une pause pour tout comprendre.

— Surprise !

Mélissa remue les mains à côté de moi.

— Vous avez ... fini ? dis-je, clignant des yeux tout en regardant autour de moi.

Cela ne fait que trois jours que ne suis pas venu, et pourtant les planchers brillent, l'encombrement a disparu, même les fenêtres paraissent plus lumineuses, comme si elles avaient été nettoyées à l'intérieur et à l'extérieur.

Mes épaules se détendent alors que je traverse l'arche élargie sur ma gauche. L'espace de vie est apaisant avec de grands canapés rembourrés, un fauteuil de lecture en cuir moelleux et un pouf assorti. Tout est tourné vers la grande baie vitrée donnant sur la propriété West.

Il n'y a pas de plaid en vue.

Mélissa tapote un coussin sur la chaise en cuir, souriant d'un air narquois.

Ah non, j'ai un oreiller à carreaux écossais. Et je l'adore.

— Désolée, je n'ai pas pu résister. Vous pouvez vous en débarrasser si vous ne l'aimez pas.

— Non.

Je m'avance, puis regarde le nouveau tapis. C'est le plus coloré de tout ce qui se trouve ici, avec différentes nuances de bleu, de crème et de bordeaux.

— Cela semble très bien.

Je vois aussi que dans ma surprise, j'ai oublié d'enlever mes bottes. Je saute du tapis.

— Attendez, laissez-moi enlever mes bottes.

— D'accord, mais juste pour que vous le sachiez, vous n'avez pas besoin de le faire. Mélissa se penche et tire le coin du tapis.

— Vous voyez, il est plus mince qu'il n'y paraît. Et il est lavable en machine.

— Le tapis est lavable ?

— Oui, la partie confortable est le coussin épais en dessous, mais la housse qui ressemble à un tapis est en fait lavable, dit-elle en reposant le tapis à plat. C'était l'idée de Jul'. Elle a pensé que vous aimeriez pouvoir garder les choses propres.

Soudain, j'ai une boule dans la gorge que je n'arrive pas à avaler.

— Oh ! s'exclame Mélissa en se dirigeant vers le canapé. Regardez ça.

Elle déplace une pile de livres disposés sur la table d'appoint.

— C'est une vieille malle à bagages ! Jul' l'a achetée après avoir examiné mes idées. J'avais des couvertures jetées dessus, dit-elle en désignant le dossier du canapé, mais Jul' ne pensait pas que vous voudriez avoir des trucs éparpillés.

Elle ouvre le haut du coffre, révélant des couvertures soigneusement pliées.

Presque hébété, j'avance et tire celle du haut. L'emblème de la NASA se dévoile au fur et à mesure qu'il se déploie.

— Holt ? La petite main de Mélissa repose sur mon bras. Est-ce que ça va ?

Je continue d'essayer d'avaler. Toujours incapable de hocher la tête.

— Vous n'aimez pas ce qu'on a fait ?

Le jeune visage de Mélissa menace de s'effondrer.

— Non non. J'aime bien. Je parviens à respirer profondément. J'adore.

— Oh, dit-elle, sa voix montrant qu'elle comprend.

Avec une autre profonde inspiration, je me laisse retomber sur le canapé, couverture toujours à la main. Pourquoi Jul' ferait-elle ces choses-là ? Pourquoi s'en soucierait-elle ? Laissant tomber la tête en arrière, je regarde le plafond, où est suspendu un énorme lustre en fer forgé. Simple. Pas de cristaux ni de perles.

Comme tout le reste, c'est soigné, ordonné, épuré. Comme j'aime.

Mes yeux descendent, apercevant la cheminée.

— Ouah. Comment avez-vous...

Là où se trouvait autrefois un foyer lambrissé, il y a maintenant de la brique qui semble avoir été peinte.

— N'est-ce pas génial ? La brique était sous le lambris. Nous lui avons juste donné un rapide badigeon pour atténuer un peu la couleur rouge.

Elle tapote la nouvelle cheminée, un gros morceau de bois abîmé.

— Ensuite, Jul' a eu l'idée d'utiliser une partie du bois du tas derrière la grange pour la cheminée. Tucker a dit que cela venait de la grange d'origine que vous avez démontée pour faire de la place à celle plus moderne que vous avez maintenant.

— Jul' a fait ça ? Mais pourquoi ?

Le sourire de Mélissa lui fend presque le visage.

— Ce n'est pas tout ce qu'elle a fait !

Saisissant ma main, elle me tire de mes fesses et me fait tourner par l'épaule.

Tout ce que je peux faire, c'est cligner des yeux.

J'étais tellement étonné par le salon que mes yeux n'ont même pas enregistré la cuisine finie.

Les armoires en chêne blanchi, les plans de travail blancs, les luminaires qui ressemblent à des mini versions de celui sous lequel je me tiens. Même si je sais que c'est nouveau, on dirait qu'il a toujours été là.

« Ouah » est tout ce que j'arrive à dire.

— Allez, allez. Regardez de plus près, s'écrie-t-elle en me poussant dans la pièce.

Même si je savais que l'îlot serait grand, il paraît encore plus grand avec la dalle de marbre géante. Je passe ma main dessus, profitant de la sensation de fraîcheur et de douceur et me demande si Jul' l'a approuvée, elle aussi. Elle s'est plainte d'échardes la dernière fois que je l'ai posée là.

Mélissa attire mon attention, désignant le mur du fond près du garde-manger.

Avant mon départ, Ray attendait des plans de travail et des appareils électroménagers, mais les placards avaient déjà été installés. Près du garde-manger se trouvait un trou pour un four et un micro-ondes. Au lieu de cela, des fours muraux doubles ont été installés.

— Je ne me souviens pas...

— Ta da !

Plus de mains jazz de la part de Mélissa alors qu'elle s'avance et allume le panneau du four. Il sonne et un mini-ordinateur s'allume avec divers boutons et options.

Honnêtement, cela ressemble plus à quelque chose que Jul' utiliserait dans l'espace qu'à un four.

— Pourquoi le changement ?

Au regard de Mélissa, je parle plus vite.

— Je veux dire, ça ne me dérange pas, ça a l'air génial, mais pourquoi...

— Parce que vous faites de la pâtisserie !

Mélissa ouvre les armoires au-dessus des fours et le tiroir en dessous. En haut se trouvent des grilles de plaques à biscuits, des casseroles, des grilles de refroidissement et des moules à muffins. Dans le tiroir sont empilés des plats à gâteaux et à tartes.

— Je fais de la pâtisserie ?

— Oui.

Elle ferme les armoires et le tiroir.

— Jul' a dit quelque chose à propos du fait que vous lui deviez des cookies ?

— Oh.

— Voici ma partie préférée, dit Mélissa en s'avançant vers l'îlot Regardez ça.

Elle appuie sur un bouton sur l'un des tiroirs de l'îlot. Il s'ouvre, un panneau de commande à l'avant.

— C'est votre micro-ondes ! Nous l'avons mis ici pour que vous puissiez avoir vos fours muraux sans sacrifier plus de placards.

Elle appuie à nouveau sur le bouton et le micro-ondes se

ferme lentement, me laissant de la place pour vérifier les nouveaux ajouts.

— Je ne peux pas croire que vous ayez fait tout ça en trois jours.

— Eh bien, tout était en préparation depuis un certain temps, et Jul' a tout vérifié à distance pendant son entraînement.

— Son entraînement ?

Est-ce vraiment pour cela qu'elle est partie ? Elle était déjà en train de faire ses bagages quand je suis allé dans sa chambre ce soir-là. *Avant* que je sois un gros con avec elle. Mais si c'est le cas, pourquoi n'a-t-elle rien dit ou expliqué le texto et les appels bizarroïdes ?

Rien de tout cela n'a de sens.

— Oui, elle passe des appels vidéo tous les jours pour vérifier l'avancée des travaux.

La jeune femme rit.

— Je lui ai dit que si son job d'astronaute ne fonctionnait pas, elle pourrait être un super maître d'œuvre. Elle est si efficace et organisée. La manière dont elle mène de front ces travaux *et* le mariage *et* son entraînement d'astronaute me dépasse.

Je ne suis pas surpris que Jul' soit capable d'accomplir tout cela à la fois en faisant son maximum pour tout. C'est le *pourquoi* qui me dépasse.

— J'aurais juste aimé qu'elle soit là pour voir ce que ça donne.

Mélissa tourne autour d'elle, appréciant les résultats.

— Oui. Moi aussi.

Dans la maison, pleine de petites touches laissées par Jul', il ne manque qu'une chose : Jul' elle-même. Et je suppose que je ferais mieux de m'y habituer.

VINGT-ET-UN
ASSISTANCE GRAVITATIONNELLE

Jul'

La NASA doit rénover ses bureaux. Certes, de nombreux bâtiments ont subi des améliorations ces derniers temps, mais pas celui dans lequel je me trouve. J'ai de petits yeux secs à cause du manque de sommeil, et les lampes fluorescentes au plafond ne m'aident pas.

— Comment se sont passées les vacances, Starr ? me demande de son ton joyeux le chef du bureau des astronautes, Luke Bisbee.

Ce type mesure un mètre quatre-vingt-dix, la taille maximum pour un astronaute. Il a une poitrine en forme de tonneau, et toujours le sourire aux lèvres. Un jour, il a commis l'erreur de porter un polo vert, il est devenu à jamais le géant vert de la NASA.

Je hausse les épaules sur la chaise de la salle de conférence, ressentant trop d'émotions à propos des dernières semaines et beaucoup trop fatiguée pour les commenter.

— Heureuse d'être de retour.

La vieille chaise de bureau que Luke occupe couine alors qu'il se penche en arrière.

— Personne ne peut vous accuser de ne pas aimer votre travail.

— Non, mais ils *vous accusent* d'autres choses.

Emily, mon point de contact pour les relations publiques, a l'air plus chic que jamais dans son chemisier à col Peter Pan avec une broche épinglée sur sa poitrine. C'est Saturne, composée de cristaux multicolores et d'un anneau en or. C'est petit et mignon et si quelqu'un le découvrait, je le tuerais, mais j'aime bien cette broche.

Luke fronce les sourcils vers la petite femme, une réaction inhabituelle pour lui.

— Vraiment, Em ? Vous allez mettre ça sur le tapis ?

Elle reste stoïque.

— Il n'y a pas de « vraiment, Em » qui tienne, Luke. Vous savez que nous devons le faire.

Amusée par ces deux-là, malgré le sujet contrariant, je lève les mains en signe de paix.

— C'est bon, les gars, je suis bien consciente de ce qui se dit. D'abord le vol annulé, puis le cheval en fuite. Et pour finir, la « source de la NASA » que cette Susan prétend avoir, quelle qu'elle soit.

Em hoche la tête, croisant les mains sur la table.

— Oui, eh bien, heureusement, elle n'a pas été prise trop au sérieux. La source ne se manifestera pas et vous êtes trop aimée du public pour qu'il se retourne contre vous pour des conneries non fondées.

Je hausse les sourcils. Je n'ai jamais su que cette femme guindée avait le courage de jurer au travail.

— Quoi ?

Em se redresse sur sa chaise lorsque Luke et les deux autres personnes présentes dans la pièce, Skylar et Joe, les entraîneurs des astronautes, rient.

— Je suis une personne très occupée et cette Susan essaie de rendre mon travail plus difficile. Je n'aime pas ça et je ne l'aime pas *elle*.

Je force un sourire.

— Oui, eh bien, moi non plus.

Se raclant la gorge, Luke prend le relais.

— J'espère que la presse aura autre chose à faire dans un proche avenir.

Il fait un signe de tête à Skylar et Joe.

— Nous finalisons la prochaine mission et le poste de commandant est en train d'être attribué. Et comme je suis sûr que vous le savez, vous êtes une candidate de premier plan.

Je me redresse.

— Merci monsieur.

— Eh, dit-il, levant les yeux au ciel. Pas la peine de m'appeler « monsieur ». Ça me donne un coup de vieux.

— Vous *êtes* vieux, marmonne Em.

Tout le monde rit sous cape, sauf Luke.

La NASA est un lieu où l'on travaille dur mais où l'on sait se détendre, et l'on s'y taquine beaucoup, mais les regards que Luke et Emily se lancent semblent impliquer qu'il pourrait y avoir quelque chose d'autre qui se passe entre eux.

— *Quoi qu'il en soit*, coupe Joe avant que Luke ne réplique, comme Luke le disait, la prochaine mission, qui est actuellement dans douze mois, a besoin d'un commandant.

Pendant les vingt minutes suivantes, ils décrivent les différentes expériences et EVA déjà planifiées, et font allusion à quelques autres qui pourraient se produire.

— L'annonce mettra également fin aux rumeurs, dit Emily, l'air satisfait.

Je manque de m'étouffer en essayant de parler trop vite.

— En fait, attendez une minute.

Je jette un coup d'œil dans la pièce.

— Je ne veux pas que cela soit un coup de relations publiques. Je le veux parce que je l'ai *mérité*.

Sinon à quoi auraient servi toutes ces années de travail ? De bloquer des numéros de téléphone ? De mettre de côté les relations et les affaires personnelles ?

Le visage de Holt me vient à l'esprit et je me surprends à frotter à nouveau cet endroit sur ma poitrine.

— Jul'.

La voix de Luke est calme et rassurante.

— Ce n'est pas un coup de pub.

Il jette à Em un regard irrité. Elle lève les yeux au ciel.

— Vous avez toujours été la meilleure de votre promotion, la première à arriver, la dernière à partir. Vous pouvez jongler avec plusieurs responsabilités à la fois, et surtout, vous savez quand déléguer.

— C'est la partie la plus difficile, ironiquement, ajoute Joe. Les astronautes sont tous les meilleurs de leurs classes, mais tout le monde ne peut pas laisser faire et faire confiance à son équipe.

— Et ça, vous savez le faire, dit Skylar en hochant la tête. Et ce qui est encore mieux, votre équipe vous fait confiance. Ils savent que vous êtes directe et que vous exposez tout. Seul ce genre de confiance et d'ouverture peut vous permettre de diriger un groupe d'hommes et de femmes déjà habitués à être eux-mêmes des leaders.

Chaque compliment et réconfort fait chauffer cet endroit sur ma poitrine. Parce que j'étais comme ça. J'avais l'habitude de tout étaler, de faire confiance à l'équipe autour de moi. Mais depuis ce premier message pervers, je me suis fermée face à tout le monde. Je me suis isolée, j'ai gardé des secrets, j'ai pensé que je pourrais me protéger, protéger ma carrière. Et parce que j'ai refusé de faire confiance à quelqu'un d'autre pour m'aider, cette méfiance s'est maintenant étendue sur les gens que j'aime.

Jackie va être tellement blessée quand elle découvrira que je ne lui ai pas parlé de mon harceleur. Le docteur va probablement me frapper sur la tête avec son bloc-notes, et Holt... J'ai déjà fait des dégâts là aussi, n'est-ce pas ? J'ai agi comme si j'étais tellement offensée quand il a dit qu'il ne pouvait pas me faire confiance, mais quelle raison avait-il de le faire ? Je n'avais pas agi de manière très digne de confiance.

Et maintenant, je m'attends à ce qu'un nouvel équipage composé de certains des hommes et des femmes les plus intelligents, les plus courageux et les plus compétents, qui mettent régulièrement leur vie en jeu dans la quête de l'exploration spatiale, me fassent confiance.

— Oui, je suis désolée si j'ai laissé entendre le contraire, dit Em, interrompant mes pensées. C'est juste que, comme je l'ai déjà dit, je n'aime vraiment pas cette femme. Je ne l'aimais pas quand elle travaillait dans les relations publiques et je ne l'aime pas maintenant qu'elle a un badge de journaliste.

Cela ramène mon attention à la conversation.

— Attendez. Susan a travaillé dans les relations publiques ? Pour la *NASA* ?

— Pas pour la NASA. Pour l'un de nos collaborateurs, explique-t-elle avec une grimace. Elle était complètement incompétente les quelques fois où nous nous sommes croisées.

— C'est exact.

Joe hoche la tête plusieurs fois.

— Je pense que je me souviens d'elle. J'étais formateur sur l'une des missions qui les impliquaient.

Il regarde autour de lui.

— Ne sortait-elle pas avec l'un des membres de l'équipage ?

Tout le monde s'arrête.

— Qui ?

Ma voix résonne à travers la pièce.

Joe réfléchit une seconde, puis claque des doigts.

— Whipple.

Skylar rit.

— Tu veux dire ce gars qui a demandé à ce que tout le monde l'appelle Chip ? Nous avons cloué ses fesses à la terre pour s'être détaché. J'ai dû reprogrammer toutes les missions à venir.

Luke me sourit.

— Et, si je ne me trompe pas, je pense que vous devez en fait à Whipple votre nouveau statut d'héroïne.

J'ai la chair de poule.

— Qu'est-ce que vous voulez dire ?

Mais je pense que je le sais, si cette sensation d'enfoncement dans mon estomac est une indication.

— S'il n'avait pas été un tel idiot et qu'il n'avait pas été puni, il aurait participé à la mission où vous deviez réparer la station. Et connaissant son ego, il aurait insisté pour sortir pour sauver la situation et aurait été présenté comme l'astronaute préféré du pays. Mais d'une manière ou d'une autre, le Whipple de la NASA n'a pas le même effet que la Starr de la NASA, rit-il.

Lentement, les pièces du puzzle se mettent en place. Putain de merde.

— Euh, les mecs.

Tous les regards se tournent vers moi.

— J'ai besoin de vous avouer quelque chose.

HOLT

— Voilà le crétin.

Je m'arrête de travailler, devant essuyer la sueur de mes yeux pour voir le regard noir de Rose, perchée sur Bess. Le soleil se prépare à se coucher, mais il fait encore chaud. Toute la journée, j'ai travaillé dehors, sans le moindre murmure de brise, même dans les champs du nord.

Rose descend de cheval alors que je me rebaisse, attrapant une autre botte de foin.

— Qu'est-ce que tu fais ici ?

Je soulève la botte, la douleur dans mon dos n'étant rien comparée à celle dans ma poitrine ces deux derniers jours.

— Je livre des fleurs à une vache.

— Tu déconnes.

— Non.

Elle tapote le flanc de Bess.

— Juste après l'appel de Jul' demandant à Trish si elle pouvait séjourner dans la caravane pendant que Trish était avec moi en ville, j'en ai reçu un me demandant d'être sa nouvelle fille de course pour ses courses de propriétaire de vache.

— Génial.

Je ne mentionne pas que ce n'est pas nécessaire, car j'ai gâté pourri cette putain de vache. C'est comme si toute ma culpabilité, après avoir vu combien de temps, d'efforts et de soins Jul' a mis dans ma maison, s'était déversée sur le soin de l'animal de compagnie de Jul'.

En balançant la balle dans la caisse de ma camionnette, je grimace. Chaque minute non passée avec Cookie, je l'ai passée dans les champs. Tout mon corps est douloureux. Je le mérite.

Il faut une minute à mon cerveau pour rattraper son retard.

— Pourquoi Jul' reste chez Trish et pas chez elle ?

Rose hausse les épaules.

— Je n'en ai aucune idée. Quand Jul' commence à aboyer des questions qui ressemblent plus à des ordres, tu dis oui et tu passes à une autre putain de chose.

Je suis trop fatigué pour faire un commentaire sur les éléments de langage de ma sœur. Et honnêtement, pourquoi le faire ? C'est une adulte. Je pensais l'avoir déjà accepté, mais maintenant que ma colère contre Jul' s'est dissipée, laissant le goût amer du regret dans ma bouche, j'ai réalisé deux ou trois choses.

Pendant tout ce temps, je pensais que redécorer la maison, aider à célébrer le nouveau chapitre de la vie de mon frère et la remise des diplômes à venir de Rose, étaient les preuves que je passais à autre chose, mais Jul' avait raison. J'étais toujours en sécurité dans mon rôle de responsable, luttant pour m'accrocher à quelque chose qui n'était plus là.

Exceptionnellement vêtue de jeans et de baskets, Rose se jette sur la prochaine balle de foin que je dois déplacer.

— J'ai laissé passer un peu de temps en pensant que l'un de vous reviendrait à la raison, mais ce matin, Jul' est toujours dans la caravane de Trish.

Elle tapote l'espace à côté d'elle.

— Alors me voici, esclave de vache et botteuse de fesses.

Je retire mes gants et tends mon dos, me préparant mentalement et physiquement.

— Donc ?

Rose s'étire d'une voix chantante.

— Raconte-moi tout.

Je laisse tomber mes fesses à côté d'elle, mon corps hurlant instantanément de soulagement.

— Est-ce que tu penses que je suis heureux, Rose ?

Rose cligne des yeux de surprise.

— Euh, quoi ?

Secouant la tête, je ris, mal à l'aise.

— Ça ne fait rien.

— Non non. Pardon.

Elle se réajuste sur la botte, inclinant ses jambes pour me faire face.

— Tu m'as surprise, c'est tout.

— Hum. C'est une première.

— Tu plaisantes ? dit-elle en riant. Holt, tu m'as beaucoup surprise ces derniers temps.

En me grattant la mâchoire, je repense aux derniers événements.

— Je ne pense pas qu'il était trop surprenant que la maison ait besoin d'une mise à jour.

— Pfft. Rose fait un signe de la main. Je ne parle pas de ça.

— De quoi alors ?

Penchée en avant, elle donne un coup sur le bras.

— Eh bien pour commencer, je n'aurais jamais pensé que tu avais envie de coucher avec l'ex de Flynn.

Mon corps se déplace inconfortablement sur la balle de foin.

— J'essayais...

— Oui oui.

Elle lève les yeux au ciel.

— Tu l'as fait avec une bite d'or. Bla, bla, bla. Je sais.

— Punaise, Rose.

Je passe ma main sur mon visage, maculant probablement de la saleté sur ma sueur.

— Désolée.

Ses cheveux blonds se balancent alors qu'elle baisse la tête.

— Je sais que tu détestes quand je dis des gros mots.

— Eh.

En frottant la sueur de mes mains, je hausse les épaules.

— Qu'est-ce que j'en sais ? Tu peux parler comme tu veux.

En m'envoyant son doigt au visage, elle s'exclame :

— Tu vois, ça.

Un autre coup de doigt.

— Ça, là. *Ça, c'est* surprenant.

L'incrédulité sur son visage me fait rire.

— Bon à savoir.

Elle rit avec moi avant de pousser mon épaule avec la sienne.

— Cela m'a aussi surpris que tu sois tombé amoureux de Jul'.

Ma poitrine se pince.

— Tout le monde aime Jul'. Elle est très facile à aimer.

Mes lèvres se tordent en pensant à tous les articles de presse et photos.

— Ils l'appellent la Starr de la NASA après tout.

— C'est de la foutaise. Même moi, je sais que cette fille est une pilule difficile à avaler quand on la voit régulièrement.

En me redressant, je dévisage ma petite sœur.

— De quoi parles-tu ? Elle est incroyable. L'une des personnes les plus loyales que je connaisse, pourquoi voudrais-tu...

Je m'arrête au sourire entendu de Rose.

— Aaah.

Je me détends à nouveau en poussant un rire.

— Bien joué, dis-je en en hochant la tête. Bien joué.

La suffisance n'est pas ce qui va le mieux à ma sœur.

Et même si elle a raison, et que je ne peux pas nier que j'ai des sentiments pour Jul', Rose me fait me demander : si j'ai *aimé* Jul', pourquoi lui ai-je jeté ces mots haineux à la figure ?

— Je ne suis pas sûr d'être très doué pour les histoires d'amour.

— Pourquoi donc ?

C'est à mon tour de lui lancer un regard complice.

— Tu sais pourquoi.

— Pouah.

Les yeux bleus de Rose se révulsent dans un souffle théâtral.

— Flynn et toi. De vrais *comédiens*.

— Quoi ? Moi ? dis-je en riant.

— Tu m'as entendue. Tu penses que je n'étais pas sur le point de claquer la tête de Flynn sur le capot d'une voiture quand il a fait sa mauviette avec Jackie ?

— Sa mauviette ?

Où ma sœur trouve-t-elle ces expressions ?

M'ignorant, Rose continue sa diatribe.

— La société aime dépeindre les femmes comme des petits êtres faibles et émotionnels, mais je vous jure, les hommes mettent les choses à un tout autre niveau. C'est l'équivalent du cinéma que vous faites lorsque vous êtes malade, mais en pire.

— Aïe.

Elle me lance un regard qui me donne envie de vomir dans mes mains.

— Bien que tu aies probablement raison.

Ses bras se croisent sur ses jambes.

— Hmph.

Je ne devrais probablement pas lui dire qu'elle est mignonne quand elle ronchonne. Ça me rappelle quand elle était petite et que je ne la laissais pas faire fondre les visages de ses poupées Barbie au soleil avec une loupe.

Nous restons assis tranquillement, regardant le soleil descendre dans le ciel.

— Maman et papa vous ont traumatisés de différentes manières, Flynn et toi. Mais ils ne sont pas vous, et les gens que vous aimez ne sont pas eux.

En regardant toujours les couleurs du coucher du soleil baigner la terre, je la pousse du coude avec un sourire.

— Quand est-ce que tu es devenue si intelligente ?

— S'il te plaît.

Elle se redresse, l'air beaucoup plus mature que je ne me souvienne de l'avoir jamais vue.

— J'ai toujours été aussi intelligente. Tu étais tout simplement trop stupide pour le réaliser.

Et juste comme ça, la maturité a disparu.

Souriant, je l'attrape et lui frotte la tête affectueusement.

— Ah ! Arrête. Mes cheveux ! Mes cheveux !

Parvenant à se dégager, elle me repousse.

— Et beurk, tu pues !

Mes épaules bougent, ma chemise trempée de sueur s'accroche à moi.

— C'est comme ça quand on travaille au ranch.

Elle se lève, enlève son jean et attrape mes gants par terre.

— Peut-être qu'il est temps de te pencher sur un autre genre de travail.

Au lieu de me hérisser à cette pensée, j'acquiesce.

— Peut-être.

Les sourcils roses se lèvent.

— Sérieusement ?

Je hausse les épaules.

— Eh bien, si je m'attendais à ça.

Elle enfile un des gants de travail et me fait signe de descendre de la botte avec son autre main.

Les muscles gémissent et les articulations craquent.

— Argh.

Je chancelle un peu avant de pouvoir redresser complètement mes jambes.

Me jetant l'autre gant, elle fait signe vers la botte.

— Allez, mon vieux. Je t'aiderai à charger la dernière de ces bottes si tu me parles de cette œuvre de charité que tu diriges secrètement.

Pas sur le point de dire non à une paire de mains supplémentaire, maintenant que mon corps a fait connaître son mécontentement, je mets simplement mon gant. Utilisant chacun notre main gantée pour saisir la ficelle maintenant la botte en place, nous la soulevons et la balançons.

Et pendant que nous travaillons, je parle. Je parle de TJ et Brian et du reste des garçons. De comment tout a commencé avec Tucker et la fondation Big Brother Big Sister, avant que je réalise que je pourrais aider beaucoup plus d'enfants à la fois si j'avais ma propre œuvre de charité. Comment les enfants peuvent venir ici et être juste des enfants. Sans s'inquiéter des quartiers dangereux, d'où viennent leur prochain repas ou de leurs manuels de cours obsolètes. Je parle de la façon dont j'aimerais étendre le programme avec des fonds de bourses et de la suggestion de Jul' d'inclure les filles. De toutes les choses que j'aimerais faire avec ce programme si j'avais le temps.

Quand nous avons terminé, Rose sourit, malgré ses cheveux emmêlés et son T-shirt tout en sueur.

— C'est incroyable, Holt. Elle retire son gant et le jette à l'arrière de la camionnette.

— Aussi ringard que cela puisse sembler, cela semble être ta vocation.

Je fléchis ma main, essayant de déterminer la rigidité.

— Mais, si je m'y consacre, je ne serai pas capable de gérer le ranch comme Papy l'a fait.

— Tu penses que Papy voulait que tu sois malheureux ? Tu penses qu'il voudrait que tu arrêtes d'aider les gens, surtout des enfants, pour pouvoir continuer à être un magnat du pétrole chelou qui jongle avec des bottes de foin toute la journée comme lui ?

— Papy n'était pas chelou.

— Holt, il valait près d'un milliard et il ramassait de la merde de vache. Pour le *plaisir*.

Elle secoue la tête à ce dernier mot.

— Je dirais que c'est assez chelou.

— Dans ce cas, je suppose que je suis chelou aussi, alors.

Elle ne dit rien, se contente de hausser les sourcils.

Je lève mon chapeau, une main ratissant le désordre en sueur en dessous. Si les membres du conseil d'administration de West Oil que j'ai vus il y a quelques jours au centre-ville pouvaient me voir maintenant, je suis presque sûr qu'ils me trouveraient bizarre, eux aussi.

Rose se retourne et ferme le hayon.

— Jul' avait raison quand elle a dit que Tucker était plus que capable de diriger cet endroit, même si ce n'est pas comme si nous en avions besoin. Je veux dire, tu as rendu cet endroit rentable, mais tu sembles toujours oublier que nous sommes extrêmement riches, même sans le ranch.

Son rejet de l'héritage de grand-père fait mal.

— Hé tu sais, ce ranch est ce qui a fait de nous une famille.

Rose soupire comme une mère excédée.

— Non, crétin.

Elle s'approche et me pousse dans la poitrine.

— *C'est toi* qui as fait de nous une famille. Il s'est juste trouvé que tu l'as fait ici.

Eh bien.

Je pense que je pourrais juste confirmer ce que disait Rose sur le fait que les hommes sont émotifs, parce que j'ai soudain les larmes aux yeux.

Heureusement, inconsciente de cela ou faisant preuve d'un rare cas d'empathie, Rose ignore mon trouble émotionnel.

— Alors, dit-elle en se frottant les mains comme un méchant de dessin animé. Est-ce qu'il faut que je boucle la boucle et termine la saga amoureuse de la fratrie West en faisant ce que tu as fait à Flynn ?

En me concentrant sur son étrange fil de pensée, mes larmes se tarissent.

— De quoi tu parles ?

— Quand tu voulais *qu'il* revienne à la raison, tu as couché avec sa petite amie.

Confus, je fronce les sourcils.

— Je ne sais pas.

Au-dessus des mains jointes devant elle, un sourire malicieux émerge.

— Je pensais juste que si tu devais continuer à te morfondre, je devrais peut-être juste voir si Jul' est partante pour un séjour à Vegas.

— Vegas ? Qu'est-ce que ce qui se passe avec les femmes de ma vie ? Aucune de vous ne dit quoi que ce soit qui ait du sens.

— Vegas, cher frère, est là où je deviens une séductrice de femmes.

Elle croise les bras et s'adosse à la camionnette en haussant les sourcils.

— Je parie que je pourrais séduire Jul' pour une nuit.

Elle réfléchit.

— Ou du moins, ce serait amusant d'essayer.

Il me faut une minute pour fermer ma bouche.

— Punaise, Rose. Reste loin de Jul'.

Elle fait la moue avant de pleurnicher.

— Mais tu l'as fait à Flynn.

— C'est complètement différent. Flynn n'était pas amoureux, il était juste...

Je m'étouffe avec mes mots alors que Rose a l'air bien trop contente d'elle-même.

— Oh, alors *maintenant* tu admets être amoureux de Jul'.

Figé, je laisse ce que je viens de dire me pénétrer, sentant le pincement dans ma poitrine fondre. C'est vrai. Je l'aime. Je recule d'un pas.

— J'aime Jul'.

Rose descend de la camionnette et passe devant moi jusqu'à Bess.

— Évidemment.

J'attends qu'elle soit en selle avant de me diriger vers la portière côté conducteur, les jambes tremblantes. Avant que je puisse utiliser le reste de mon énergie pour me relever, Rose m'appelle :

— Je déteste briser ton moment d'épiphanie, frangin, mais tu as toujours un problème.

Bien sûr. En soupirant, je louche vers elle.

— Ah ?

— Jul' ne s'ouvre pas aux gens. Elle le fait à peine avec Jackie. Et puisque j'ai le sentiment qu'elle l'a peut-être fait avec toi...

J'acquiesce, confirmant ses propos.

— Je pense aussi qu'elle n'est pas le genre de personne à donner une seconde chance.

Je me souviens à quel point elle était fermée lors de notre première rencontre, plaisantant rapidement, détournant facilement les questions. Comment elle s'est lentement ouverte à moi à mesure que nous nous rapprochions. Jusqu'à ce que je la traite de salope indigne de confiance.

— Merde.

Rose rit, sa surprise le transformant en quinte de toux. Bess reste stable.

Le pincement dans ma poitrine, juste apaisé il y a quelques instants, reprend. Je frappe mon front sur la camionnette, les bras mous le long de mes flancs.

— Qu'est-ce que je vais faire ?

— Oh non.

Du coin de l'œil, je vois Rose secouer la tête tout en tirant les rênes sur le côté. D'un pas lent, Bess se tourne en direction de la grange.

— Je ne suis que la petite sœur. J'aime beaucoup te remettre les idées en place, lance Rose par-dessus son épaule, mais tu dois trouver le reste par toi-même.

Alors que le soleil se couche et que Rose et Bess avancent vers la grange, je réfléchis à diverses idées, supplications et gestes, les rejetant au fur et à mesure. Il fait complètement noir avant que je ne sorte de la camionnette et que je rentre à l'intérieur.

Tout d'abord. Je dois dresser une liste.

VINGT-DEUX
PLOUF

Jul'

Il s'avère que mentionner que l'on a un harceleur et que cela *pourrait* avoir quelque chose à voir avec un ancien astronaute en disgrâce est un gros problème.

Le Dr Rebecca Sato d'inquiète de mon bien-être émotionnel et mental. Luke veut m'étrangler de ne pas être venue les voir plus tôt. Et Jackie a l'air prête à tuer pour être la première à m'étrangler.

J'avais pensé que le dire à Jackie devant des témoins aurait facilité les choses. Que si elle était au travail, elle resterait logique et calme.

Le foudroiement du regard derrière ses lunettes me dit que j'ai eu tort.

Quelques membres des services des ressources humaines et des relations publiques ont été appelés dans une salle de conférence plus grande et regardent maintenant les infos sur un écran de projection. Alors parler de mon état émotionnel devra attendre.

Honnêtement, je préférerais l'étranglement aux *sentiments*.

Emily clique sur la télécommande et l'écran s'obscurcit. Nous venons de revoir tous les articles de presse et les infos sur lesquels Susan, la petite amie de Whipple, a travaillé depuis qu'elle a cité sa source anonyme. Les voir tous un à un n'a pas aidé mon état émotionnel.

— J'ai envie d'étrangler cette femme, dit Emily en posant la télécommande sur la table.

Il semble que la compilation n'ait pas non plus aidé son état émotionnel.

Je hoche la tête vers elle.

— Tu prends Susan, je prends Whipple.

— Je suis presque sûr que cela n'améliorera pas la situation, dit Luke, son expression heureuse habituelle disparue.

— Je vais les étrangler tous les deux alors, dit Jackie, parlant pour la première fois depuis que j'ai admis que j'avais un harceleur, et sous les regards choqués de tout le monde, y compris de moi-même.

Ses yeux se plissent, la lueur meurtrière dans ses yeux se renforçant.

— Après t'avoir étranglée pour ne pas m'avoir dit que tu avais un putain de *harceleur*.

— Mon Dieu. Jorge, le gars des ressources humaines, lève les mains, l'air un peu mal à l'aise. Pouvons-nous tous arrêter de parler d'étrangler les gens ?

— Oui, il a raison. Cela n'aide en rien, dit le doc, croisant ses mains sur son très gros ventre de femme enceinte. Commençons par le commencement.

Elle se tourne vers moi.

— Jul', quand avez-vous commencé à recevoir des messages de cette personne ?

— De son *harceleur*, corrige Jackie, me donnant toujours le mauvais œil.

— De Whipple, ajoute Joe.
— Nous ne savons pas avec certitude s'il s'agit de Whipple.
À mon expression, Luke recule.
— Mais il *semble* être le suspect numéro un.
Le docteur hoche la tête.
— Nous laisserons la police s'en occuper. Pour l'instant, expliquez-nous simplement ce qui se passe.
Je prends une grande inspiration, regardant mes cheveux flotter devant mon visage pendant quelques secondes.
— D'accord. C'est donc ce qui s'est passé…
Je passe les vingt minutes suivantes à parcourir les messages privés des réseaux sociaux qui ont commencé la semaine où je suis rentrée de la Station spatiale internationale, les SMS aléatoires de numéros anonymes que je bloque sans cesse, et enfin, le colis livré à mon appart. Il y a eu un léger hoquet de stupeur quand j'ai mentionné la bière droguée.
— Tu es sérieuse, là ? La poitrine de Jackie se soulève. Ce psychopathe t'a droguée ? Il est venu *chez toi* ?
J'acquiesce.
— Et… et tu ne me l'as pas dit ?
Je n'ai jamais entendu sa voix si haut perchée.
— Je…
— Tu es ma meilleure amie, idiote !
Elle tape sa main sur la table.
— Je suis peut-être nouvelle dans le domaine de la vie sociale et des amis, mais je sais qu'on est censé partager ce genre de choses avec eux.
Elle marque une pause, jetant un coup d'œil au docteur et à Luke.
— Pas vrai ?
— Oui.
Le hochement de tête de Luke est laconique, toute gaieté disparue.

— Et en tant que militaire, vous devriez savoir signaler de telles choses à votre supérieur.

Gênée par l'atmosphère, je prends une nouvelle inspiration, prête à faire une blague et à minimiser toute cette histoire de harceleur, mais je m'arrête quand Jackie enlève ses lunettes pour frotter ses yeux larmoyants.

Merde. Elle pleure. Et cette fois, ce n'est pas à cause d'une émotion heureuse et écrasante venant de mes talents d'organisatrice de mariage. C'est parce qu'elle est fâchée. Contre moi. Une sensation de malaise me traverse l'estomac.

Jackie n'a jamais été en colère contre moi avant. Pas quand je l'ai fait chanter pour qu'elle aille dans un saloon du Texas. Ou menacé de jouer l'entremetteuse avec un collègue. Ni même quand j'ai plaisanté sur le fait d'exposer sa dépendance aux romans d'amour remplis de cow-boys à ses collègues.

Mais elle l'est maintenant.

— Je suis désolée, Jackie, dis-je doucement, ne reconnaissant même pas ma propre voix. Je ne pensais pas... Eh bien, je ne pensais tout simplement pas que c'était un gros problème.

Elle se moque, tend la main pour remonter des lunettes qui ne sont pas là et rougit quand elle finit par se donner un coup de doigt entre les yeux.

— Eh bien, mademoiselle Starr, je peux dire avec certitude que c'est maintenant, très certainement, un *gros problème*, dit Luke, se penchant en arrière sur sa chaise. La prochaine étape est d'appeler la police et d'ouvrir une enquête afin que nous puissions attraper cet enfoiré.

— Non. D'abord un bilan sanguin complet, dit Rebecca, en plissant les yeux vers moi. Ce qu'il vous a refilé est probablement déjà passé hors de votre système, mais il vaut mieux que nous vérifions que ce soit bien le cas.

Elle baisse les yeux vers l'endroit où je me frotte le sternum.

— Et nous nous assurerons de *tout* réévaluer.

Pouah.

— Bien.

Luke fait un signe de tête au docteur.

— Vous pouvez le faire pendant que nous appelons la police.

Des rapports de police. Du temps passé à donner mon attention à ce connard. Du temps passé loin du travail.

— Est-ce vraiment nécessaire ?

— Oui !

Jackie bondit sur ses pieds, frappant cette fois la table avec son poing, faisant sursauter tout le monde.

— Oui, c'est vraiment nécessaire, Jul' !

Les yeux écarquillés, je hoche la tête.

À noter ? Ne pas embêter Jackie quand elle est contrariée. Elle est hyper effrayante.

— D'accord, dis-je, hochant la tête tout en m'éloignant de mon amie et de ses yeux fous. Alors c'est ce que je vais faire.

Apaisée, Jackie se rassoit. Luke et Emily échangent un regard amusé avant de redevenir sérieux lorsque ma meilleure amie les regarde.

Jackie prend une profonde inspiration et je ne sais comment, en quelques secondes, elle déniche un bloc-notes et un stylo, et met ses lunettes.

— Tout d'abord, déclare-t-elle calmement, comme si elle ne venait pas de faire une mini crise de colère. Nous devons mettre en place un ordre des opérations. Des étapes pour trouver ce harceleur et assurer la sécurité de Jul'.

Quand personne ne parle, elle fusille tout le monde du regard.

— D'accord ?

Ne voulant pas provoquer la colère de l'intello, tout le monde hoche la tête.

— JE SAVAIS BIEN que cette histoire de maladie était une connerie, à l'aérodrome.

La voix de Bodie résonne dans le Laboratoire de flottabilité neutre (ou, comme nous l'appelons, NBL) alors qu'il sort de la salle, où nous revêtons les combinaisons de plongée. Nous sommes sur le point de nous entraîner pour une nouvelle EVA, celle que Ian a prévue qui déplacera les fils extérieurs vers l'intérieur des murs de la Station spatiale internationale. Cela minimisera la possibilité que nos ordinateurs principaux soient touchés par des débris spatiaux, comme ils l'avaient été il y a quelques mois.

Bodie ressemble à un cinglé portant une combinaison LCVG. Mais bon, c'est ce à quoi nous ressemblons tous. Ce sont essentiellement des bodys en maille blanche avec divers tubes attachés.

Le vêtement de refroidissement liquide et de ventilation remplit les fonctions vitales de régulation de notre température, à la fois ici et dans l'espace. En plus d'un système de refroidissement, la combinaison agit également comme le retour d'air, aspirant l'atmosphère près de mes extrémités, faisant circuler le gaz respiratoire et égalisant la pression de la combinaison. Dans l'espace, cela se fait via notre sac à dos à unité modulaire supplémentaire (EMU), mais ici, au NBL, c'est géré avec un équipement au bord de la piscine qui passe par un tuyau ombilical connecté à nos combinaisons.

— Oui, oui.

Je glisse en avant sur mes fesses, enfilant mon pantalon de combinaison de plongée que les formateurs d'EVA ont préparé, portant déjà ma tenue thermique et ma combinaison LCVG. Le processus d'enfilage de ma combinaison de plongée, qui est une combinaison d'astronaute portée pour les sorties dans l'espace mais modifiée pour l'eau, prend beaucoup de temps.

— Sérieusement, continue Bodie en s'asseyant devant sa combinaison. Tu vas bien ? Tu as besoin de quelque chose ?

Hier, il a été décidé que la NASA tiendrait, et ne parlerait de l'existence de mon harceleur qu'aux gens qui ont réellement besoin d'être au courant de la situation. Les gens avec qui je travaille directement, comme Bodie, en ont besoin.

Je m'allonge sur la natte au bord de la piscine, l'odeur de chlore me picote le nez, pendant que l'équipage ajuste mes bottes.

— Oui, dis-je, sérieuse. J'ai besoin de quelque chose.

Il hoche la tête, son expression déterminée. Il a bien pris la nouvelle du retour de Whipple. Bien, en ce qu'il n'a pas paniqué et ne m'a pas menacée comme Jackie. Bodie est un type formidable à avoir de mon côté, et depuis qu'il a été informé de la situation avec le harceleur, il a été presque trop prévenant.

— Dis-moi.

— Assure-toi de me donner suffisamment de lumière là-bas pendant que je travaille, lampadaire.

Bodie plisse les yeux. Mais il sourit.

— Ha. Ha. Ha.

Je ris encore pendant qu'il enfile le pantalon de sa combinaison.

J'ai eu une longue conversation chiante et quelque peu inconfortable avec de nombreux membres du personnel de la NASA *et* avec la police. Ils ont pris mon téléphone, ce que je pensais détester, mais c'était comme si un poids énorme avait été retiré dès que l'un des détectives a mis mon appareil dans un sac.

Finis les textos, les photos, les gifs véhiculant diverses menaces. Plus besoin de me cacher ou de mentir à des personnes qui comptent pour moi.

Comme Holt.

Je dois vraiment en parler à Holt. Mais je ne savais pas comment expliquer sa place sur la liste des gens qui « ont besoin de savoir ». Il n'est pas mon mari et ne fait pas partie de mon personnel de soutien. Il ne fait pas non plus partie de ma famille, et maintenant je ne suis même pas sûre de pouvoir l'appeler un ami.

Je veux dire, ce cow-boy doit absolument assumer et s'excuser pour beaucoup des choses qu'il a dites, mais je me rends compte que j'ai *peut-être* exacerbé la situation. Juste un peu.

Et lui avouer ce qu'étaient les textos qui l'ont tellement énervé est une chose dont nous avons tous les deux besoin.

Mais apparemment, pas aujourd'hui.

La NASA savait que j'étais sur les nerfs après la cinquantième fois où la police m'a fait passer en revue tous les détails des contacts de mon harceleur avec moi. Ils ont décidé de me laisser un peu de mou et ont prévu du temps d'entraînement au NBL. La piscine, longue de plus de soixante mètres et large d'une trentaine de mètres, sera mon sanctuaire pour les six prochaines heures. Même la sensation du vêtement à absorption maximale attaché à mes fesses (la NASA ne dit jamais « couche ») ne peut me mettre de mauvaise humeur.

Une fois que Bodie et moi sommes installés au fond de nos combinaisons, plusieurs membres du personnel d'assistance EVA nous aident à nous relever du sol. Y compris Ian. J'ai le sentiment que Jackie l'a chargé de me surveiller, tout comme Bodie, pendant que Whipple est toujours en liberté.

Tout en nous tenant les mains pour que nous gardions l'équilibre, ou la fine ceinture métallique en forme de cerceau en métal de nos pantalons pour qu'ils ne tombent pas, le personnel nous accompagne en équipe vers les deux grues à flèches pneumatiques jaunes où les hauts de nos combinaisons UEM sont attachés.

— Très bien, en l'air maintenant.

Ian attache une main à l'arrière de la plate-forme où ma combinaison est attachée, me tenant sous l'aisselle avec l'autre.

— Plus facile à dire qu'à faire.

Avec son aide et un tas de grognements, je m'accroupis et marche dans mon équipement jusqu'à ce que je sois sous l'ouverture de la moitié supérieure de ma combinaison.

Considérant que ces costumes pèsent plus de cent cinquante kilos, ce n'est pas exactement aussi facile que d'enfiler un pull. Dans l'espace, la microgravité rendra cela plus facile, mais ici sur Terre, il faut une équipe et un ascenseur hydraulique, sans compter plus de quarante-cinq minutes, pour habiller deux astronautes.

Je suis en nage lorsque je peux enfin redresser mes jambes et passer ma tête dans l'ouverture du cou.

— Ça va ? me demande Ian en s'assurant que mes tubes sont alignés avec les attaches qui courent le long de la doublure intérieure de la combinaison.

— Ça va.

Avec un hochement de tête, Ian commence à vérifier mes déconnexions rapides, les verrous maintenant ma combinaison sous pression, ainsi que son étanchéité à l'air et à l'eau. Un groupe de support EVA nous aide, Bodie et moi, à atteindre l'autre côté de la plate-forme, et bientôt nous sommes prêts à y aller. Ou à couler.

Peu importe comment on appelle ça.

Pour moi, c'est génial.

La flottabilité neutre est ce que les astronautes utilisent pour s'entraîner pour la microgravité. La grue nous déposera sous l'eau, à douze mètres de profondeur, où, avec des plaques lestées et une équipe de quatre spécialistes de plongée, nous flotterons autour de maquettes grandeur nature de la Station spatiale internationale, faisant une répétition de ce que nous ferons dans l'espace.

C'est un peu comme la vraie chose. Mais maintenant, avec autant d'heures d'EVA, je peux facilement sentir la différence. Dans l'espace, je flotte même dans ma combinaison spatiale. Sous l'eau, la gravité exerce une pression sur mon corps, quelle que soit la position dans laquelle je flotte. De plus, si j'ai besoin d'être « à l'envers » pendant que je travaille, je ne peux le faire que peu de temps dans la piscine avant d'avoir des vertiges à cause du sang qui circule à toute vitesse vers mon cerveau. Dans l'espace, cela n'arrivera pas.

Et ici, au NBL, nous devons tenir compte du temps de traînée. Se déplacer dans l'eau demande plus de force et d'efforts que de flotter dans l'immense vide de l'espace.

Mais c'est la chose la plus proche de la microgravité que nous ayons ici sur Terre, donc nous l'utilisons.

Une fois que Bodie et moi sommes complètement attachés sur la plate-forme, dos à dos, je regarde Ian courir jusqu'aux escaliers menant à la salle de contrôle au-dessus de la piscine. Nous restons suspendus jusqu'à ce que Ian soit en position à la console EVA. Ce qui ne fait que renforcer ma supposition que Jackie l'a poussé à faire le baby-sitter, car il aurait dû être dans la salle de contrôle tout ce temps. Cette mission est son bébé, après tout. Ian en a eu l'idée avec Jackie à l'époque où la NASA était encore sur un nuage à cause du court-circuitage du Neiman réussi.

J'entends un clic, puis Micha, le chef du groupe de travail EVA, commence les vérifications des communications.

— Chef de vol ?

— Prêt, dit Ian.

— EV$_1$?

— Prête.

Mes poumons, maintenant ajustés au nitrox pompé dans la

combinaison à travers l'ombilic de mon LCVG, prennent une profonde inspiration pour me libérer l'esprit. Le nitrox est un mélange d'oxygène plus élevé que ce que les humains respirent normalement. Il aide à réduire le risque d'accident de décompression.

— EV2 ?

— Prête.

La voix de Bodie résonne dans mon casque. Je le taquine dans ma meilleure imitation d'Austin Powers :

— Pour qui travaille le numéro deux ?

Rires de la salle du directeur de test.

Même sur les communications, j'entends le soupir de Bodie.

— Rappelle-moi, comment j'ai fait pour ne pas t'étrangler lors de la dernière mission ?

— S'il te plaît, tu t'ennuierais tellement sans moi, Bode-man.

Son ton moqueur est fort et clair sur les communications.

— Si tu le dis, Starr.

— Très bien, vous deux, intervient Micha, amusé, c'est parti.

Les ascenseurs hydrauliques se déclenchent et les vibrations me secouent les os lorsque la grue se soulève, puis nous fait basculer au-dessus de la piscine.

— Début de la descente.

Cela ne prend pas longtemps. Bientôt, la ligne d'eau s'élève au-dessus de ma visière et je suis complètement immergée.

Il est temps d'aller travailler.

———

Deux heures plus tard et je suis dans la zone.

— Cap sur tribord.

— EV1, mouvement tribord.

Tirant sur ma longe, actuellement attachée à la maquette en treillis de l'ISS, j'avance, laissant mon apesanteur forcée faire une grande partie du travail. S'il y a une chose qui nous est martelée, c'est de ne pas nous battre contre la combinaison. On doit se contenter de l'environnement dans lequel on se trouve et profiter de la propulsion vers l'avant qu'offre le fait d'être en apesanteur. Sinon, on ne tiendrait pas une heure dans la combinaison, on serait trop fatigué d'essayer de se traîner dans une tenue pesant plus de cent cinquante kilos.

— EV2 en place.

Bodie s'accroche à la barre avec une attache s'étendant de son mini-poste de travail, le harnais en métal attaché à l'avant de nos combinaisons avec des fentes, des branches et des trous pour tous nos outils.

Me mettant en place, je sécurise ma propre attache. Ma poitrine se pince. Je prends une profonde inspiration, mais cela me semble insuffisant.

— EV1, peut...

— Répétez ?

Silence. Pas le silence disant « en attente de la bonne commande », mais un silence étrange qui me permet de savoir que les communications sont coupées.

C'est cool. Ça arrive. Cela arrive aussi parfois dans l'espace. Mais le pincement dans ma poitrine devient plus fort. Je prends une autre respiration qui ne remplit pas tout à fait mes poumons.

Tirant sur l'attache, je pivote pour faire face à Bodie. Il a dû recevoir un message du centre de contrôle, car il se dirige aussi vers moi, tout comme les plongeurs.

Respiration. Pincement. Respiration. Pincement. De minuscules points noirs clignotent dans ma vision.

Putain.

Je lève le bras et serre le poing avec ma main, ce qui est un signal de détresse. En un instant, mon équipe de plongée descend, l'une coupant ma longe, une autre libérant la plaque lestée de mes pieds, tandis qu'une troisième attrape mon ombilic et tire. Tous les mouvements font onduler l'eau, des bulles se précipitent près de ma visière.

En quelques secondes, la traction dans mon dos me dit que la grue me soulève, mais j'ai l'impression que cela prend une éternité. Le pincement dans ma poitrine et le noir dans ma vision s'étendent jusqu'à ce qu'il n'y ait... rien.

VINGT-TROIS
VÉRIFICATION DE LA MARCHANDISE

HOLT

— C'est chaud, c'est chaud !

Je secoue ma main pour me refroidir les doigts. Ma cuisine a peut-être toutes les plaques à biscuits dont j'ai besoin, mais je suis incapable d'y trouver une spatule.

Faisant attention cette fois, je transfère le dernier des biscuits sur la grille de refroidissement et glisse la plaque dans l'évier pour la laver plus tard.

— Cookies terminés.

Avec un stylo de la NASA que j'ai trouvé en fouillant dans la buanderie, je raye l'article de ma liste.

Au cours des deux derniers jours, j'ai fait beaucoup de choses. Comme promouvoir Tucker au poste de contremaître principal. Une fois cette tâche accomplie, ma vie s'est ouverte à de nombreuses autres possibilités.

Mais tout d'abord, Jul'.

J'ai essayé de l'appeler hier, mais elle n'a pas décroché. Ce n'est pas grave. Je m'y attendais. J'ai prévu d'aller la voir de toute façon, d'où les cookies. Certaines femmes voudront peut-être des fleurs, mais Jul' est du genre à apprécier la pâtisserie.

Enfin, j'espère.

J'ai besoin qu'elle l'apprécie suffisamment pour me parler. Pour pouvoir lui dire que je suis désolé. Pour lui dire que je l'aime. Simplement comme elle est. Et *j'espère que* si elle peut ressentir la même chose, elle s'ouvrira à moi sur ce qu'elle cache.

Parce qu'elle cache définitivement quelque chose.

Et si c'est un autre mec, je devrai juste la convaincre que je suis le meilleur choix.

Incapable de supporter le désordre dans ma nouvelle cuisine une seconde de plus, je commence à nettoyer l'îlot des ingrédients et des tasses à mesurer sales. Je suis sur le point de m'attaquer aux moules à cookies quand mon téléphone sonne.

Je sais que c'est Rose grâce à la sonnerie personnalisée qu'elle a installée. Une fois mes mains essuyées, je décroche pendant le deuxième couplet de « *Sisters Are Doin' It for Themselves* » d'Eurythmics.

— Hé.

— Holt ? Je, euh...

Sa voix est plus tremblante que je ne l'ai entendue depuis longtemps.

— Rose ? Qu'est-ce qui ne va pas ?

Elle souffle profondément, un son statique sur la ligne.

— Je ne voulais pas te le dire au téléphone, mais je ne pensais pas que tu apprécierais de m'attendre une heure...

— Me dire quoi ?

— Il y a eu un accident à la NASA.

— Qui ?

Mais je le sais. Je sais ce qu'elle va répondre.

— Jul'.

Ma prise sur le bord du plan de travail glisse et je trébuche en arrière.

— C'est arrivé lors d'un entraînement sous-marin au laboratoire de flottabilité neutre.

— Est-ce qu'elle... Est-elle... ?

Je ne peux même pas finir la phrase.

— Oui. Mon Dieu, oui. Elle va bien, dit Rose précipitamment. Punaise, j'aurais dû commencer par ça.

— Tu penses ?

Mais le soulagement m'envahit. Suivi rapidement par de l'inquiétude.

— Qu'est-ce qu'il s'est passé ? Avant que Rose ne puisse répondre, je change de question.

— Quel hôpital ?

Téléphone niché sur mon épaule, je me dirige vers la porte d'entrée et mes bottes.

— Elle a été envoyée au bâtiment médical de la NASA.

Pas d'hôpital. C'est bon signe, non ? Si c'était vraiment grave, ils l'enverraient aux urgences. Ou la NASA a-t-elle une salle d'urgences ? Je tape du pied dans les bottes.

— D'accord, je suis en route.

Je retire le téléphone de moi mais j'entends le cri de panique de Rose.

— Attends !

— Quoi ?

— Tu ne peux pas simplement aller la voir là-bas.

— Qu'est-ce que tu veux dire ? Bien sûr que je peux y aller.

— C'est la NASA. Ils ne laissent pas entrer n'importe qui.

— Je ne suis pas n'importe qui. Je suis... je suis...

Qu'est-ce que je suis au juste ?

— Tu n'es rien que le gouvernement des États-Unis reconnaisse à moins que tu n'aies un badge. Je n'y suis pas non plus. Je suis avec Flynn, chez lui. Trish est avec nous. Flynn reçoit des mises à jour de Jackie, et quand elle sera libérée, Jul' viendra ici.

Il y a des murmures en arrière-plan.

— Oui, appelle l'équipe de sécurité que j'ai déjà utilisée. Ils connaissent leur métier.

Cela attire mon attention.

— Pourquoi appelez-vous la sécurité ?

Rose ne répond pas, parlant toujours à quelqu'un d'autre.

— Dis-leur simplement que Rose West commande le service. Je...

— Qu'est-ce *qui* se passe, Rose ?

Tout est silencieux un instant.

— Désolée, Holt. Il se passe juste beaucoup de choses.

Son soupir traverse la ligne.

— C'est trop à raconter au téléphone.

En serrant les dents, j'essaie de ne pas rejeter ma frustration et ma peur sur ma sœur. Je prends et libère une profonde inspiration.

— D'accord alors, dis-je en décrochant mes clés. J'arrive.

JUL'

— Jul' ?

La tête de Jackie passe la porte de ma chambre au centre médical.

— Hé, petite pute.

Sa queue de cheval est lâche et les lacets de l'une de ses Converse sont détachés. C'est tout ce que je remarque avant qu'elle ne se jette sur mon lit et ne me serre dans ses bras.

— J'étais si inquiète !

Une fois que les plongeurs m'ont sortie de l'eau, il n'a fallu qu'une seconde pour retirer mon casque et placer un masque à oxygène sur mon visage. Je suis revenue à moi presque immédiatement, mais la NASA m'a quand même emmenée au centre médical. Et cela fait deux heures que je passe un million de tests et réponds à un million de questions. Je suis sur le point de péter un plomb.

Il s'avère que ce bon vieux Chip Whipple est plutôt intelligent. Diaboliquement, même. Il est simplement entré par la sortie du parking du NBL, s'étant garé dans le bâtiment Boeing en bas de la rue, et s'est faufilé dans le laboratoire.

C'était intelligent dans la mesure où le NBL n'est pas aussi sécurisé que le Johnson Space Center. Il ne contient, ni de secrets de sécurité nationale, ni données. C'est juste une piscine avec du matériel.

Tout ce qu'il avait à faire, c'était guetter, tourner quelques valves, et sortir de là son petit cul de lâche.

Donc voilà. J'ai failli mourir aux mains de cet enculé.

— Je vais bien.

Jackie me serre plus fort.

— Tu sais, si tu voulais me peloter, tu n'avais pas à attendre que je sois presque noyée.

— C'est pas drôle.

Mais elle rit, alors mission accomplie.

— Les flics voulaient que vous sachiez qu'ils ont arrêté Susan.

Jackie et moi levons les yeux pour voir le docteur Sato entrer, fermant la porte derrière elle.

— Ils étaient déjà en route avec un mandat lorsque Whipple est entré au NBL.

— Une de moins.

Je soupire.

— Je suis sûr qu'ils vont vite arrêter Whipple.

Une partie de moi est énervée de ne pas pouvoir frapper Whipple moi-même pour tout ce qu'il a fait. Mais c'est la vraie vie. Le gouvernement américain ne va pas rester les bras croisés et attendre. Quelqu'un a pénétré dans une propriété fédérale et a failli abîmer leur trésor national (moi). Maintenant qu'il y a eu une identification positive par les caméras de sécurité du NBL, les jours de Whipple sont comptés.

— Et tous vos résultats de test sont normaux.

Le docteur sourit en caressant son ventre.

— Vous êtes libre de partir. Mais allez-y doucement pendant quelques jours. Chaque fois que votre harceleur vous envoyait un texto ou un e-mail, c'était comme une attaque distincte, affectant votre adrénaline et vous envoyant au combat ou en fuite. Votre corps est toujours aux prises avec beaucoup de retombées de stress.

Jackie recule, glissant sous ses lunettes.

— Rentrons à la maison.

— À la maison ?

―――――

— Vous exagérez, les mecs.

Je plisse les yeux contre la lumière qui traverse la fenêtre de la chambre d'amis de Jackie et Flynn, tandis que Trish fait gonfler l'oreiller derrière moi.

Jackie se précipite pour fermer les stores.

— Tu as failli mourir !

Je lève les yeux au ciel. Je n'ai *pas* failli mourir. Enfin, j'aurais pu mourir, si les spécialistes de la plongée n'étaient pas incroyables et ne m'avaient pas fait sortir de l'eau quelques secondes après mon signal de détresse. Mais ils *sont* incroyables et donc tout va bien.

— Quelqu'un a coupé ton alimentation d'air et tu t'es évanouie !

Tout ce que Jackie dit est crié. C'est comme si elle avait perdu le contrôle du volume.

— Pendant quelques secondes, dis-je avec dédain, essayant de la calmer, mais je me penche vers Trish pour me protéger au cas où Jackie deviendrait à nouveau effrayante.

— Quelques secondes, c'est rien. Il n'y a pas de quoi se faire des cheveux blancs.

Trish tousse et me serre l'épaule en signe d'avertissement.

Jackie prend une grande inspiration, mais elle sort en chancelant et en bégayant :

— Des cheveux blancs... Je... Je ne peux pas...

Son niveau de volume s'est régulé, mais je pense que j'ai peut-être cassé son cerveau.

Rose entre dans la pièce en sautillant.

— Je pense que la phrase que tu cherches est « *Je n'y crois pas* ».

Elle parle de son ton normal et habituel, ce dont je suis reconnaissante, mais elle ne trompe personne avec ces yeux gonflés.

— Mais, poursuit Rose, aussi nonchalamment que possible, j'*ai* déjà des cheveux blancs, et franchement, ce n'est pas la joie.

— Je...

Jackie regarde Flynn, ses yeux implorants.

— Que se passe-t-il ?

Flynn intervient, enroulant un bras autour des épaules de Jackie.

— Tu sais que ma sœur et Jul' sont folles toutes les deux.

Il fait un geste entre nous.

— Cela signifie que tout est revenu à la normale.

Il conduit sa fiancée à l'air perdu hors de la pièce.

— Pourquoi ne préparerions-nous pas à manger pour Jul' ?

Je m'écrie :

— S'il vous plaît, pour l'amour de Dieu, commandez à manger ! Vous savez bien qu'aucun de vous ne sait cuisiner !

Flynn me lance un regard par-dessus son épaule. Trish soupire. Rose et moi ricanons.

— Je vais m'assurer qu'ils n'essaient pas de cuisiner.

Rose me frappe légèrement sur le biceps.

— Pizza de Boondoggle's ?

La dernière fois que j'ai mangé ma pizza préférée, c'était avec Holt. Rien que le souvenir d'avoir arraché un artichaut de son boxer me fait frotter cet endroit sur mon sternum.

— Ah, et si on commandait des pommes de terre au four et un effiloché de porc de Meat Market, plutôt ?

— Vraiment ?

Elle a tellement l'air choqué que je réalise que cet idiot de cow-boy qui lui sert de frère a peut-être ruiné la pizza Florentini pour moi.

Je force un sourire.

— Oui.

— D'accord, alors.

Rose se déplace vers la porte.

— Je vais chercher le menu du Meat Market et passer une commande.

Elle regarde Trish.

— Tu veux quelque chose ?

— Je vais prendre la salade de porc effiloché, s'il te plaît.

— Évidemment.

Rose lève les yeux au ciel et sort de la pièce.

Me laissant avec Trish, alias Miss Patty.

— Alors, dis-je en tapotant la place sur le lit à côté de moi. Tu vas me dire pourquoi j'ai dû chasser un détective de Géorgie loin de ta caravane avec ton fusil de chasse l'autre soir ?

La bouche ouverte, Trish se laisse tomber sur le lit, probablement la chose la moins féminine que je l'aie jamais vue faire.

— Que... ?

Je penche la tête en arrière, savourant d'être sur un lit sur lequel je peux m'étendre. C'est la seule raison pour laquelle j'ai cédé à l'insistance de Jackie pour que je me « repose ». Après les derniers jours dans la caravane, le simple fait d'être étalée comme une étoile de mer semble un luxe.

— Ou le fait que tu sois recherchée par la loi dans cet état ?

— Ce n'est pas le cas ! Elle marque une pause. Je pense ?

— Oh, Miss Patty, vous avez certainement des choses à expliquer.

— Je... euh...

— Aussi amusant que ce soit de te voir enfin perdre cet extérieur poli qui te va si bien, je ne peux pas laisser passer ça.

Les narines de Trish se dilatent et j'éprouve un sentiment de satisfaction à l'énerver. Peut-être que ce manque d'oxygène m'a rendue méchante. Ah. De qui je me moque, j'ai toujours été maléfique.

Je me penche en arrière, croisant mes bras derrière ma tête.

— Je ne t'ai pas interrogée sur beaucoup de choses, pensant que j'étais une bonne amie : le fusil de chasse, le fait de te déplacer tout le temps, et je ne me lance pas sur ces cahiers que tu gardes dans un panier par terre.

Trish se redresse.

— Je n'aurais jamais dû te laisser rester dans ma caravane.

— Oui, mais tu l'as fait. Et maintenant, après avoir vu ce qui se passe quand on ne parle pas aux gens de ses problèmes, dis-je en faisant signe vers mon corps allongé sur le lit, je pense qu'il est temps de cracher le morceau, Schtroumpfette.

Tordant ses lèvres dans un sens puis dans l'autre, Trish se tortille sur le lit. Je sais qu'elle cède quand elle soupire et baisse la tête en avant.

— Je...

— Les pommes de terre seront prêtes dans vingt minutes ! crie Rose.

Trish saute du lit.

— Je vais les chercher !

Je plisse les yeux vers elle.

— Espèce de petite...

Trish hausse les épaules, son air féminin remis en place, avant de sortir de la pièce.

Je devrais la suivre, exiger des réponses, mais même si je déteste l'admettre, je suis foutrement épuisée. Je suppose que c'est l'effet du manque d'oxygène.

— De quoi vous parliez ?

Rose jette un coup d'œil à la porte ouverte, puis à moi.

— J'ai besoin de ton téléphone.

Rose croise les bras sur sa poitrine généreuse et lève un sourcil vers moi.

— Pourquoi ?

— Eh, la confiance règne.

Je fais le mouvement de la main pour qu'elle me le donne.

Tout en me regardant, Rose sort le téléphone de sa poche arrière.

— J'ai besoin d'intimité.

— Est-ce que tu te moques de moi ? Qui tu dois appeler ?

— Ian

— Quoi ?

Rose cligne des yeux.

— Je ne m'attendais pas à ça. C'est vraiment fini avec Holt, alors ?

— Bon sang, non. C'est quoi ce bordel ?

Elle hausse les épaules.

— Alors pourquoi tu appelles Ian ?

En réfléchissant vite, je souris.

— Je m'assure juste que lui et Bodie vont bien, car ils devaient rester au NBL et parler à la police.

— Alors pourquoi as-tu besoin d'intimité ?

Il est temps d'appeler les renforts. Montant le volume de ma voix, je la projette par la porte ouverte.

— Pourquoi es-tu si méchante, Rose ? J'ai juste besoin de repos !

— Rose Callista West, crie Jackie au bout du couloir. Ne t'avise pas d'énerver Jul'. Sors d'ici tout de suite !

Rose pâlit, ses yeux bleus écarquillés.

— Tu es diabolique.

Je laisse tomber mon bras, mes lèvres se soulevant d'un côté.

— Est-ce que tu me connais ? Depuis quand ne suis-je pas diabolique ?

— Rose !

La voix de Jackie se rapproche.

Secouant la tête, mais se déplaçant vers la porte, Rose marmonne :

— Touché, Starr. Touché.

Quand la porte se ferme, je fais le numéro de Ian. Il répond à la deuxième sonnerie.

— Rose ? Tout va bien ? Comment va Jul' ?

— Ah, Ian, je ne savais pas que tu t'intéressais autant à moi. Trish va être jalouse.

— Jul' ?

— Oui, désolée pour la confusion. Les flics ont toujours mon téléphone.

— C'est pour ça que tu appelles ? Je peux demander quand tu pourras le récupérer.

— Non. Je veux dire oui, ce serait cool, mais j'appelle pour autre chose.

— Quoi ?

Il y a un bruit à la porte et je suis presque sûre que l'oreille de Rose y est collée.

— Écoute, j'ai besoin que tu restes proche de Trish.

Ian tousse.

— Euh, de Trish ? Qu'est-ce que tu me...

— Vous ne trompez personne, Casanova. Nous savons tous que tu as un faible pour elle.

Silence.

— Donc, si tu me rends ce service, et que tu viens ici et t'assures que Trish ne va nulle part toute seule jusqu'à ce que je règle quelques trucs, je t'aiderai.

— C'est-à-dire ?

— À ton avis, qui est en charge du plan de table du mariage de Jackie ? Tu veux t'asseoir à côté de la fille du Sud la plus sexy de ce côté du Mississippi pendant deux heures, entouré de tous ces trucs de mariage-amour-pour-toujours, ou pas ?

— Euh... La partie avec les trucs ?

— Excellent choix. Maintenant, ramène ton cul et colle la Schtroumpfette.

J'entends la porte d'entrée s'ouvrir et se fermer, et je prie pour que ce soit Trish, de retour avec le dîner. Un, je n'aimais pas qu'elle parte toute seule, et deux, j'ai peut-être perdu de l'oxygène pendant quelques minutes, mais j'ai apparemment gagné un gros appétit.

— Je suis déjà en route.

Bang. Je sursaute alors que la porte s'ouvre à la volée, Rose tombe au sol et Holt l'enjambe, entrant à grands pas dans la pièce, un Tupperware dans les mains.

— Euh... cool, à bientôt.

Je raccroche le téléphone juste au moment où je suis engloutie dans les bras de Holt, l'odeur de gâteaux emplissant l'air.

— Jul'.

Il me serre fort, sa chemise en flanelle chatouillant mon nez.

— Je suis tellement content que tu ailles bien, bébé.

La chaleur de son étreinte calme la douleur à laquelle je me suis habituée dans ma poitrine. Mes yeux se ferment alors que je laisse la sensation de chaleur m'envahir.

Chacun de mes amis s'est mobilisé et m'a montré à sa manière à quel point il se soucie de moi. Mais je n'ai pas réalisé jusqu'à ce moment ce qu'il me manquait. Combien j'avais vraiment besoin de Holt à mes côtés.

J'apprécie qu'il soit là. Vraiment.

Mais alors que mon estomac gargouille, je ne peux m'empêcher de me concentrer sur autre chose.

— Ce sont des cookies ?

VINGT-QUATRE
SYSTÈMES MIS EN PLACE

Holt

Après que Rose s'est redressée, m'a fait un doigt, a envoyé un baiser à Jul' et fermé la porte derrière elle, Jul' et moi nous sommes réinstallés sur le lit. Elle sur mes genoux, le Tupperware avec les cookies sur les siens.

Jul' avale trois cookies avant que je ne rompe le silence confortable.

J'embrasse le haut de sa tête.

— Je suis désolé pour toutes les choses que j'ai dites cette nuit-là.

Sa main, en train de porter un biscuit à sa bouche, s'arrête.

— Vraiment ?

Elle n'attend pas que je réponde avant de prendre une bouchée. Je pense que les cookies étaient une bonne idée.

Ignorant la cascade de miettes tombant sur ses genoux, mes genoux et le lit, je me concentre sur les mots justes.

— Ce que j'ai dit... Ce n'était pas vraiment par rapport à toi.

Je laisse échapper un long souffle, me réappuyant contre les oreillers.

— Je n'avais pas réalisé que j'étais toujours aussi perturbé par mes parents.

Je la serre dans mes bras.

— Je me suis défoulé sur toi et je suis désolé.

Jul' parle tout en mangeant un cookie.

— Je suppose que ta mère a dû tromper ton père.

— Oui.

Je jette un coup d'œil à la porte, espérant que Rose n'écoute pas.

— Je ne sais pas ce que Rose en sait, car elle était si jeune, mais oui, maman et papa se sont beaucoup battus, la plupart du temps à propos des liaisons pas si secrètes de maman.

Jul' pose le reste de son cookie et attrape ma main.

— Je suis désolée, moi aussi.

— Tu es désolée ?

— Oui.

Elle se retourne pour me regarder.

— J'aurais dû te parler des textos.

Elle baisse les yeux, l'air penaud.

— J'aurais dû parler à tout le monde de ces punaises de textos.

C'est à la fois amusant et déchirant de voir Jul' se réprimander.

— Tu peux m'en parler, maintenant ?

Elle hoche la tête, pose les biscuits sur la table d'appoint avant de se pencher en arrière et de s'installer à nouveau dans mes bras.

— Bon, alors...

Vingt minutes plus tard, je pense à tous les endroits où je pourrais enterrer un corps sur mon terrain sans que personne ne soit au courant.

— Il t'a droguée et il t'a noyée et il aurait pu faire s'écraser ton jet.

— Je vais bien, Holt.

Elle me lance un sourire qui n'atteint pas tout à fait ses yeux alors qu'elle me tapote la main.

— Je suis saine et sauve, juste là.

Je veux croire qu'elle va vraiment bien, mais je ne le fais pas. Je la connais, quel que soit son sourire.

— Jul' ?

— Hum ?

— Tu n'as pas à me réconforter. Tu n'as pas à t'assurer que tout le monde aille bien maintenant. Quelque chose t'est arrivé. Une mauvaise chose. Tu peux être contrariée.

Elle déglutit.

— Je sais.

— Vraiment ?

J'attrape son menton, tournant ses yeux vers le mien.

— Tu n'as pas besoin d'être dure. Je ne vais pas penser que tu es faible. Quoi qu'il en soit, tu es la femme la plus forte que j'aie jamais rencontrée et je suis sûr à cent pour cent que tu pourrais botter le cul de n'importe qui.

Elle rit, mais son rire sort à moitié étouffé et sa main agrippe ma jambe durement.

— Il t'a droguée et noyée, Jul'.

Elle ne détourne pas le regard. Elle ne fait pas de blague. Elle ne lâche pas.

— Il m'a droguée et noyée, répète-t-elle, sa voix étant un murmure rauque.

Ses yeux fixent toujours les miens quand je vois une larme tomber, puis une autre. Je me penche en avant et les embrasse.

J'avais l'intention d'être réconfortant. J'avais prévu de purifier l'air entre nous et de la tenir juste pour m'assurer qu'elle se sente en sécurité. Mais j'aurais dû le savoir. Jul' fait toujours tout à plein régime.

Bientôt nos bouches sont fondues et notre peau chaude. Nous nous séparons seulement pour arracher nos T-shirts.

D'une main elle défait ma boucle de ceinture.

— Tu m'as manqué, cow-boy.

— Tu m'as manqué, cadet de l'espace.

Je passe ma main sous sa ceinture, la poussant sur ses fesses. Merci les pantalons de yoga.

— Ce sont...

Jul' regarde vers le bas où sa main a poussé mon pantalon ouvert, mon boxer rose jetant un coup d'œil. Des boxers roses avec des vaches dessus.

— Euh...

Avant que je puisse être gêné, elle attaque ma bouche, mordant, suçant, embrassant. Je me promets de rechercher et de trouver chaque paire de boxers ridicules connus de l'homme et d'en porter une nouvelle chaque jour.

Je soulève mes hanches pour l'aider à retirer mon pantalon. Dès que mes jambes sont libres, elle me repousse sur les couvertures et me chevauche, toujours en soutien-gorge et culotte.

Des miettes s'enfoncent dans mon dos et je recule, mais je les ignore, me concentrant sur le fermoir avant de son soutien-gorge.

— Attends un peu. Elle redescend.

— Qu'est-ce qui ne va pas ?

Je me redresse et prends son visage dans mes mains, vérifiant ses pupilles.

— Tu te sens bien ? Tu as le vertige ? Était-ce trop après...

— Oh mon Dieu, miss sainte-nitouche.

Elle s'écarte de mon étreinte en soupirant.

— Je vais bien.

Elle attrape ma chemise par terre et l'enfile.

— Je reviens tout de suite.

Puis elle sort, appelant Jackie, me laissant confus et en pleine érection.

Quelques minutes plus tard, elle est de retour avec un chasse-poussière.

— Vous êtes un couple de pervers !

J'entends Trish crier.

— Cache-oreilles ! La la la ! crie Rose avant que Jul' ne claque la porte, la coupant.

— Debout, cow-boy.

Je reste debout, toujours en train de bander, ma vache essayant de sortir de la grange pour ainsi dire, pendant que Jul' allume l'aspirateur à main et le passe sur les couvertures.

— Voilà. Elle jette l'aspirateur sur une chaise dans un coin, un sourire triomphant sur le visage. Maintenant, tu peux baiser confortablement.

Mon Dieu. Cette femme.

Son sourire s'estompe à l'expression sérieuse de mon visage.

— Euh, désolée. Je veux dire, avoir des relations sexuelles ?

Je saisis l'ourlet de la chemise qui pend à mi-cuisse sur elle et la tire par-dessus sa tête.

— Oh non. Je la retourne, la repoussant sur le lit.

— Nous allons certainement baiser.

Ses yeux se révulsent et elle frissonne.

— Merde, Holt.

Elle dégrafe son soutien-gorge, les bonnets tombant sur le côté. Ses tétons se durcissent au contact de l'air frais.

— Alors qu'est-ce que c'était que cette tête ?

Je pousse mon boxer vers le bas, attrape ma queue et commence à passer ma main dessus.

— Je me disais juste à quel point je t'aime.

Les yeux de Jul' s'écarquillent et j'ai une seconde pour profiter de l'avoir choquée au point qu'elle soit silencieuse, avant qu'elle ne retourne les choses en se glissant hors du lit, sur ses genoux et ne me suce d'un seul coup.

— Putain, Jul'.

Elle gémit, le son fredonne contre ma queue.

— Ah.

J'empoigne ses boucles sauvages dans ma main, laissant sa tête bouger plusieurs fois avant de la tirer en arrière.

Sa bouche est enflée, ses yeux lourds de désir, tous les souvenirs des événements d'aujourd'hui oubliés, ne serait-ce que pour l'instant.

Les yeux sur moi, sa langue sort, me léchant le gland.

— Putain de merde, Jul'.

En un instant, elle est de nouveau sur le lit, et je tire sur sa culotte.

— Impossible d'arracher celle-ci, hein, cow-boy ?

Je la roule sur le côté.

— Pas besoin quand elles ont une utilité.

Je la garde ancrée autour de ses cuisses.

- Qu'est-ce que tu...

Elle halète alors que je la pénètre par derrière.

— Putain c'est bon.

Ses cuisses se resserrent, bloquant ma queue pendant que je la pilonne.

Un bras s'enroule autour, attrapant sa poitrine, pinçant son mamelon, l'ancrant à moi, tandis que j'utilise l'autre sur son clitoris.

Elle ne peut pas bouger, elle ne peut rien contrôler, elle peut juste ressentir.

— Tu es en sécurité, je murmure alors que mes doigts passent de chaque côté de moi, pendant que je m'enfonce en elle avant de ressortir.

Le dos de Jul' se cambre, mais je la maintiens immobile.
— Holt, je...

Mes doigts se déplacent vers son clitoris, faisant de lents cercles.
— Je te tiens.

Les coutures craquent alors qu'elle se débat contre sa culotte qui maintient ses jambes en place.
— Je t'aime.

Je mets plus de pression sur son clitoris.
— Oh mon Dieu !

Tout son corps tremble et convulse lorsqu'elle jouit. Ses parois intérieures se serrent contre moi, m'excitant à mort, mais je me force à me concentrer, à caresser son clitoris, à la faire redescendre lentement. À m'assurer qu'elle sache qu'elle est chérie, qu'on s'occupe d'elle.

Son corps se détend, se fond dans le mien.

Je repousse sa culotte jusqu'au bout et me déplace pour me retirer.
— Non.

Son corps se tend et je m'arrête.
— Pouvons-nous... restons comme ça un moment.

Elle renifle et je me rends compte qu'elle pleure.
— D'accord ?

Souriant, heureux qu'elle se sente suffisamment en sécurité pour lâcher prise, je la serre fort.
— Parfait.

Je dois forcer et m'étirer un peu, mais je parviens à remonter les couvertures autour de nous tout en restant assis en elle. Nous restons allongés comme ça pendant un certain temps jusqu'à ce que ses larmes cessent de couler.

Après une profonde inspiration, Jul' s'essuie les joues avec sa main.
— Hé, Holt ?

J'embrasse le haut de sa tête, ses boucles me chatouillent la joue.

— Oui ?

— Je, euh, je t'aime aussi.

Je dois me mordre la lèvre pour ne pas rire.

— Je sais.

Ses épaules se raidissent.

— Qu'est-ce que tu veux dire, je sais ?

Apparemment, je n'ai pas caché le rire dans ma voix.

— Je l'ai compris quand j'ai vu la cuisine, dis-je d'un ton apaisant en faisant courir ma main de haut en bas de son côté.

— Oh.

Elle est silencieuse. Lorsque mes doigts tracent le dessous de sa poitrine, elle soupire, puis hausse les épaules.

— Peu importe. J'ai eu des cookies, alors je gagne.

En riant, j'embrasse son cou, me calmant à nouveau.

Elle se penche en avant et éteint la lumière. Le mouvement me fait glisser hors d'elle et nous frissonnons tous les deux.

Je suis presque endormi, mon cerveau et mon corps chauds et flous de l'avoir de nouveau dans mes bras, quand elle parle à voix basse.

— Holt ?

— Mmm.

Je la serre plus fort contre moi.

— Oui, bébé ?

Elle s'éclaircit la gorge, sa voix revenue à son état normal de dure à cuire.

— Tu dis à qui que ce soit que j'ai pleuré et je te donnerai un coup de poing dont tu te souviendras.

Je mords à nouveau ma lèvre, les narines dilatées, mais je réussis à garder toute trace d'amusement hors de ma voix cette fois.

— Je ne m'attendrais à rien de moins.

ÉPILOGUE

Jul'

Comme je l'avais prédit, le commandant Chip Whipple a chuté de façon spectaculaire.

Trois jours après l'incident du NBL, il a été arrêté par Tom, un gérant de magasin de glaces Dairy Queen âgé de 68 ans. Dairy Queen... Chip Whipple... Je suis sûr qu'il y a beaucoup de blagues là-dedans, mais honnêtement, j'en ai trop marre pour m'en soucier.

Une adolescente nommée Meg, qui achetait une glace à ce moment précis, a identifié Whipple et parlé au directeur. Whipple était dehors, à la pompe à essence, essayant sans aucun doute de sortir de la ville. Pendant que Megan appelait la police, Tom a attrapé son fusil de chasse derrière le comptoir (comme on le fait au Texas) et tenu Whipple à distance jusqu'à l'arrivée des flics.

De toute évidence, Megan est une passionnée de l'espace qui suit ma carrière, ainsi que celle de Jackie, depuis un certain temps. Quand Jackie a vu la fille aux infos, elle a applaudi, la reconnaissant pour l'avoir vue pendant un incident qui s'était produit quand j'ai été dans l'espace. Megan est maintenant la fière récipiendaire d'une tonne de goodies de la NASA et d'un laissez-passer VIP pour y venir quand elle le souhaite.

Même si j'aurais aimé m'occuper de Whipple moi-même, je suis réconfortée par le fait qu'il a été attrapé par une adolescente et un dur à cuire gériatrique avec un fusil de chasse.

De plus, le tout a été filmé par la caméra de sécurité de Dairy Queen, et la vidéo est maintenant enregistrée sur mon téléphone pour que je puisse la regarder chaque fois que j'ai besoin de rire.

Et j'ai besoin de rire. Les trois derniers jours ont été une torture. Tout le monde m'a gardée enfermée chez Jackie, avec de la sécurité entourant le périmètre comme si c'était Fort Knox.

Le premier jour s'est bien passé, car j'ai passé la plupart de mon temps à baiser avec Holt dans la chambre d'amis. Mais ensuite, nous avons eu besoin de manger et d'autres trucs, ce qui a conduit à devoir socialiser avec tout le monde, ce que je ne pouvais pas faire avec de l'alcool parce que le doc a dit que cela pourrait me rendre plus sensible aux accidents de décompression (ce qui se passe si on refait surface trop vite et/ou n'obtient pas suffisamment d'oxygène pendant la plongée sous-marine) après mon sauvetage d'urgence de la piscine.

Tout cela m'a rendue assez folle pour menacer Holt de le frapper entre les jambes parce qu'il voulait que je reste à l'intérieur un jour de plus, juste au cas où.

Oui, je sais. Je suis une astronaute capable de passer des mois à bord de la Station spatiale internationale sans même un soupçon de claustrophobie. Mais j'ai *choisi* de le faire. Je n'ai pas choisi d'être en confinement parce qu'un connard voulait me faire porter le chapeau pour ses malheurs.

En plus, ma vache me manque.

— Tu es sûr que Tucker a donné à Cookie la nourriture gastronomique que j'ai envoyée ? Je sors mon téléphone de la poche de ma veste. Trish, accompagnée de Ian, a récupéré toutes mes affaires dans la caravane hier. Ian avait l'air énervé quand ils sont revenus, donc je ne suis pas sûre de ce qui s'est passé. La Schtroumpfette est son problème maintenant.

— Oui bébé.

Holt libère le levier de vitesse de sa camionnette et serre ma jambe.

— Je te le promets. Il a suivi à la lettre tes instructions très explicites.

— Eh bien. Il y a intérêt !

Je suis enfin libérée du confinement, et Holt et moi nous dirigeons vers le ranch. La NASA m'a sorti tout son laïus sur les vacances obligatoires une fois de plus, et je ne les ai pas combattus, cette fois. Ma meilleure amie se marie, j'ai une vache de compagnie dont je dois m'occuper et, pour la première fois, j'aime avoir un petit ami. Le travail ne semble pas trop pressant pour le moment.

Mais ne vous inquiétez pas, je serai toujours la plus jeune commandante de tous les temps. Donc je suis toujours une dure à cuire.

Maintenant, je suis juste une dure à cuire plus équilibrée.

Je clique sur mon téléphone, ouvrant le fichier que je veux. Une minute plus tard, je ris.

— Tu regardes à nouveau le bottage de fesses de Whipple, n'est-ce pas ?

— Oui. Ça ne vieillit pas.

Whipple et sa Susan sont tous les deux en détention, et même si Susan n'ira probablement pas en prison car elle jure qu'elle n'était pas au courant des menaces ou du plan de Whipple, elle ne travaillera plus jamais dans le journalisme. De plus, j'ai reçu une ordonnance restrictive contre elle. Ça me suffit.

Mais Whipple ? Il va payer. Non seulement les preuves qu'il me traquait sont accablantes, mais il a également pénétré illégalement sur une propriété fédérale et bousillé de l'équipement appartenant au gouvernement. Il va aller en prison un bout de temps.

La vidéo se termine et j'ouvre un navigateur Internet.

— Il nous faut une chèvre.

Il y a quelques secondes de silence.

— Une chèvre ?

— Oui. Une chèvre.

Je lève les yeux de mon écran et cligne des yeux à cause du soleil de son côté de la voiture.

— J'ai entendu dire que ce sont d'excellents animaux de compagnie. Je pense que Cookie aimerait une copine.

Je retourne à la recherche d'élevages de chèvres au Texas.

— Une copine.

— Tu recommences.

J'ajoute bio aux paramètres de recherche parce que je parie que les chèvres bio sont plus heureuses. Personne ne veut d'une chèvre déprimée. Cookie a besoin d'une copine qui soit heureuse.

— Ce que tu dis n'a pas de sens, une fois de plus.

Holt quitte l'autoroute et emprunte la route qui nous mènera au ranch.

Je le fusille du regard.

Les narines de Holt se dilatent et ses lèvres se contractent.

— Je ne comprends pas pourquoi nous ne laissons pas Cookie se promener avec le reste du bétail.

Je fais semblant de ne pas le voir essayer de ne pas se moquer de moi. Parce qu'autrement, je devrais lui donner un coup de poing dans les parties, et j'ai des plans très explicites et très détaillés pour cette partie de son corps une fois que nous serons arrivés au ranch. Nous avons une maison récemment rénovée à baptiser. Un îlot qui ne laissera pas d'échardes.

— Parce que, Holt, Cookie n'est pas du bétail. C'est un

animal domestique avec des besoins spécifiques et des règles alimentaires qui l'aideront à conserver un pelage brillant et une excellente acuité mentale.

Il se mord la lèvre.

Peu importe. Laissez-le rire. Ma vache est un putain de génie. C'est la Jackie Darling Lee des bovins.

Cependant, à bien y penser, quand j'ai mentionné cela à Jackie, elle n'a pas semblé trop impressionnée.

Nous nous asseyons dans un silence confortable jusqu'à ce que nous atteignions les portes du ranch. Où une Escalade noire est garée.

— Pourquoi y a-t-il des agents de sécurité ici ?

Même moi, je peux entendre le ton contrarié de ma voix.

— Du calme.

— Aucune femme, ni personne d'ailleurs, ne s'est jamais calmée quand quelqu'un lui a dit de le faire.

Je me tourne pour lui faire face complètement dans la voiture.

— En fait, ça n'a que l'effet opposé.

Holt ralentit pour s'arrêter près de la voiture, levant les mains en signe de défaite.

— Noté. Je voulais juste prendre un instant pour t'expliquer qu'ils ne sont pas là pour toi. Comme nous ne savions pas quand Whipple se ferait attraper, je les avais appelés, et maintenant ils vont s'assurer que le ranch est à l'abri des journalistes pour le mariage.

— Oh. D'accord.

Je me réinstalle sur mon siège et sors à nouveau la vidéo de Whipple.

Holt baisse sa fenêtre et le gars de la sécurité lui fait signe de passer.

Je suis tellement absorbée par ma vengeance que je rate le

bus garé près de la grange. Mais à la seconde où je sors de la camionnette, j'entends qui est là.

— Mademoiselle Starr ! Mademoiselle Starr !

Surprise, je lève les yeux à temps pour me préparer à une avalanche de câlins et de tapes dans le dos.

Je me retrouve à cligner des yeux, essayant d'éliminer la poussière qui doit être responsable pour les larmes dans mes yeux.

— Les garçons ?

Je me racle la gorge.

— Qu'est-ce que vous faites ici ?

Le groupe hétéroclite de garçons de l'œuvre de charité de Holt m'a entourée. Tous souriants. Tous portent des T-shirts de la NASA.

— Très bien.

Holt contourne la camionnette.

— Laissez à la dame un peu de répit.

— Holt nous a invités ! s'écrie TJ, dont les bras restent enroulés autour de ma taille. Nous allons faire un barbecue et camper avec des marshmallows et tout !

— Vraiment ?

Holt hausse les épaules, un air penaud sur le visage.

— Oui, j'ai... euh... j'ai pensé que ce serait un beau cadeau de retour à la maison.

Avant que je ne puisse répondre, il fait un geste en direction de l'étang.

— Qui veut nager avant le barbecue ?

— Moi !

— Moi !

— Je veux !

Tous les enfants se bousculent dans l'allée, soulevant de la poussière, courant et riant.

Je m'appuie contre la camionnette, les bras sur ma poitrine.

— De retour à la maison ?

Holt soulève son chapeau et passe sa main dans ses cheveux.

— Tu le sais, puisque tu es à la maison maintenant. Ici. Au ranch.

Mon cow-boy rougit comme une mariée vierge, et je ne pouvais pas le trouver plus sexy.

— À la maison au ranch.

Je hoche la tête, un sourire s'étirant sur mon visage.

— Oui, je pourrais m'y habituer.

Le sourire de Holt prend une tournure diabolique. Il fait deux pas en avant, mettant ses bras de chaque côté de moi avant de m'embrasser longuement et fougueusement.

— Putain, oui tu vas t'y habituer, cow-girl de l'espace.

DU MÊME AUTEUR

Trish Garret est une fille bien qui pourrait (ou non) être recherchée par les forces de l'ordre.

À la suite d'une mauvaise décision, elle est en cavale et doit faire profil bas, travaillant çà et là comme serveuse dans des troquets sur la route. Au cours de son séjour temporaire à Houston, elle se lie d'amitié avec un formidable groupe d'amis dont elle n'aurait jamais rêvé.

Quand un détective privé débarque sur le seuil de sa caravane en posant des questions, Trish comprend que l'heure est venue pour elle de reprendre la route. Mais avec le mariage de sa nouvelle meilleure amie, Trish hésite à partir. Elle décide de ravaler sa fierté et fait appel au seul homme auquel elle n'a jamais vraiment réussi à cacher son cœur.

Ian Kincaid, contrôleur aérien à la NASA, a passé sa vie à douter de la sincérité de tout le monde à cause des manigances politiques de son père, sénateur du Texas. Mais quand il rencontre une jolie petite brune dans un bar, avec un accent du sud épais comme du miel et tout aussi délicieux, Ian se lance dans ses propres manigances.

Après une série de faux départs, il commence à croire que l'amour est impossible entre la fille de ses rêves et lui... jusqu'au jour où elle vient lui demander son aide.

Ian accepte d'aider Trish en la cachant (elle et sa caravane) sur sa propriété où elle sera à l'abri des regards indiscrets (publics comme privés). Mais à une condition : elle doit se faire passer pour sa petite amie lors de la visite de son père, qui insiste pour mêler son fils à ses intrigues politiques en le forçant à se marier.

Entre les mandats d'arrêt, les collectes de fonds politiques, les femmes au foyer trop fouineuses et les demoiselles d'honneur ivres mortes, Trish et Ian auront-ils enfin rendez-vous avec l'amour ?

Ou leurs passés les feront-ils dévier de l'orbite prévue par les astres ?

À PROPOS DE L'AUTEUR

Merci d'avoir lu mon livre.
    J'espère que je vous ai fait sourire.

xxx, Sara

Les commentaires sont toujours appréciés.

Printed by Libri Plureos GmbH in Hamburg, Germany